春融融

任真 著

推薦序

自有人間筆似花

江水泱泱，雲山蒼蒼。這是我讀《春融融》一書的感想。

如今的書市，看來一片繁花似錦。每天的新書推出近兩百種，不可謂不多。可是出版社大嘆賣書不易，散文作家則出書艱難，怎麼會這樣呢？好書哪裡去了？

當我讀《春融融》，真心讚嘆：「多麼好的一支筆啊！」

文字佳妙，酣暢淋漓，讀來快意平生

這麼好的文字，實在難以企及。

一般用功的作家，要做到文字通順，並不困難，但卻未必能有這樣的清新自然，轉折無痕。讀時，宛如水之就下，沛然莫能禦之。我相信，在這種文字的背後是飽讀詩書，加以曾經長時期累積的錘鍊，由於功力深厚，高下也就立辨了。

條理清楚，井然有序，篇篇都是佳構

不管文字再多，都不曾偏離主旨。提綱挈領，尤勝人一籌。所有故事的推展都在情理之中，但也常有物外之趣。看得出任真的博覽群籍，說歷史、探源流，使全書充滿了質感，讓人佩服。

善於描摹，無論山水景物

如二十八頁〈小三峽〉中對山的描繪：「有的尖如新鑵張葉，有的突兀如飛升登天，有的前傾做俯瞰江流狀，有的昂首望天做鄙夷不屑之情，有的姸麗如美女，有的粗獷若壯漢，有的林木茂發若青春少年，有的童山濯濯若老人……形不同而貌迥異，豈僅有靈性，而且還多幾分慧根，才能如此各具姿質，各逞麗色。」

一二九頁〈又是秋天〉：「……此地人稠花豔，峰峙林綠，澄黃的稻穀，疊湧起千重金浪；笑臉綻放出春花般繁富馥郁，哪容得北寒在此地任性蹂躪？」

如果不是經常以讀書為樂，腹笥甚豐，哪有如此美文佳句可供差遣？我信，羅馬絕非一日所能造成。

刻畫人物，栩栩如生

任真是知名的小說家，在散文裡描繪人物，如見其人，如聞其聲，也只是牛刀小試了。書中，寫同袍、友人、鄰居，即使只是萍水相逢者，其音容笑貌無不一一躍然紙上，非常生動。

如〈他家住茄苳〉寫主善，〈花癡〉寫馮雲古，〈老梅開花〉寫許璠，〈巨擘〉裡的熊大春，〈老根新芽〉裡的杜端行，〈茶仙〉裡的老丁，雖然故事各有不同，卻也寫得入木三分，行文更添趣味。

亦莊亦諧，引人入勝

如〈無關風水〉裡寫軍中同袍追求異性的諸多趣事。如〈明明德〉闡述性善性惡，並談及現代刑罰，以實例作為佐證，讓原本嚴肅的課題，也展現了親和的一面。

又如〈飢餓〉，寫有一次餓了，與腸胃的對話，以擬人手法來寫，還和從前隋煬帝的開鑿運河與秦始皇的修築萬里長城及近代大陸失守的史料相結合，原來，飢餓可能造成亡國喪邦，也可能失去統治權。若非勤讀史籍，哪能隨手拈來，如此左右逢源？

富含哲理，予人啓發

如二五五頁〈萬物靜觀皆自得〉，文中說：「往日賞景，有如看潑墨畫，只覺得大筆揮灑，山色秀麗，原野平曠，雲氣氤氳，甚為和諧怡情。如今賞景，則如觀工筆仕女，衣袂飄拂，媟髫輕捲，褶帶顯然，連眉眼間那份輕愁也隱約可見。這才感到一物之細，一草之微，都有他獨立不倚的世界。……」

可謂觀察入微，「一花一天堂」，的確有其深意。然而今昔相較，感觸的不同，也在於人生歷練的相異。

其他不論懷舊憶往，撫今追昔，流離歲月寫來傳神，也都各有可觀之處，足令那些遠去的日子如在眼前，那是人生的紀念，留予他年說夢痕；也是生命的曲水洄瀾，浪花飛濺，千奇百態，都是更為深刻的山水風光。

這本書最大的好，在於「情」的貫穿，對萬物的有情，對生命的敬重，對家人的情深。因為多情，所以不做刻薄之語，不見激憤之色，任真的確是個寬厚之人，這來自庭訓，來自文藝的薰陶，也來自後天的修為。

任真一定沒有想到，他的喜歡閱讀，遍讀經史子集，他的熱愛書法、繪畫，尤其愛好大自然，而這一切，最後都成就了他的文學。

走過了大半的人生，離合悲歡嚐遍，世事不過有如浮雲，謝謝任真，為我們留下了這麼美好的文字，我們讀他的書，也宛如讀他的人。書，情深意切；人，寬厚率直。

我從來都相信：「唯有懇切的文字，才能穿越千古，總有一天，會和無數真摯的心靈相會。」凡軀易朽，文字長存。

江水泱泱，雲山蒼蒼。我也以這樣的心情來看待《春融融》一書。

琹涵 二〇一三年秋日

自序

《春融融》與去年出版的《紅塵劫》、《寒夜挑燈讀》二書，本尊在那幾位文化投機分子旋起旋闔門的出版社落難，這是影印本「山寨版」面世。說起來話長，每想到那幾個儇薄之徒，想藉文化事業致富，既乏文化良知，更缺文化道德，居然把如意算盤打到一生寒素的讀書人頭上，妄圖因此創業發達，真令人心寒齒冷。

人世間，龍蛇雜處，良莠不齊，當然不能指望個個道德不喪、良知不泯。算啦！不說也罷，一旦提起話頭，就不免一肚皮不快。

《春融融》這本散文，篇章很散，好像群眾聚會，各有面貌，各有聲音。不是那種聲容笑貌，全皆整齊劃一的陣容。正因為散，也就可以看出我對社會層面、人文道德、歷史認知、地理形貌、人際關係、風光景色等等一些粗淺認識。把這些介紹給讀者，讓讀者評評任真究竟是個什麼樣的一塊料？

我是農家子弟，自小雖隨先嚴讀了一些詩云子曰，身體裡的本然質素，依然是粗樸忠誠的農人本色。言為心聲，行為言表，不虛矯，不詐偽。這本書對事對物的看法，就是我一生嚴守不逾的為人準則，堅執不撓，不因環境人事而有更易。

也許有人會喝斥我老學究心態，固執頑強，執一不化，不知通權達變，看情勢變化改易為人處世原則。我承認我固執守舊，守著道德良心，規範自己，教育兒女。這一生，雖無大成，僅堪溫飽，但也免除大起之歡、大落之悲，平平凡凡過一生，安安靜靜吃三餐。

我不是作家，我出書只是為自己留下一點文字記錄，既不能光宗耀祖，也不可能讓自己聲光四射。一個平庸人，只盼望每出一本書，能多多少少影響三幾位朋友向上向善，對國家社會無大貢獻，但那些受影響的三幾位朋友，能夠一生清清涓涓，對世道人心應該多少會發生一點激濁揚清作用。

感謝摯友名作家琹涵為我寫序。序是光鮮門面的招牌，即使店裡面貨色不齊，品質略遜，絕對沒有假貨，全是真材實料的農家出產，只是包裝不好，不會廣告推銷，老老實實在店裡出售而已。能夠門面光輝，招牌亮麗，有人路過而不光顧產品，也能給人帶來一分喜悅。

自吹自擂，自貶自抑，都是過與不及。請讀者小姐先生品鑑給分數，謝謝。

目次

一、灌園鋤圃

前院是屋子的顏面，布置適切，有如一張五官端正的臉，眉清目秀，怎麼看怎麼舒服；後院像是人的背脊，虎背熊腰，挺拔不俗，一瞧就叫人覺得此人精神抖擻，風標不凡。

住公寓沒有前後院，更談不上前院栽花、後院種菜，早晚享受一份優游農圃的生活情趣。即使有一方具體而微的公用庭院，三幾株經過人工刻意斲喪的樹，幾簇囿於地形、陽光而不能暢發生機的花，經過幾個月成年人的忽視、孩子們的無意摧殘，也告懨懨無生氣。不像農村居家，即使茆茨不修，活動的範圍卻是海闊天空。後院幽篁蔽日，矮籬為屏，不種果樹，就植園蔬。生活情調高雅的家庭，會在前院培育根老幹邁、蒼古有趣的盆栽，葉稀枝拙，老態龍鍾，可以讀出生命的歷史。再配以四時不同的花卉，輪番開放，紅黃紫粉，各吐豔色，給生活平添幾許熱鬧和色彩。

講究實用的家庭，乾脆種幾叢修竹，栽數株樹木，等樹葉成蔭而生機鬱勃時，夏天可以遮蔭招涼，鳥群嚶嚶求友，呼朋引類，形成一片音樂天籟；黃昏時分，晚風徐來，把飯菜搬到樹蔭下，幽幽月光替菜餚做成最美的裝飾；老年人飲幾杯自釀淡酒，兒童們據案大嚼，果真是園蔬勝珍饈、薄酒賽佳釀，別有一份生活情趣。若是鄰居造訪，沖一壺好茶，圍坐在樹下閒話桑麻，講論農作，從友情中獲得鼓舞，取長補短，也學得不少農事經驗。這份優游自得的生活情趣，可說是儒道兩家思想的揉和，不偏不倚，執兩用中。

今日，大家既然沒有這種生活環境，也失去了這份閒情，彼此見面，不談股票，就談期貨，人在金錢支配和物欲鼓煽下成了失去靈性的動物，重現實，講利害，為了追求成功，不惜背棄情感，為了追求享樂，可以漠視生命價值。老一輩人在夜涼如水的月光下話桑麻而論古道今的生活情趣，全部成了往事陳跡，再也不能復活於今日奔競攘奪的現實社會裡。

人類進化，不論種族和地域，都是由漁獵而農牧，由茹毛飲血而至煎炒燔炙。儘管今日地少人稠，生活方式也由農業邁入商業時代，許多人在卓然有成之後，依然眷戀著土地，希圖回歸農樵漁牧的生活，告老之日，不是築屋山坡，就是置產鄉野，以山林景色涵育老年生活，補償當年疏於親近的缺憾。

土地有無比的親和力和吸引力，當我們擁有住宅並投注心血去經營時，我們會由心底湧起一種回到母親懷抱的感覺，自由而溫馨，滿足而安全，再也不想為人世間的攘奪而詭智鬥巧……大自然的景色、泥土的芳香會給我們無盡的鼓舞和力量。

遺憾的是高樓大廈割裂了都市的天空，也霸占了農田，原來廣漠的農村也漸被這些水泥怪物所侵奪。莫說各自擁有一片農田，早晚踏著阡陌，觀賞稻蔬豆麥欣欣向榮的情景；就是希圖擁有一家容積率略大而又有前後院的房子也不可得。寸土寸金，建築商和房屋仲介聯盟，操縱房價，把房價飆得如激矢飛鴻，叫許多人望屋興嘆，徒呼奈何。

這裡面也有例外，比如有錢人物固不在乎花三五百萬買棟房子。就算只能號稱小康的陳介新，因為得祖宗餘蔭，也擁有一棟前後院皆有院落的鄉村老屋。

這棟紅磚老屋是三合院形式，高牆大窗，年齡雖老精神卻新。當年，他在臺中工作時，他太太則帶著兒女守著這份祖業過日子，等兒女一個個翅膀長硬遠走高飛後，他也退休回家。經過一番整理，這棟冬暖夏涼的老式屋子，其實用價值，比洋式別墅並不遜色。最令人豔羨的是有前後院的設置，種花種菜，聽任陳介新自由支配，讓他既獲得現代生活的便利，又有農人鋤蔬灌園的樂趣。

陳介新是位很會過精神生活的一個人，兩夫婦的日常開支一個月一萬元綽有餘裕，他要求生活簡樸清靜，所以，應酬來往，能謝絕的就謝絕，無法謝絕時也只禮到人不到，省卻許多不必要的人情糾葛。

因為前院不大，無法大力施展，他便搭成木架養植盆花。本來植物滋榮壯大的首要條件，是讓它把根結結實實扎在泥土裡。陳介新養花目的是在勞其筋骨、困乏其身，所有盆花都非名種，雖非系出名門，他仍然百般呵護，萬分伺候，至於花卉能不能自求多福而欣榮壯大，他並不斤斤計較。也許花也知道感恩圖報這回事，居然他在無所求中反而有所得，所有盆花無不生意盎然。

後院原本就是菜圃，因為一直不曾廢耕，凋謝的蔬菜根葉一直滋養著土地，使土地不曾瘠化；陳介新略加整理，便享有一塊肥沃的菜圃，外沿圍植箭竹矮籬隔絕內外，經過修剪，整齊而又透出幾分蔥綠，別饒農家意趣。

他把菜圃分成好幾個作業區，茄子、豆角、空心菜、小黃瓜、絲瓜、冬瓜、南瓜、辣椒……因為夫婦倆平日閒散無事，便把所有的時間和精神投注在這片菜圃上，整座園子無不蔥翠茂盛、生意盎然。南瓜、冬瓜不須搭架組棚，便讓它在矮籬下發展，這些生命力極強的作物，並不以自己狹小的天地為滿足，越籬逾垣，居然跨出自己的界域，而發展到矮籬之外。南瓜經過特別選種，數多而實小，竹籬上便覆壓十幾隻這種多產南瓜。冬瓜有種憨氣，生長時慢條斯理，不越序逾常，不早熟也不自求表現，待長到藤粗葉茂適於孕育時，立刻開花結果；它不像南瓜那樣兒女眾多，它是抱著「兒女不須多，一個頂十個」的信條繁衍綿延，結果，兩株藤只結三條冬瓜，形如長枕，各重三十來斤，碩大無朋，叫不知家庭計劃的南瓜汗顏而無地自容。

最茂盛而又富詩意的是那架絲瓜，一隻高大的竹架，撐持兩株絲瓜藤蔓，由於肥料充足，水分豐沛，它上架之後，立刻表現它的多產功夫，整座瓜架懸垂著二十幾條絲瓜，當三振出局的老哥被摘掉後，弟弟隨即奔跑上壘，而且是不餒不怠，賡續不斷。結果，陳介新夫婦單是後院的蔬菜，除供自己摘食外，還可分送親朋好友，有餘的也挑往市場出售。

每次去介新家，我便與他在後院流連整日，拔草、捉蟲、結架、剪葉，既享田園樂趣，又可回味童年時的耕種生涯，臨別時，還能帶一籃新鮮園蔬回家，獲得精神和物質上的雙重收穫。

多年來，我分享了介新夫婦的友情，更羨慕他們那份自得其樂的生活。每當我站在前是高樓後是天井自己公寓陽臺，眺望陳介新坐落新店山麓那棟紅磚老屋時，心想，自己要是有幸擁有一棟前後院的房子，早晚鋤鋤挖挖，勞動體力的效益不說，每天看著花卉菜蔬欣然生長，那不正是為生命燃起無盡的希望嗎？

（《臺灣日報・副刊》民國七十八年一月二十四日）

二、荷塘・凫・家鄉

老家有口水塘，奇大無比，附近幾十里的田疇全靠它蓄水灌溉，效益之大，養活幾十萬人口。這口水塘有多大？農人不懂測量，不知道它大到什麼程度，就像浩淼無際的洞庭湖，也只能用「八百里洞庭」來形容。這水塘當然不配與洞庭、鄱陽兩湖稱兄道弟，但在靠它仰事俯畜的農人來說，它就是個神蹟，是上天賜給他們的一處生活泉源。

一口大得如此這般的水塘，好事者總要測量它究竟有多大？因為不懂面積計算，只有採用步測法——那就是自塘的一處定點出發，沿著塘岸走一圈，回到原定點，耗去的時間是燃掉三根香。如果有人問：「這口水塘有多大？」於是，老幼男女都會異口同聲回答說：「三根香才能走一圈。」實際上，他們講的是時間，仍然不是面積。

好在老家的香有固定的標準，沒有長短差別。你說「三根香走一圈」，他自然心領神會，毫無異議地接受這種步測結果。

這口水塘絕不是後天由先人挖掘而成，而是自自然然的一口水塘。每次經過那地方我就不由看看四周高低不一的黃土丘陵，那種毫不妥協的黃法，黃得叫人心驚肉跳，枯萎無趣。只有這口水塘，蓄一方碧波澄綠的水，地勢突然凹下去，居然心甘情願被四周崛起的黃土丘陵踩在腳下而無怨無悔。

我不懂地質學，當然不曉得這些丘陵形成究竟有多少億萬年，但可確定的是這口水塘的年壽絕對比我家老祖宗年高德劭。

水塘呈斜坡性往下滑，滑到最低處，水深數十尺，幾乎是不論怎樣乾旱，這口水塘的低處始終是一波如碧，含蓄收斂而絲毫不動聲色。因之，魚類在那兒優游自得、有恃無恐，偶然網得一條鰱魚或草魚，十至二三十斤重是稀鬆平常事。

種田人不會逞智鬥巧做買賣，他們的一生事業就在一柄鋤頭上，靠天吃飯，賴土為生；於是，有心人先在一處種下蓮藕，待它開花結實之後便有一筆好收入。蓮藕這種植物是種怪胎，蓮子可以生根發芽、開花結藕，藕結埋在泥底，它也能負起承先啟後的責任。每年秋天收掉蓮蓬、蓮葉和蓮根之後，便任它「滿塘殘梗聽雨打，卻教詩人吟白頭」；一到明年開春，它又在春雨漫漶之下，精神抖擻地長出新葉來。因之，這口水塘，除了水深處蓮梗無法掙出水面正常生長外，整個塘面都是一片綠盈盈的蓮葉。一到開花季節，你可能不知道它有多美，全放的、半開的、含苞的、乍開的、半凋的、已謝的……全在晶瑩的綠葉中搖曳生姿。只有水塘深處像面不染塵埃的鏡子，以供荷花仙子照影梳妝外，整個水塘都是清一色的濃綠和若隱若現的紅花白朵。

水塘藻荇橫行，魚蝦肥碩，附近農家若是想吃魚蝦，只要用一張大小若一公尺見方的長柄撈網，往蓮葉稀處下網，拖上網，裡面至少有十幾隻長可及寸的草蝦，連續下網二三十次，晚餐桌上便能供應一盤紅豔而美味的草蝦大餐。

水塘中央有處百來尺大小的島嶼，古樹數株，綠意盎然。由於有水相隔，平常少人登臨，因之灌木叢生，荒草漫滅，與水塘同一碧綠色調。

由於有這樣一處棲息則安穩、覓食則不匱的生活環境，於是，成群的水鴨便以這口水塘為獵食天堂，以島嶼為婚配傳宗接代的家。

水鴨學名叫「鳧」，比家鴨小，因為以魚蝦為糧食，因之，牠身壯而肉肥，是饕餮們的盛饌佳餚。

水鴨多在夏天生蛋孵蛋，因之，島上的水鴨蛋往往是滿布草叢。附近農家多養鵝鴨，平常不愁肉食和蛋食供應，倒是頑皮的小孩最愛划著木桶去島上探個究竟，然後順手撿拾一些蛋粒回家，讓老娘炒個蔥花蛋下飯。

我家姑媽住在水塘岸上，兩個表哥像是這口荷塘的水鬼，白天在裡面戲水撈蝦，一到蓮子成熟，便划著小木桶割蓮蓬、採蓮葉，待水塘半乾，復又扒開稀泥挖蓮藕賺取家用。

我曾說過水鴨身壯而肉肥，我這兩個小表哥則是偷獵水鴨的快手。那天，我去姑媽家做客，姑媽正好去南嶽朝山進香，三天不得回家。晚餐桌上只有一盤菜蔬和煎豆腐。兩個小表哥一臉的歉意說：

「表弟，先胡亂吃碗飯墊飢，等我們捉到水鴨時，再好好飽吃一頓消夜。」

「你們抓得到水鴨嗎？」

「當然，要不要跟我們一塊去？」

小孩子玩心重，抓水鴨又是一樁新鮮事，哪有不去之理？

時當初秋，秋老虎盛威正虐，入晚之後，依然暑氣迫人，星光亮麗，初秋卻仍是盛夏姿容，一點也沒秋涼意味。

兩個小表哥划著木桶把我載到蓮葉深處，他們先將木桶隱藏在密集蓮葉裡，然後把我扶下木桶，三個人不動聲色蹲在水中，用荷葉遮蓋頭臉，不露半點破綻。

本來水鴨的習性是白天覓食遊樂，晚上則回島嶼與嬌妻交頸而眠。但其中也有酷愛夜遊的年輕夫妻，雙雙對對，在水中自由自在游動，就像今日愛夜遊的年輕人一樣。兩個小表哥就逮住水鴨這個缺點，等牠們毫無戒心游近時，眼明手快把牠雙足往水中一拉，沒片刻工夫，一隻水鴨便被淹死了。這種襲殺水鴨的方法幾乎是百試不爽。可憐一向與人無爭的水鴨，竟然想不到寧靜的水塘天地居然為小人所乘，而變成了殺戮戰場。

那一次，我們襲殺了三隻水鴨便志得意滿回家，那晚，吃了一頓自己獵獲的豐盛消夜。

幸好水鴨繁殖力強，一對水鴨夫婦，每年至少孵十隻八隻鴨寶寶，除了自然淘汰外，人為的捕殺，根本趕不上牠的繁殖速度。在今日來說，生態平衡情況顯得畸輕畸重，也破壞了附近農家的蓮藕與魚蝦收入，因之，盜殺水鴨雖未明令獎勵，也非犯了大禁忌。想吃肉食的附近農家，自然便想到無辜的水鴨了。

人類貪婪而狡詐，水鴨哪曉得牠們的生活天地原也是危機四伏？第一次探親回家，我專程去探望那口水塘，時際秋深，滿塘殘荷，景色依稀在，只是故人杳。探詢附近人家為什麼沒見到水鴨影子，他們一致回說，十幾二十年前就沒見到水鴨了。原來共黨專政，早把鳥類趕盡殺絕，與世無爭的水鴨也成了「殺無赦」的政治祭牲。我施施然回家，滿懷懊惱，心想當年那份美好的自然景象，今後可能再也不會回來了。

（《臺灣日報・副刊》民國八十三年十二月二日）

三、渡口

十八歲那年，我在小叔的渡口待了六個月。

渡口就是客旅往還的碼頭，是渡船歇腳喘氣的家。

我一向喜歡湖泊河流，不管是滔滔的大江，或是波平如鏡的湖泊，那份澄明流動的形象，使人覺得那是蒼穹的明鏡，是大地生命律動的象徵。

任何文化都是在湖泊河流交匯的地方生根發芽壯大，那兒土地肥沃，水源充足，便於耕種，草萊森林容易生長，野生動物易於獲得水源和糧食，繁衍綿延，形成生物另一個世界。

當我們遠祖為了獵食而與獸爭時，沼澤森林就是食物的庫藏；當張網弋漁時，河川湖泊裡喁喁喋喫的魚類，足可哺育兒女，繁殖後代。

由漁獵而農牧，河湖之間的曠野平原，放牧牛羊，種植穀物，建築房屋，興立禮樂，人類文化便此發祥皇麗。

在兩山環抱的三角地帶，我們古書稱之為「汭」，像渭汭、涇汭、洛汭。那種地區，上游藉著高山疊嶺為屏障，支流蜿蜒做護衛，可以避免外族入侵，形成一個小區域的農業經濟地帶，耕種漁獵，安居樂業。我國唐、虞、夏、商、周的文化，就這樣在三角地區的汭裡奠下基礎，滋壯繁富起來。

渡口是相互交通的孔道，生活、物產、禮儀、文化，自渡口出發，藉著船舶往還，達到互通聲氣、互為滋養的目的。

古時稱渡口叫「津」，像孟津、茅津渡。名字典雅，充盈一種濃郁的文化氣息。現在，我們直截了當稱它為渡口、渡頭或碼頭。世界上有千萬條河流浩浩蕩蕩，每一條河流都不知建立了多少處渡口，靠著這些渡口的吐納，交流了人與人之間成長的訊息，互為滋補，壯闊了文化洪流。

就因為父親這些簡略解釋，使我非常喜歡渡口，因之，專誠跟小叔過了半年擺渡人生活。

我家門口這條河流非常奇特，奇特得使人很能悟出一些人生哲理。

河上游是層疊不窮的高山，森林蠻橫無理地霸佔巒嶂的地盤；高山多為花崗石岩，儘管河水憤怒難遏地吶喊、掙扎，千萬年來，依然不曾為自己闖出一道坦途，無可奈何之下，只有忍氣吞聲隨著山勢迂迴曲折。

造山運動做了一次詭譎的安排，不僅把山形精雕細鏤成突兀崢嶸，還將巨石不規則的置諸河床，讓水流不得暢瀉，於是激湍狂流，浪花飛濺，極盡磅礴奔騰的能事，為人間點綴一片美景。

數十億年前，這兒也許原是海底，由於宇宙無窮的神力煽動，使海底板塊岩互不相讓，推擠抗拒，像兩牛角牴，難捨難分，終於形成一次劇烈的造山運動，山峰突起，河川蜿蜒，為人間製造高者為峰巒、凹者為川泊、曠野者為平原的種種美景。

山本來就傲岸不群，河流眼瞧山勢巍峻峭拔，一副盛氣凌人的態勢，自知力有不逮，只得抱著退一步保萬年安泰的心理，沿著山腳幽幽怨怨流向海洋。因為山的質地太堅貞，河流出山時像一位年輕的西洋拳擊家，倔強狂激，頻頻揮拳，殊料山卻像是一位多年修持的道佛人物，他閉目養神，以靜制動，當河水的拳風飄忽襲來時，他四兩撥千斤只輕輕一點，水就順著山麓瀉走了。河水經過一路挫折和屈辱後，他也許理解厚重的生命較之火爆毛躁更能顯出內涵，這才變得勁氣內斂，水勢平和而能休休有容。

小叔在渡口撐了十年船，十年時間，除了來回不斷將船撐到兩岸外，就是全心全意經營他那塊生活天地。

小叔在渡口用杉木蓋了一棟木屋，簡陋中帶有幾分雅氣；渡口兩旁和河岸曠地，他種了兩百來株柳樹，柳樹是種性嗜卑濕的植物，經過河水滋潤，沃土培育，一到春天，桃花在隔岸含羞帶嬌，柳樹便在這廂婆娑起舞。千萬枝柳條在春風逗弄下裊娜起蔥綠柔弱身影，像煞一床綠色紗帳。

夏秋月夜，臥聽松濤怒吼是一種享受。可是，有誰聽過柳濤翻波湧浪的雅韻呢？我在小叔住處，卻聆聽過柳濤洶湧的聲韻。夜風從空曠平原毫無阻攔地奔來，越過河面，刻意逗弄柳條喧嘩叫囂，原本斂眉入睡的柳條，一經風姨搔弄，立刻迎風搖曳，先是喁喁細語，繼即人聲鼎沸，未幾，便只聽見萬頃濤聲了。

小叔種植柳樹，原本為藉著柳根固結河岸用的，料不到在實用中卻意外獲得一份詩情畫意的享受。我跟小叔不算是雅人，卻能恣意享受這份雅韻，飽聆這份雅韻聲，也算是濁陋生活中一份雅事。

夏日晌午，炎日當空，躺在柳蔭下享受習習涼風的輕撫，感到通體舒暢，有如萬縷柔情，糾葛繚繞，叫人掙脫不得，俄頃間，人就不想掙扎了，任它緊捆密縛而不覺恬然入夢。

小叔那棟木屋坐落在柳蔭深處，兩房一廳，另帶一間小型廚房，木凳木桌、木櫥木櫃，每間屋子都洋溢一股清新的杉木氣息。杉木蔥蒨，亭亭如蓋，那份傲岸挺拔的英姿、不阿不苟的氣質，卻非其他橫枝攀緣的樹木所可及。尤其那茂盛綠意，經冬不凋，與蟠幹虬枝的松柏在伯仲之間；而其材料細密而質輕，不虞蟻蛀蟲蝕，跟它生前那份不阿俗取容的本性暗相吻合。小叔最愛杉木這份特性，所以特地以它建造木屋一棟，每天除了撐船外，便在屋裡編織漁網，幹些其他活兒。

跟小叔過日子，說不上綺麗多姿，卻寧靜得像是遺世獨立了。屋後山峰崚嶒之勢，一路綿延到這兒便變得有幾分謙抑，山腳往河心一伸，然後攤開大腳背聽任小叔種植柳樹，開闢渡口，繫住船身，迎送往來貿易的人群。

平常，每天頂多撐四五趟船就夠了，一到三、六、九逢墟的日子，小叔便加倍忙碌起來。趕集的男女老幼，從這岸將菸草、桐油、山產挑過去；回程時，將米麵、布疋及日常用品挑回來；讀書人辦文具，姑娘家買針線、花粉，渡口人頭聳動，絡繹不絕。一隻小小的渡船，負起了交通貿易和文化傳遞的責任。

不逢墟的日子，我就待在木屋讀書寫字；一旦趕集，小叔便把我拉去撐船，一人一枝船篙，篙頭輕輕往河岸一點，船就像布梭般射向河心，兩枝船篙，一左一右，只聽見河水在船底輕快歌唱，不到半盞茶工夫，便把乘客安渡到彼岸了。

叔侄倆情感融洽，復又同樣愛好水上生涯，當船撐到河中心時，水流會把船隻送到對岸，不用費力，我們叔侄立刻扯開嗓門唱山歌，歌聲豪放嘹亮，兩山也為我們呼應。

河對岸是一片廣闊平原，幾條支流，汩汩不絕地將清流注入河心。綠竹叢樹，圈住古樸的農舍；不規則的田畝，將大地割裂成美麗的圖案；田間小徑，有些狹小拘謹，有的寬闊質直，有的迤邐活潑，像是人的性格，其心不同，有如其面。

農村莊稼人樸實勤勞，村前村後，院裡院外，都種植不同的花卉果樹，春夏秋冬，隨著季節而有不同顏色的花朵綻放。站在小叔木屋階前眺望，不僅滿目盎然，更見紛華燦爛。河對岸是逞紅鬥紫，我們這廂則是垂柳萬枝，蔥秀碧油，在感官上成為一大怡快享受。

小叔在感情上受過創傷，年齡邁過三十大關，依然沒有結婚的打算，急得老奶奶成天唉聲嘆氣，為這單身的小兒子操心。小叔很會處理自己的生活，養雞飼鴨，家禽成為他生活中重要的質素。吹簫彈琴，他的日子過得優游自得，了無牽掛。

柳樹蔭覆下地面，盡多草蟲蟻豸，雞的糧食不虞匱缺；河水漫泛，河裡魚蝦豐盛，天天供給鴨群吃大餐。每日清晨，當太陽從山背後懶洋洋爬出來窺探大地時，小叔便把雞鴨放出去，雞鴨天性活潑，熱愛自由，牠們有牠們覓食、嬉遊、求偶的天地，一經放出樊籠，立刻欣快地拍著翅膀奔向柳林。牠們自謀生活，自己組織家庭，然後帶著成群兒女回家。小叔不勞而獲，坐收厚利。

晌午或黃昏時分，坐在柳蔭下觀賞雞鴨覓食嬉遊的情景，也是一大樂事。雞鴨群中多以雄性為領袖，英姿勃發，威鎮全族，母雞、母鴨大都圍繞在牠身邊伺候顏色，聽候使喚，那份昂首闊步、睥睨群雄的姿態，就像擁有三宮六院的帝王，威風八面，一呼百諾，果真是領袖群倫，獨一無二。想到每值王綱解紐的亂世，許多雄傑之士，群起逐鹿中原，不為引領待救的蒼生，只為爭那帝王寶座，不覺有些慨然。哪有我小叔一篙一舟，雖然不能救世濟民，卻也不禍害國家、侵害黎庶，享盡山間明月、拂面清風那份怡然自得曠爽心境！

因為河面寬闊，所以水流平緩，即使山洪暴發，眾流匯聚到渡口附近，水勢也仍然從從容容。平常過渡旅客稀少，我跟小叔便把船撐到河對岸撒網捕漁。水草茂發的港汊，可資覓食的物質極多，最易誘集魚類，我們在這兒撒上幾次網，便有豐盛的收穫。

小叔天性純孝，漁獲以後，總揀幾尾大鯉魚，親自送回家孝敬奶奶；逢墟的日子，也要託人家去市場購些糕果之類捎回家。

我們網漁，並不影響行旅過渡，只要旅客站在渡口呼喚一聲，我們便奮力將船撐過去，將他送到彼岸。

夜晚過渡的人比較稀落，這時節，小叔便盡其興之所至拉琴吹簫，激越的聲韻，抖動在靜悄的夜色裡，如慕如怨，如泣如訴，聽起來令人不覺泫然。這是不是小叔的心聲？我不清楚，我只覺得他內心好像蘊藏著太多不能向人訴說的淒苦。

一天夜裡，風疾雨驟，我們忽然聽見對岸有人呼叫過渡的聲音，小叔冒雨走出門外諦聽，俄頃，他披上簑衣往柳條悲吟的渡口走去。沒多久，他領著一對衣衫濕濡的男女進屋。女的我認識，她是房家的春桃姑姑。

小叔沉著臉陰鬱鬱問：「你們準備逃到哪兒去呢？」

桃姑紅著臉勾著頭，許久，才暗啞地說：

「跟他去江西吉安，他姑媽在吉安開藥舖。鯁生，請你今夜別把渡船擺過去，我爹一定會來追。」

「我知道。」小叔起身走進臥室，掂來十塊銀元塞給桃姑說：

「你帶著，多少幫襯點。」

「鯁生，我對不起你。」桃姑淚眼淒迷，好像有滿肚子話待傾訴。

小叔搖頭，阻止她說下去。

「只要你日子過得好就行。這是緣份，不能勉強。你們趕快上路吧！」

桃姑牽著那位年輕男人的手走出木屋，隱沒在淒風苦雨的夜裡。柳條哀嘆，河水悲吟，黑森森的山林吞噬了桃姑，也吞噬了小叔的希望。

那夜，小叔喝了半斤白乾，他躺在床上，輾轉反側不曾闔眼，儘管河對岸有人高喊過渡的聲音隱隱傳來，他卻裝作充耳不聞，在昏暗的夜色裡，他幽幽地說：

「小鈍，那是春桃老爹的聲音，我不擺他過渡，春桃便有充裕時間趕路。婚姻是緣份，我們沒有緣，怨不得誰……」

從此，我又憬悟渡口的另一作用，是為人間譜了一闋戀曲，增益了文化波瀾。

江水泱泱，雲山蒼蒼，柔柳如情思，不管白晝和黑夜，天晴或是雲雨淒迷，它總是那樣牽繫著小叔寂寞的心。

（《中央日報‧副刊》民國七十四年九月九日）

四、小三峽

長江三峽屬於世界性的景觀，七百里峽谷，兩岸連山，高聳雲霄，堆嶂疊岩，不見天日，歷代文人對它描摹吟誦的篇章極多，可見它對文化景觀上的奇偉價值。

由於長江三峽馳譽古今中外，嘉陵江有一段山色水光與三峽大同小異，當地人號之為「小三峽」。故鄉有條河流，出高山，切岩層，蹈瑕抵隙，獨闢流徑，那份不受羈勒的磅礴氣勢，我們無法不掠長江三峽的美譽，因之，也把它稱之為「小三峽」。

每一條河流都發源於高山峻嶺，每一條河流都不曾有意成為巨流漫漫，而是因為造山運動形成河谷適於水流奔瀉，再經過億萬年的深切、襲奪，穿岩鑿石，盪谷掃底，才成其為一條有規模、有氣勢的河流。

老家那條河流，也是這般演化形成。

河上游盡是重重疊疊的高山，藍天下只見峰巒聳翠，綿歷無盡。我不曾追源溯流，一探上游重峰疊嶂的真面貌，但我知道那裡森林茂盛，礦藏豐富，尤其是杉木，每年夏秋季節，就有木材商自上游泛著木排去外埠大賺一筆，木殼貨船幾乎是常年載著山產絡繹河道。

這群山脈屬於南嶽的支派，與五嶺相連結，綿邈到這兒突然奇峰乍起，突岩凸石，峰峰爭秀，極盡詭譎瑰奇之能事。南嶽聳峙，已夠氣魄；五嶺雄強，尤足駭世。有如兩強角力，各逞勁道，互爭雄長，終於形成沿河兩岸山勢峭拔的特殊景觀。

同樣是山，卻因山的構成質地不同而有相異的形貌。石灰岩山高聳圓禿，堅貞不群；頁片岩山，堆片砌石，另有形神；黃土山塵砂飛揚，瀰天掩地；花崗山石節理儼然，不受侵蝕……像福建的山貌就與廣西桂林、陽朔山色有別；恆山形貌又與泰山氣勢不同；雲南玉龍、點蒼，跟五臺、雁蕩別趣；秦隴高原跟江南丘陵亦有妍媸不同。這都是山的質地形成山的殊類異象，妍者自妍，媸者自媸，不曾雷同。

這群山峰，外形巉峻，而內涵全為石灰岩質，儘管河水日夜激盪，實則只在河道岩層下削切成調節洪水的平行暗河。河水力量不及的地方，卻是兩壁如削，直達雲天。河道寬闊處有四十餘尺浩蕩面，狹窄處不足二十尺，河水湍急，爭流逐道，船行此處，驚險萬狀，要得安全通過，一半靠運氣，一半靠經驗智慧。

嵯峨的山峰加上叢茂的森林，自河道仰望，只見兩峰猙獰相向，有如兩個怒漢，橫眉怒目，互不相讓，僅見一線天日。倒是壁間懸垂的藤蔓，蔥蘢曼妙，沿崖走壁，不避險巇，裝飾得格外清麗。雜花野葩，爭相怒放，彷彿一床巨幅壁毯，飽騁視感之美。捨船陸行，山道沿峭壁逶迤，前行以為路盡，一個轉折，又見細徑蛇行在前。峰巒聳秀，層疊無際，蒼莽的森林，遮天蓋地，那份蒼鬱之氣，不讓三峽氣象專美。

長江自奉節到宜昌為峽谷區。兩山夾水謂之「峽」，泉出通川謂之「谷」。由於雙峰高峙，崖腳相逼，流水不得暢瀉，必須避岩讓石，多做縈洄，才能與主流合道，因而急流險漩，飛浪堆雪，極為壯美。且因上游水勢湧急，由水力推運或因造山運動遺留下來的巨石，星布河底，流水過處，形成許多險灘，浪花洄漩，舟楫難行，單靠風力、水力推送的木殼船，必須靠縴夫推拉才能通過，成為長江船運的一大特色。

小三峽全程二十餘華里，我家居住峽口小塊平原上，面積不足七十平方公里，左右親鄰，在這塊小型平原上汲水種地，垂釣弋鳧，結婚生子，往來應酬，雖不富足，卻能恬淡自樂。河流穿過平原，又復游走八十多華里才能到達大平原，只是峰巒已非峽谷區拔峙雄奇，令人心神驚懼。

讀陶淵明〈桃花源記〉云：「豁然開朗，土地平曠，屋舍儼然，有良田美池、桑竹之屬，阡陌交通，雞犬相聞……」，老家親友，雖非「避秦亂而不知有漢，無論魏晉」，那份無爭無忤的寧靜生活與心境，跟桃花源實具同一意趣。

因為河水湍急，我不曾溯源而上以窺究竟，不過，沿著崖壁小徑，攀爬峰腰叢林採香菇、摘木耳，倒是年有多次往返，所以，「小三峽」的大概形貌，只有略窺一二；至於崖峰的表象節理，卻能如數家珍般可以極道其詳。

那年，老爹為修建房子，特命大哥、二哥去上游採購杉木。為廣見聞，特別徵得老爹同意跟隨兩位老哥充當買辦。

搭便船溯水而上，可以省卻走山路的苦楚，但搭便船要付船費，不合經濟原則。走山路，雖說費時費力，苦了雙腳，不僅可省錢財，且可飽覽山色，以快視覺之興。兩位老哥深體老爹創業艱難，決心步行入山，老爹連聲讚好，備好餱糧，次日束裝就道。

沒出家門，總以為全天下的山都是一些冥頑不靈的岩石黃土組成的突隆而已，直至沿著壁間小徑遊目山色之後，這才發現有的尖如新籜張葉，有的突兀如飛升登天，有的前傾做俯瞰江流狀，有的昂首望天做鄙夷不屑之情，有的妍麗如美女，有的粗獷若壯漢，有的林木茂發若青春少年，有的童山濯濯若老人……形不同而貌迥異，豈僅有靈性，而且還多幾分慧根，才能如此各具資質，各逞麗色。

趕早行晚，當夜宿黃村。黃村沿山建屋，臨水築厝，既饒江流清芬，又富魚弋豐利。梯田由江濱直攀山腰，山溪涓涓，終年不絕，無旱澇之憂。深山林木葳蕤，飛禽走獸，藏蓄極豐，一管獵槍，兩頭獵犬，半日出獵，即可豐收而歸。黃村既臨水又靠山，占盡山益水利。深山禽獸豐足，以物養人，我們認為是天經地義的事，也不曾有人為保護野生動物而奔走呼號；人為的戕殘，亦未曾損害大自然的蕃息不絕。

次日到達杉木產地，江濱山麓，盡是砍伐後待價而沽的杉木，價賤而材美，兩天腳程，著實值得。

兩位老哥選好數十根上好杉木，付完價錢，命賣主紮成木排，大哥在前領道，二哥殿後掌舵，我則坐在木排中心專賞山色水景，一聲吆喝，兩兄弟雙篙點岸，木排就像船隻般在河中心波逐前進了。

這一段河面廣闊而水流平緩，木排盪入河中心而緩緩前進，可以從容觀賞山色河貌。曩日，自岸俯瞰，只見江水一線，浪花捲珠，不能盡得泛舟樂趣。此刻，坐在木排上，仰觀兩岸群峰聳翠，峭壁如削，浪花怒吼，船行如矢，只覺得舟小如葉，造物神妙難測，人在大自然中實在渺小得不足稱道。

行走半日，木排便即進入峽谷區。大哥囑我抓緊捆在木排上的粗藤條，以防落水做了波臣；他們兩人則全力於木排划行工作。

長江三峽全長二〇四公里，險灘錯落，礁石星布，亂流漩洄，駭人落魄，船行峽中，若非老手，稍一失道，便會船毀人亡，成為江底冤魂。兩岸峰巒爭奇，危巖峭立，猙獰相對，有劍拔弩張之勢；仰首上望，只見一線天日，非到亭午，不見陽光，成天陰濕幽深，加上浪花飛捲，騰湧澎湃，舟行而過，既叫人驚嘆風景清幽秀麗，又讓人驚心動魄，不得片刻寧貼。

據一般研究地形學者稱，古長江上源只在宜昌附近之西，現在長江中游四川，可能是一個內陸湖，與長江不相銜接，後來長江溯源侵蝕，接通湖水，使它下流，再切過幾十個褶曲地層而形成峽谷，出宜昌，匯漢水，與雲夢大澤諸水相接，再與下游多條河水匯流，便成為今日浩浩蕩蕩的長江了。

「小三峽」的氣勢當然不及長江三峽於萬一，但兩岸高峰凌空，迫使河水突然高急憤怒，波浪湧捲，不管泛木排或行船，必須循著水勢一瀉而下，當要撞擊崖壁前刻，明明快要碎船粉身，忽然因為水力回激作用，間不容髮中船首左向，舟身隨水推移，立即化險為夷。水力玄妙，令人難測詭祕，不像長江三峽行船，必須走靜水面才能安全。上水船則沿著崖壁靜水道緩緩上行，雖然費力，因為各有航道，互不干犯，倒也安全。

二十多里船程，只見大哥、二哥手忙腳亂，一會兒撥開木排首端，一會兒避開逆水來船，一會兒讓道輕舟先過，我也失去閒情欣賞三峽兩岸峭壁巍峰的景色，只覺得木排速如飛箭，浪湧波推，左右搖擺，隨時可能藤斷木散，成為魚鱉伴侶，一顆心直欲衝口飛出，擔心不知能否回家見到爹娘，哪還有閒情做詩人雅士狀，遊目騁懷，為群峰峽谷吟詩裁章了！

水的推力畢竟較腳行快速，兩日步履行程，船行只半日工夫便已到家，日落西山，群鴉噪林，木排靠岸，老爹早已雇好人工佇候江濱搬運木材了。

望著浩蕩流水，我不知此河上窮根源、下至與他河匯流究竟是何面貌，二哥曾經多次去上游躉買山產去下游販售，據他說——

河上游全都是山，全都是樹林，尤其是杉樹，繁衍力強，漫山遍野，遮天蓋地，一片濃綠。更上游，有三條河流匯聚一處，形成空闊的江面，水波盪漾，楊柳依依，扁舟往來兩岸，有如平靜的湖沼，頗有西湖、玄武湖那番氣象。更上處，仍有許多小湖沼，細流小澗，山溪明渠，眾流歸宗，全匯集湖泊中。峽谷下游，經過八十多里航程便與湘水匯流，群峰較矮，江面寬闊，每當春汎秋霖，湘水上漲，往往倒流入峽，使峽谷流水愈益澎湃激盪，驚濤拍岸，怒浪排壑，極盡壯偉觀瞻……想到長江的生成，都是點點滴滴穿山鑿岩，懷接細流，併吞湖沼，填平沼澤，疏流河砂，自有一套成為中國第一大川的哲學。反觀我們這條河流的「小三峽」，以及其他多多少少的河流，其成長歷史，何嘗不是與長江的生命同一軌跡呢？

（《中央日報・副刊》民國七十六年二月二十日）

五、娛樂

娛樂可以讓人輕鬆，帶來歡愉；一個人如果沒有娛樂，等於機器缺少潤滑油，那後果，可以想像很糟；倘若機器的潤滑油加得太多，也不是一件好事。

電子音響發達絕對利多於弊，它藉著播音員無遠弗屆的磁性聲音，將時事報導、新聞評論、知識、音樂、廣播劇……傳播給廣大的聽眾，讓聽眾「一機在旁」，便享有「秀才不出門，能知天下事」的便利。

隨身聽發明後，只見年輕男女耳朵裡都塞著一副耳機，心無旁騖地沉醉在優美的音樂旋律裡。工作讀書疲累之餘，能夠聆聽三五分鐘的音樂，未嘗不是一項解除疲勞的妙方；如果在上班、上學時間也分心於隨身聽上，那就有些「不務正業」了。

喜好音樂不是壞事。我家兒女也是這種時髦風潮的擁戴者，他們全是隨身聽的暱友，睡前，輕柔的音樂，如和煦春風般陣陣送來，沒多久，便一個個送入夢鄉。每天晚上都得勞動我替他們關開關，時間一久，令人煩不勝煩。結果，我想出一個妙方：凡是發覺誰在進入夢境前不曾關好收音機時，我便朝他屁股上猛揍兩巴掌，直把他們打得愣愣地坐起來，自動關好收音機才准睡覺。

俗話說：「打是親，罵是愛。」孩子對這份至高無上的親情不太十分領情，不過，這個法子發生了相當大的效果，此後，很少有不關收音機便呼呼大睡的情形。

今天，真是「兒女當道」的有福時代，他們吃喝穿用，無所不備，無所不有，樣樣都是現代化。我們這一代已經進入老境，想到自己做孩子時的生活，全跟貧窮結下不解緣，一天能有三餐飽飯吃就是天大的幸福。我們幾時見過收音機？聆聽過輕柔的音樂？偶然聽到一次留聲機，那就要當大新聞發布，把這件奇異見聞告知童伴好友。

老家是一處土地方，土得戶戶耕地傳家，人人謹愿守份。最大的娛樂是豐年之後，大家湊錢請個戲班唱幾天戲，讓方圓數十里內的親朋戚友共樂一番。

唱戲是樁大事，戲前要派人把姑姑、姨媽、舅母……接回來，供吃供住；戲唱完後，還得一一用轎子送回去，順便搭上大包小包土產，一點不得怠慢。要是疏了這份禮儀，親朋戚友雖不至於斷絕往來，至少要挨好長一段時間的評是論非。

鄉下人情濃，婚喪喜慶，固然要禮尚往來；逢年過節，也是大包小包互相餽贈。禮不在多，也不在貴，送者不以為嗇，受者不以為賤。投我以木桃，報之以瓊瑤，這份你來我往的人情，就是鄉下人禍福與共、疾病相扶持的強固堤防。

農家自年頭到年尾都在忙碌，沒有娛樂，不談消閒，農忙之餘，晚餐之後，頂多一把胡琴、一管洞簫，幽幽之聲，顫抖於南風習習的黃昏裡，也是一大賞心樂事。

人的欲望無窮盡，快樂或憂傷、滿足或貧乏，很難有種明確的界定。這隻平衡的天秤就擱在自己的心理上，當我們把快樂的法碼加多一分，快樂的重量就增加了；假如我們根本不把快樂的法碼加上去，人生不如意事便會把人壓傷、壓扁。

農村生活與城市生活差別很大，在心理反應上也沒城市人敏銳。城市居民見識廣，容易被感染，也很容易改變自己的觀念和生活方式。鄉下居民則不然，他們心裡是座堅強的堡壘，防衛嚴密，不管外在環境多變化，他們固執自己的生活方式和理念，春耕夏耘，秋收冬藏，絕不輕易接受改變。孔子曰：「禮失而求諸野。」這個「野」真正保存了我國固有的倫理道德和傳統；鄉下人生活沒有多少變化，但在不變中蘊含不少樸真的生活樂趣。

鄉下人一把胡琴或三絃，自拉自唱，便可相伴一生。一臺戲唱完便可樂上好幾天，他們最容易滿足。城市人一味追求刺激，也最易陷於迷失。

每個人有每個人追求快樂的方式，年輕人跳舞、唱歌，知識份子讀書研究，藝術家創作繪畫，音樂家譜曲作詞……這種快樂在性靈上是份潤澤，在人生境界上是份提升和奉獻。追求快樂若是採取墮落的方式，那不是快樂，而是沉溺和麻醉，終有一天要毀了自己。

由於收音機和電視介入生活領域，前此風行一時的布袋戲、南管、北管、客家戲和歌仔戲也漸形沒落，多少吃戲飯的朋友不得不改行他去。時代在進步，誰也無法抗拒新事物的侵入。打開收音機，就有悅耳怡情的音樂輕送來，年輕人興趣未定型，「喜新厭舊」是人性通病，當然不聽急管繁絃的地方戲；打開電視機，就有面貌姣好、動作輕盈而又布景新潮的歌仔戲畫面出現，大家自然不趕朔風野大的野臺子戲了。今日不論鄉村或城市，任何娛樂節目都能從電視畫面上獲得，而且是中外古今，包羅萬象。專門請戲班唱幾臺戲的事情，自然是興趣闕如，地方戲劇的沒落也是時潮的犧牲者，唱戲的朋友只有喟嘆著放棄自己的專業而怏怏他去了。

新潮翻騰，新的娛樂圈子腦筋動得特別快，想著法子翻新娛樂花樣，翻新的結果，常常翻得離了譜，使諸多有心人士都難接受。像結婚嫁女，是一樁多麼莊嚴隆重的事，不知幾時流行請樂隊演唱助興，於是，客人在酒筵中猜拳鬧酒，大吃大喝；臺上「三點秀」、「透明秀」、「穿幫秀」相繼演來，賓客恣了口腹、飽了眼福，把一個矜持喜悅的場面搞成一個四不像。

喪禮絕對應該嚴肅悲戚，喜歡找刺激的喪家，卻把喪事當喜事辦，一輛電子花車，不但歌舞俱佳，而且跳脫全來。送葬看色情表演，隆乳豐胴把悲戚之情全捲走了，跟「與其奢也寧儉」的古禮大相逕庭，這時節，不知有幾個人哭得出聲來？要痛哭流涕的，可能只是躺在棺材中的那位仁兄。

世俗而低級的樂趣只有腐化自己、迷失自己、陷溺自己。一局棋、一首曲、作張畫、唱首歌、寫幅字……那份樂趣並不下於看刺激官能的低級表演。可能是人性如水，導之往東則東流，導之往西則西流，而且平凡人畢竟比志趣品味高的人多，所以，接受淫猥低級的人仍然占極大多數，在劣幣驅逐良幣的情形下，我們優良傳統和世道人心不免受到相當大的戕害。

我很珍視老年人坐在廟前或樹蔭下「講古」的情景，他們話桑麻，道豐歉，雖然不干國計民生、存亡興廢，那份樂趣，絕對不比晉朝清談之士為遜。老年人歲月無多，在有盡的歲月裡卻有太多的空閒，他們固執傳統和堅持理念，是社會道德的標竿、優良風習的捍衛者。假如他們也一味趕時髦，以低級趣味為樂，那我們這個社會的糜爛程度便愈甚了。

群眾盲目而衝動，導之以正則正，導之以邪則邪。我常常想，回教國家對傳統的執著能夠牢不可破，為什麼我們社會的良風美習便如此輕易地潰了防守呢？

自由民主社會較為開放，開放的社會，法律便有很多漏洞可鑽，於是，一些惟利是務之輩，只要有錢可賺，任何離經背道的花樣都耍得出來，娛樂事業，不惜以暴露床笫之私於大庭廣眾間賺取色情錢，道理就在這裡。

年齡輕，精力旺，心智不甚成熟，最易接受官能刺激的娛樂。年齡稍長，雖然「食色性也」不曾稍減，因為悟知還有諸多精神業績需要追求，對國家社會和下一代的道德責任漸趨強烈，有關官能刺激的娛樂多少有些排斥和譴責。畢竟我們這一代可以犧牲，千萬代兒孫不能葬送。人對性的需求是有恥無節，禽獸則是有節無恥，作為萬物之靈的人類，如果與禽獸的行徑相同，套句古話反諷一下：「人之異於禽獸者，幾希。」

看著年輕人愛好音樂風氣之盛，知道他們這項高尚的娛樂裡找到了慰藉和情感宣洩的途徑。愛好音樂的孩子不會變壞，由於音樂的導正，一定可以薰陶他們成為氣質高尚、人格正常的彬彬君子，長大成人，自然能夠明辨是非善惡而成為道德藩籬的有利屏障。

今日，一切事物都在日趨繁複，娛樂也不例外，想到農村簫笛奏弄單純簡樸的音調，以及他們引吭高歌那份豪壯之情，真不免有幾分嚮往和陶醉。可惜，時不我予，消逝了的再也撿拾不回來。今日，孩子們擁有的，我們當年沒有，我們當年擁有的，他們想像都不可得。在物質生活獲得上他們確實幸福，但在精神空間的遼闊上他們絕對比我們狹窄，失去的並不比我們少。得失之間，誰幸誰不幸？真令我有些迷惘。

（《大眾日報・副刊》民國七十六年一月五日）

六、私塾趣事

拜讀「臺副」（《臺灣日報》副刊）六月八、九日丁家駿先生〈細說私塾〉大作後，突然勾引起我讀私塾時一些趣事，拉雜寫來，藉博一粲。

先父端莊公國學根基深厚，由於闈牆蹭蹬，他始終是一位不得志的老儒生，他沉醉古籍芬芳裡，藉著詩、書、聯抒發他的感情鬱積，歌頌人生，道出宇宙的玄妙和惠施。先父講解四書，不用照本宣讀，他斜靠在藤椅上，瞇縫著老花眼睛，然後問學生：「昨天教到哪兒？」學生只要提頭一句，他便接著像流泉出澗般暢通無阻地背誦下去，然後逐句解釋，有時連註解都能背誦出來，可見他當年用功之勤、積學之富。只因文章憎命，仕途淹蹇，他只有無可奈何地留在家裡貫徹「耕讀傳家」的舊家風。

小時候，我的身體極羸弱，雖沒抱著藥罐過日子，倒是三天兩日發高燒、咳嗽、鬧肚子。五個同胞手足，先後都被閻王爺點召走了，可能我不太討閻王爺喜歡；或許本來就是個不起眼的小蔥小蒜人物，閻王爺根本沒把我放在眼裡，任我在陽世間自生自滅。結果，我反而沒被病魔糾纏而放棄自己的生命，愉快硬朗地活到現在。

因為自己天生「痢」質，全身二百多塊骨頭，全靠一張鬆垮垮皮包著，幸好上蒼也賜給我一份頑強的個性，砍柴、抓魚、撿田螺、插秧、種豆、車水、割稻……凡是大、二哥忙不過來的活兒，兩位老哥手足情深，硬是派給我一個角色。我跟著兩位老哥身後，敢怒而不敢言，幹起活來，倒也頗為稱職。由於被逼迫鍛鍊身體，體格日益健壯，就好像存心跟閻王爺鬧彆扭，鬧得閻王爺硬是沒理由給我送召集令，我就如此這般地偷偷活了幾十寒暑。

健康是事業的本錢，由於我沒有斤兩，老爹不曉得讓我幹什麼活路才好——種田嘛！不是一塊好料；讀書也不見得會出人頭地，卓然有成。父親沒給我做決定，我的前途就像吊在半空中，上不著天，下不靠地，母親成天愁眉蹙額，為兒子往後的日子發愁。其實，我當時尚不到五足歲，老母親愛子心切，那份杞憂實在是多餘。

過完年後，父親突然開腔了，他躺在炭盆邊竹椅上，一種目中無人的語氣說：

「老三今年跟我去發蒙。」

母親就像是奉到聖旨綸音般喜不自勝，立刻替我大肆張羅。上學那天，我穿著新衣、新帽、新鞋，向「大成至聖先師孔子神位」行了三跪九叩禮，轉過來，又要向老爹磕頭。當我抬頭瞧見老爹那副笑瞇瞇神情，我忍不住傻愣愣問：

「爹，我也要向你磕頭？」

老爹點點頭回道：「當然，這是規矩。」

讀書原就是要讓人懂規矩，懂規矩以後才能明道理。理有是非曲直，能知是非、識曲直，則能有所為、有所不為。老爹這一堅持，讓我終生受用不盡。儘管命途窮窘淹滯，卻始終以良知為準據，不怨天尤人，不偏激極端，是非不容混淆，善惡不容假借，清明在躬，靈覺不昧，坦泰寧靜，心安理得。

拜過祖師爺孔老夫子之後，我便有了雙重身份，既為老爹的兒子，又兼老爹的學生。當兒子尚屬容易，反正老爹創造了我這個生命，他就不能逃避責任，讓我吃定了他，白吃、白穿、白住、白讀書，將來還要吵著娶媳婦，事事得由老爹煞費張羅不可。做學生可不這麼簡單，反過來他事事要求我，描紅、識字、背書……稍一大意出了差錯，老爹特別備了一根教鞭，對別人總沒待自己兒子優厚，若是抽別個學生一鞭，我則多加一鞭，表示老爹恩典。

望子成龍，望女成鳳，原是普天下父母同一心理，誰都希望自己的兒女出類拔萃，頭角崢嶸。但對我來說，當老爹的學生實在是一項苦差事，有如鐐銬在身，一日也挨不得，不到半個月光景，屁股、手心不知挨了多少鞭子？偏偏自己頑劣成性，剛被抽得涕泗滂沱，沒半盞茶工夫，又被玩心征服了，一副眉開眼笑樂不可支的神態，於是，挨鞭子成了日常正課。這種形同水深火熱的日子，我實在無法忍受，小心眼覺得一切災禍全從讀書惹來，心頭一橫，便開始罷讀，不管老爹如何「天」威不測，老母百般勸誘，就是罷讀到底，不為所動。畢竟父子之親屬於天性，老爹深知趕倔牛上犂枷不能霸王硬上弓，要是一開始就惹惱兒子見書心煩，以後不好調教，不成才尚不打緊，萬一走上邪路，為非作歹、殺人越貨，面子、家風兩皆有損，那後果不堪想像。此後，老爹的管束放鬆了，任我出入隨心，自由逍遙，做頭檻外牛。

說句老實話，一個僅只五歲多一點的孩子，上學只圖學個規矩，哪能一心指望他像神童般過目不忘、聞一知十呢？老爹的預估能力謬誤十萬八千里，兒子不是龍的料子，望子成龍的心情未免焦急一些。

易子而教，古有明訓，老爹怕管我嚴了傷了我，管我鬆了害了我，便把我交給他一位高足周桂林先生教我。論輩份，我們是師兄弟；論關係，現在一變而為師徒了。

上學那天，老爹特地提醒我師嚴道尊，千萬不可對師兄態度失禮。

老爹這位高足什麼都好，就是愛玩湖南紙牌，做事沒有章法，夜晚常在牌桌上通宵達旦，苦戰不休；白天若是一旦牌癮難熬，也會借個理由先行開溜。春風無足，懶過門牆，苦桃、路李，全不成材。許多趣事就在這段時間相繼發生。

我們私塾設在「馬公廟」。馬公廟占地不廣，殿宇不宏，門前更是車馬冷落香客稀，但幾間穀倉卻是盈倉滿廩。這些穀子，全是附近鄉鎮成立「積穀公會」以備每年新穀尚未登場四、五月間貸給農民度荒用的。

「積穀公會」由一戶姓周的人家管理，這對中年夫婦最愛趕集，一個月有十八天時間去墟場趕熱鬧。逢到這種日子，若是碰到老師去玩紙牌，整個塾堂便會像孫猴子大鬧天宮般被我們吵得天翻地覆。

那天，不知是誰出的餿主意說是要唱戲，小孩子唱戲反正是無腔無調、無主無從，大小角色齊出臺，八仙過海，各顯神通，鬼哭神嚎，鬧得興會淋漓而後已。

唱戲要有戲裝才像一回事，經過一陣商量，我們把腦筋動到馬公的繡花龍袍上。說做就做，大家搶先把馬公身上的袍掛、帽子剝個精光。當穿上戲服往塾堂一站，戲的氣氛立刻濃郁起來。跑龍套的，敲桌打椅當響器的，熱鬧極了；主將殺進殺出，廝鬥得難解難分。玩性一濃，大家全把老師和管廟的周家夫婦扔在腦後。待周家夫婦往我們塾堂一站，再跑去殿堂一瞧馬公全身一絲不掛的狼狽相，氣得跺腳大罵。當然，這一狀直接遞呈給我們老師。第二天上學，第一堂課就是抽板子，不分大小主從，一律重重責打五大板，打得手掌心又腫又紅又火辣。

私塾前有株高大的桐樹，每到仲春，它跟後山的茶花比賽開花，茶花開得遍山白，桐樹也把一朵朵雅白的花瓣綴在枝頭，招蜂引蝶，美極了。

一到盛夏，蟬聲拖著悠長的調子唱得人懶洋洋的，桐樹葵扇般大葉片把陽光阻擋在樹梢頭，我們常常爬上樹幹叉縫處乘涼，讓曼妙的蟬聲把我們帶到周公門牆外把晤問禮。如果老師溜號，我們便派位同學躲在樹葉濃蔭裡當瞭望哨，只要看見老師清癯的身影在路盡頭出現，一聲呼哨，立刻人人回復本位，正襟危坐，扯開嗓門唸書。私塾讀書不是同一課本和進度，有的讀《三字經》，有的讀《百家姓》，有的讀《幼學故事瓊林》，有的讀《左傳》……兒童最愛好強爭勝，加上童音尖銳，七嘴八舌，高低不同，整個塾堂就像群鴨爭食，呱呱亂叫，吵得人頭昏眼花。

私塾前臨漠漠水田，後倚一片深邃幽渺山巒，春天，我們不是成群去後山捕蟬抓鳥，就是去水田撈蝌蚪、堵水溝抓泥鰍，要不然，就是摘一截稻稭當吸管，就著茶花蕊裡吸糖汁。

大家年齡小，玩心重，哪知道山高水深危險？老師既怕我們爬山涉水遭遇意外，又愁我們耽誤功課；為了防止我們爬山玩水影響生命安全，他便想出一記絕招來：每當他有事開溜，就用毛筆在我們左右手掌心寫下「遵守規矩」四個字，俟他回校，如果字體完整、筆劃清楚，那就平安無事；若是字體模糊或者缺筆少劃，立刻教鞭伺候。他這絕招果真奇效無比，誰也不敢自我晦氣往後山水田去放縱，人人只顧坐在自己座位上，全心全意伺候兩隻手掌心，保護「遵守規矩」四個字，只靠一張嘴巴上天下地窮扯淡打發時間。

讀私塾，沒有任何課外活動，偶然跟老師去後山看看花草榛莽、松柏樟榕，就覺得是椿極大的賞心樂事。孩子們精力充沛，除了讀書，沒有正當的娛樂發洩精力，調劑身心，而且，老師一天到晚板著一張冷臉孔，兩隻眼睛死盯住人不放，那種滋味實在不好受。為了鬆散一下綳緊紘的心情，全塾二十幾個人，只有藉出恭的理由去外面透口氣。於是，常見三四人一組聯合出恭的陣容，到了菜園，心就像木桶鬆了箍，塊塊木板各占各的位，玩得高興，往往半根香工夫不曾回座位。我們自以為道高一尺，事實上這丁點兒魔法哪瞞得過老師的法眼，他曾經年輕，也在我老爹面前玩過相同的花招，所以，他特別用木板製成兩塊號牌，一次只准一人出恭，持牌外出，交牌遞補，既然沒有了玩伴，大家就沒興致在菜園抓蝴蝶、掏蟋蟀了。另一塊號牌儼然急診掛號券，要是有人在緊急狀況之下，才恩准持牌方便。

俗話說：「懶人屎尿多。」周老師醫術精湛，專治我們這個疑難雜症。

老師雖然師承有門，真正有些學問，由於玩牌而誤了我們的學業，惹得許多家長嘖有煩言。半年下來，我連半部《論語》都沒讀完。老爹考問過我的課業後，發覺進境竟是如此遲滯，他忍不住搖頭嘆氣說：

「桂林書讀得不錯，怎麼教書這麼差？」

老師做人的口碑尚不算太壞，使我們惱恨他的就是打人的招數狠：他打手心時，教鞭抽在手掌心，還來個有餘不盡往後一抽——這一抽等於一鞭發揮了雙重效果，辣熱劇痛，痛得人直淌眼淚。他一面打一面心有不甘地叨唸說：

「讓你以後記住不敢再犯。」

半年下來，同學們沒記住他的好處，壞處倒是背得出一籮筐。散館前一天，大家商量法子整他一番，討回一點公道。在諸多辦法中，採取一道最快捷兌現的方法就是在他菜餚裡加一個羹桐油。桐油調菜，味道香甜，最易引起腹瀉。那天中餐，我們看他津津有味吃了三碗飯，不到一個時辰就見他慌慌張張來回上廁所。頑皮大膽的同學幸災樂禍問：

「老師，你出恭怎麼不拿號牌？」

老師知道著了我們的道兒，一面走一面恨恨地罵道：

「師道不尊，我哪是教學生？簡直是放一群小牛犢子。」

那天我們提前放學，第二天就散館放暑假，多賺了半天假日。

（《臺灣日報・副刊》民國七十四年七月十日）

七、田園趣

許多人居住都市，卻老叨唸鄉村生活怎麼怎麼好，鄉村既然好，搬到都市住幹嘛？這種心態值得研究。

「這山望到那山高」原是人的通病，正因為具有這種不滿現狀的心境，人類文化才有進步；若是人人安於現狀，以現狀為滿足，生活思想如一潭死水，微波不興，活源不入，這潭死水終久會腐臭掉。

都市生活有都市生活的情調，鄉村生活有鄉村生活的意趣，不能厚此薄彼說這好、那不好。人最會喜新厭舊，因而，居住兩個不同環境的人，生活久了，心情膩了，都會產生同樣的不滿和嚮往；換處環境，過幾天新鮮日子，對心境和工作精神卻是一泓活水源頭，是種新的刺激。

都市原為鄉村蛻變而成，當都市未形成前，散落的村莊，有炊煙裊裊，有鳴禽嚶嚶，有野花遍地，有叢林葳蕤，大自然的景色和氣氛確能給人一份相當大的寧靜。當人口愈來愈稠密、房屋愈來愈擁擠時，各不連屬的村莊自然而然形成了街道巷弄，炊煙不再裊裊；樹林失去了當年遼闊的天地，只有牢固在各家院牆裡痛苦掙扎；飛鳥沒有茂林綠蔭，不再有興趣呼朋引類，唱歌的興趣也銳減了，只有展翅他去，另覓天地；偶然聽到幾聲鳥鳴，那是驛客留下的稀有天籟，是偶然而非必然。花朵不再在曠地任性舒放，委屈地養在盆裡，聽任人工刻意逼迫，扭曲本性，不得不綻放幾朵花蕾應時應景。

都市屬於大自然的一部分，卻失去了大自然的淳真樸雅；人工的刻意裝扮，顯現出過分的脂粉氣。

於是，許多人在都市待久了，便不由回憶起當年田園生活的點點滴滴，希望回歸田園，過以往那份樸質無飾的日子。

臺北市原來也是鄉村，河水清瑩，樹林蔥蘢，經過多少時日的變化，臺北變成了都市，鄉村情趣淹沒了。當我們成日擠在長龍般的車隊中搶安全時間，在喧囂的噪音裡忍受軋轢時，再看看四周碧綠聳峙的峰巒，便不期然而然使我們更加渴思田園生活的意趣。

蘇東坡說：「無肉使人瘦，無竹使人俗。」蘇學士吃肉吃出了心得，一道「東坡肉」至今膾炙人口。

蘇東坡生長於宋仁宗到宋哲宗時期。自趙匡胤創業垂統，歷太宗、真宗到仁宗，太平日子過了一百多年，宋朝社會漸漸蠹害叢生；宋真宗承太祖、太宗餘蔭，既信符瑞又崇寺觀，把充盈的府庫全耗在這兩項不務正業的事情上；仁宗嗣位，尚能勉強維持大局，一到神宗承繼英宗大統，便以變法圖強、充實府庫為憂了。那時候，老百姓吃肉是奢侈，宦官大吏吃肉，也應稱是打牙祭，必須先行計劃經濟，所以，蘇學士把吃肉當作生活大事之一，不像我們今日吃肉視作身體健康上的大負擔。不過，他所倡導的「無竹使人俗」，歷九百餘年，仍是人人能夠接受的事實。

竹子挺拔勁節，經冬不凋，那份常綠茂秀、不屈不撓的氣質，令人肅然起敬，以之為師，可以激勵我們有為有守，節操凜然。

江南多竹，幾可說是無村不竹，無竹不茂，不是聚之為園，就是在屋角栽植數叢，風雨中聽它呢喃細語，陽光下接受它的蔭覆。那份盎然綠意，拔峙不群，使人覺得它的軒昂精神，與堅貞不移的松柏並無多讓。

本省為海島，年年夏秋，總免不了颱風肆虐，房屋四周以及田塍上種植一道竹牆，不僅綠化環境，亦可抵擋住強烈颱風的襲擊，使莊稼房屋減少一些損害。一個人天天與竹為伍，除了能使自己不俗外，還因為它的實用價值而受到它的澤庥。

竹子繁殖快速，只要植下種竹，凡竹根延伸的地方，幾乎是不擇土壤肥瘠和環境惡劣，一到春天，每一根節都會發芽出土而成為新籜，然後壯大繁茂，成長為挺勁不俗的綠竹。竹的早芽為筍，炒筍片、燉筍湯，都是飯桌上的美味。早年，農家種竹僅只為美化環境，編織農具，如今，竹的實用價值範圍擴大了，自竹筍到竹葉，全可取用，較之徒然堅貞的松柏更有大益於人類。每當我走過植物園，看見那些不同種類的竹叢時，便不免為之注目行禮，表示我一份虔誠的敬意。只可惜，它只是欣賞竹，不是實用竹。要觀竹、賞竹，只有去鄉村。都市中的竹雖也遇時發筍、應時抽籜脫殼，畢竟拘限了它的生機，制勒了它的生長環境，我想它多少會感到一些委屈。

種田靠經驗技術，沒有經驗技術，所有的莊稼都會秀而不實、實而不壯。所以，孔子曾經慨乎其言地說：「吾不如老農，吾不如老圃。」這兩句話的意思，絕對不是聖人自愧他對人類文化思想的貢獻不如老農、老圃，而是自謙他對農事不如老農、老圃經驗豐富，享有獨得之祕。

我國自古至今，農人雖然缺乏科學知識，但靠著一本自黃帝軒轅就已創制的曆書，歷經數千年，按時種植，按時收穫，照樣能夠種下豐碩的禾麥、青蔥的蔬菜，養活綿延不息的中華兒孫。

曆書是靠先人觀測天象、累積經驗而創制，這本曆書便是農人的生活寶典。記得孩提時節過新年，每當父叔輩於農曆年尾買回曆書，便迫不及待翻開曆書明年幾龍上水，以卜豐歉。雖無科學依據，卻因為是幾千年先人的經驗累積，雖不中亦不遠矣！

農家種植作物，多半依恃經驗。去歲歉收，追究原委，檢討得失，今年痛加釐正，往往便能豐得。

我家二伯父最會種田，五旬以後，他專門經營園蔬，一塊一畝大的菜園，從年頭到年尾，都是蔥蘢茂秀，生意盎然。尤其是二伯種的菠菜，貼著地面往四周生長，根粗、莖肥、葉片大，既嫩油復蔥綠，一顆菠菜便能炒一大盤。芥菜種成半人高，一家九口，飯前撇摘三四片芥菜葉，用豬油熱炒，油綠嫩脆，入口香甜，真正是園蔬勝珍饈。

時代進步，人們的思想觀念也隨著進步，種田種菜現在都是大面積企業經營，小農制不合經濟效益。往年農家自種自食、自給自足的傳統全部打破，從來不曾想到以有易無、賣錢購物的觀念也徹底改觀。經營菜園屬於三百六十行中的另一行，大量種作，按時採收，經過中間商的營運，菜商以此而大富的頗不乏人。以前農家全以有機物料當肥料，種出來的蔬菜新鮮無毒，雖然病蟲害多，影響收成，實則蔬菜的價值與山珍海味相同。現在，殺蟲噴農藥，施肥用化學肥料，地裡全滲入了有毒物質，種出來的蔬菜不再清純原味，吃青菜也如慢性服毒，叫人有些可怕。

農家種菜有份外人不能想像的樂趣，除了供給一家人食用外，尤其在早晚除草、澆水時節，眼看著成長中的蓬勃生意，開花、結實給予我們的那份喜悅，浴著晨光夕照，確實是生活中的一大享受。

今日，市區寸土寸金，沒有種植蔬菜的地方，看不到成長中的綠意和開花時的滿園繁華。即使種植，因為泥土水分含有高濃度的化學物質，種了蔬菜也不堪食用。要看園蔬茂盛的情景、要享受灌園鋤蔬的農圃滋味，只有去鄉村定居。屋前養花，屋後植蔬，鋤園之樂，樸雅真實，不比於酒酣肉飽中看「秀」遜色。

家鄉有句俗話說：「田裡種得熟，小麻雀能吃幾多？」這意思表示只要農作物豐收，麻雀為了生存啄穀嚙穗，無須趕來攆去，讓牠們也能吃飽肚皮過日子。推愛愛物，與儒家「人溺己溺，人飢己飢」的精神相通相契。天人一體，廣大的包容。

農人居家，多數是寬屋大院，都懂得「積穀防飢」的道理，若是五穀豐登，便會滿倉滿囷的貯積起來防飢年；姑姑、姊妹回家，一住三五個月，並不以這種常客為厭。就是陌生客人來到，或者接待落難朋友，也會本著「人飢己飢」的心懷予以接濟幫助。

農人一生以種田為業，春耕，夏耘，秋收，冬藏，一年有忙不完的工作，除了親朋戚友的婚喪喜慶需要來往外，無須為政治前途、經濟利益到處去拉交情。農人多數心地淳厚，生活樸實，富有愛心和善心，對得失榮辱，比富有哲學修養的有道人士更多一份厚實根基。修橋鋪路固然視作是自家份內事，卹孤濟貧，更認作是義不容辭的責任。這就是古人所謂「患難與共，疾病相扶持」那種生活境界。

默察農人之所以有這種度量與道德，原與祖訓家法和親朋戚友的相互激濁揚清有絕對性的關係。他們心眼裡經常存有「積善之家，必有餘慶」的想法，為了後代子孫繁榮，所以才不斷地「種福積德」，希望留得厚福讓兒孫享受，積得陰德讓後人沐恩蒙庥。因為人人不爭不忤，樂善好施，積德種福，守己安份，才養得社會一份雍容和煦氣象。哪像今日都市中人，爭名逐利，好酒貪杯，縱情享樂，自損德業。人心如此，個個內心失去了做人處世的準據，社會風氣哪有不頹靡敗壞呢？

前些日子，我去鄉下朋友家玩，一進門，他只跟母親、妻子說留吃中飯，便陪我在他書室聊天。到了中餐時分，他母親和太太居然整治出一桌豐富的酒席來。我謝不絕口，表示無限叨擾歉意。他卻指著桌上的菜餚說：

「全是土產，不曾花一毛錢，不用謝。」

原來筍片炒肉、白切雞、紅燒鯉魚、炒豆苗、湘味臘肉、香菇燉雞、涼拌黃瓜、湯匙菜，全是他父母養的、種的，真的不曾支用一毛錢。

飯後，他領我去他池塘蹓躂，他將一面垂在塘水中的漁網提起來，只見肥壯的草魚、鯉魚、鰱魚、吳郭魚等在網裡活蹦亂跳。他告訴我只要家人想吃魚，可以隨興挑選，絕對鮮活美味。屋前屋後，雞鴨各自結成小團體在四周覓食。豬欄裡養了四條肉豬，成長後，除了出售外，為了投他父親所好，常常留下數十斤醃製湖南臘味，以供隨時食用。走到菜園，番茄、韭菜、小黃瓜、白菜、辣椒、茄子……應有盡有，滿園春色。不說食用，單是這份視覺上的享受，就非都市人所能覓得。

朋友告訴我，他父親種菜，絕對不用化學肥料，連澆水都是自幾十丈的深井中汲上來。所以，他們家吃蔬菜，甜嫩新鮮，比雞鴨魚肉更富營養。

那天，正是第二期稻穀收割時間，許多年輕軍人在助割，田壠裡洋溢一片歡欣氣氛。午後不久，朋友和我去送點心，走到收割後的稻田，一股稻穀清香陣陣撲來，溢肺盈鼻，我不由滿滿吸上幾口，滋味綿長，覺得無限受用。點心是地瓜稀飯、煎紅糕、白切雞、滷牛肉、炒青菜、紅燒魚，大盤大碗，豐富整潔，大家圍住菜餚吃得津津有味，笑語喧闐，充滿了田園樂趣。朋友和我也忍不住歡欣場面的引誘，各自盛著地瓜稀飯加入他們的野餐行列。吃著佳餚美點，遊目四野田園風光和豐收景色，精神肚腹全都醉飽了。

住在都市，要想爬山或者野餐，先要規劃路線，準備食物，雖說是有備無患，畢竟不免有點小題大作。像農村，住在山腳，靠近水湄，上山種地，下水抓魚，那是日常生活，不用專門揹著個大行囊，煞有介事地往山上爬。至於在田野用點心，只為填飽肚皮，補充熱能，準備下一番工作。他們沒有閒情也無閒空專門去山上田間野餐，尋覓野餐的情趣。農人樸實真摰的性格，寓蘊在日常生活裡；哪像都市中人，矯飾做作，把純摯樸厚的原性全掩蓋了。

居住都市的人嚮往鄉村生活，嚮往田園樂趣，在本質上也許就是回歸自然，找回本性，人人都說鄉村好田園樂的心態，倒是值得同情和讚許。

（《臺灣日報・副刊》民國七十五年十月二十二日）

八、春融融

一個人不能老在回憶裡過日子，但又不能斬斷生命歷史使自己沒有回憶。回憶有時固然苦澀，太多數的回憶，經過若干歲月沉濾，就像百年佳釀，愈久愈醇，愈久愈香，不回憶也不成。

今年，大陸性冷氣團幾度拜訪本省上空，南部天候晴空萬里，皜朗怡暢；北部卻是陰霾沉沉，乍見陽光露臉，俄頃間，便見春雨沸揚，撲臉濕衫，整個心胸似都黴穿濕透，好不悶塞。春的腳步也不由趦趄起來。

陽明山的花季，總是熱烈響應春的來臨，年年此季，百花紛陳，燦爛絢麗。賞花的人群不管有無賞花雅興，都會攜帶野餐飲料，成群結隊擠車上山，拍照留念，以示我曾與陽明山花事有緣。如若不信，有照為憑。

國富民殷，廩實倉盈，老百姓有餘錢、餘力做自己想做的事，即使不懷雅興賞花，偷得浮生半日閒，在花團錦簇中游走流連，也會蓄得一份雅氣下山。

站在我們人的立場，我們或許可以無情地說：「百花無知。」它開它落，只是生命的必然；春榮夏暢，秋凋冬蘊，到了春天，又不禁生機勃然，不得不萌芽開花，華麗一番。若是為百花著想，也許它們原就有思想語言，一經時序催化，便不禁互語走告：「該開花了。」

性子急躁的，往往立蕾立放，早報春訊，像女人換季，未冷先寒，未燠先熱，敏感得趕早換裝，亮一亮自己豐勻誘惑的身材。性子平和的，則會在同一時間齊開齊放，把整個原野裝點得豔麗濃郁；性格遲緩的，卻不管別人家開開放放，反正自有主張，按部就班慢慢來，自榮自花，自開自落。春縱無情，總不會立即掉頭而去，看它這等殷勤，也會多留一些時日。

植物的行為我們看得出，它萌芽茁葉、抽枝開花，每一項動作我們都清清楚楚；植物的思慮語言，我們卻察覺不出。我非植物，不知道它們有無思慮語言，如以莊子、惠子觀魚於濠梁之上的事例來說，我非花，焉知百花沒有思慮語言？

據說鳥的遷徙，完全是受陽光的影響。植物成長榮枯，也是這種道理。天候冷熱，與陽光也息息相關。所幸銀河系裡的地球，卻恰到好處擁有這輪太陽，才讓住在地球上的我們充滿了溫暖和生機：花兒姹紫嫣紅、繽紛燦爛，樹木蔥蘢茂密，河流蜿蜒，山嶽巍峻，各富妙趣，各蘊姿容。若是沒有這輪太陽，我們想想，地球豈不也像月球般冷寞死寂？又幸而不多不少只有一輪太陽，若是多至三輪、五輪，它們同時把陽光輻射到地球來，氣溫如火爐般炙人難耐，人類進化的歷史可能不是這等寫法，寸草不生，生物絕跡，地球該是死球一隻了。

造化妙手的力量令人不可思議，凡百事物在祂神妙的運作下，都是恰到好處，分多潤寡，盈歉豐缺，總令萬物皆大歡喜。地球這龐然大物，絕對有它可愛的一面：不方不扁，偏偏是個橢圓形；

運行軌跡，不疾不曲、不急不徐，卻有公轉、自轉的玄機；時序分四季，陽光照射也有時日差分。陽光的愛手到處撫慰，地球上每個角落沒有偏枯、偏榮的畸形現象。春天景色也因地區不同而產生先後次序，這兒花事將要闌珊，那兒便將踵事增華，大展春姿，花卉璀璨。人世間的紛華美麗永遠不衰不竭，讓人類生活過得多采多姿。

全球上的春景雖然大同小異，差別不大，但來早來遲，卻因地理環境而有不同時間的出現，尤其每一處地方都或多或少有些特殊景觀令人流連不已。江南水鄉，遍處池沼，遍處河溪——或木橋一道，橫跨溪澗兩岸；或曲橋一座，溝通兩岸訊息。河水縈迴如帶，垂楊拂著奔競的河水。桃李有意，墜瓣落英；流水無情，總是匆匆而過，不曾多做片刻逗留。

初春時分，春意乍醒，樹梢剛萌發點點新芽，苞蕾也帶幾許生澀，冬寒欲去不去，迭作流連，花苞嫩葉，總不免受到幾分制勒而不敢縱情吐放。待到仲春時分，陽光煦人，拂面的春風也帶幾分暖意，寒氣消融，萬物解除了束縛，似乎忽然從酣眠中覺醒，一聲哈欠，睜眼望見大地盡是盎然生意，天朗氣清，惠風和暢，便不由高高興興大跳大喊，使勁把葉長得蔥綠茂密，把花綻得富麗繁華。季春時節，好像一群玩興濃烈的孩子，玩也玩夠了，瘋也瘋足了，疲憊之餘，便想好好找處地方憩憩足喘口氣，於是，百花繁榮之後，便不免瓣落蕊殘，表現一副困乏慵懶姿態。只有枝椏葉片不曾如此頹喪，想到今後仍有多少個春季要來，依然抖擻起精神節節長高壯大。

江南水鄉，是地理環境中一份特色，處處池塘，處處蛙聲，楊柳輕拂，漁舟傍岸，一陣春雨，只見滿地迷濛，煙色雨聲，帶著幾分夢樣淒迷，打槳湖中，沐煙雨而挹青峰，朦朧中有一種不勝淒迷的美感。要是能有一管幽幽簫聲播弄於空茫蒼穹，山也回應，水也輕吟，豈非就是一種仙靈般生活！這份雅興，要不以卷帙書香做養料，單有天秉，勢必流於粗糙，很難觸物感懷，索得幾許雅韻雅懷。

春水沄沄鰣魚肥。時序轉到仲春，鰣也肥了，鯉也壯了，撐一葉小舟，放乎中流，任興之所至撒網垂竿，總會獲得一份豐收的喜悅。

春風拂面，柳絮輕揚，此時此際，最宜坐在如絲柳條下吟詩讀詞，書聲與燕語應和，人影在柳影中隱約，別有一番詩情畫意感受。河中不時有輕舟盪過，驚起野鴨紛起紛落。浣衣婦女，杵聲相應，陣陣傳來，笑語如鶯聲嚦嚦，盈耳溢胸，此情此景，益增幾許醲郁春意。

桃李是春的笑靨，柳是春的髮絲。想到隋煬帝開通濟渠西通濟水，南達淮、泗，在千餘里的隋堤上遍植柳樹，每到春深，遍堤柳條弄姿，有如綠郛翠郭，那份美景，該多漪歟盛哉！若是易隋堤為柳堤或春堤，豈非更貼切些！

清初為防蒙古寇邊，仍在遼、吉兩省鳳城至山海關插柳結繩，以定內外，號曰：「柳條邊」，亦稱「柳牆」，那才真正是春的象徵。

左宗棠往平回疆之亂，再進兵天山南北路而大獲全勝，為體恤征人一路風吹雨淋，艱苦備嘗，乃在沿途遍植柳樹，後人謂之「左公柳」。想到黃沙漫漫中偏多兩行依依柳影，大地回春，柳葉爭相迎春，條條裊娜，舞醉春風的酡顏冶容，那份景色，該是塞外無際砂礫中一份特殊風光。

「昔我往矣！楊柳依依；今我來思，雲雨霏霏。」灞橋楊柳不異於江南水鄉的柳，與隋堤柳、柳堤邊的柳也無差異，但唐人在灞橋折柳贈行人的那份難割難捨情懷，哪是軟柔柔的柳條所能繫得住？即使編結成籃，也載不動那許多離愁別恨。

在春的季節中，我獨愛柳的易植枝榮，婀娜多姿。一旦成林，那份蔥茂和隨風款擺的美姿，真個是百姿千態，極盡嬌媚之美。遙想五柳先生在依依柳影中讀書吟詩，眺望南山白雲悠悠，該也給他帶來許多詩材文思。

黃河自甘肅東北流入寧夏、綏遠再南流而入長城所成之大灣曲，是謂「河套」。河套又有東、西、後河套之分，後套河渠眾多，灌溉便利，土地肥沃，農業最為發達，其景色氣候和富饒幾與江南水鄉無異——每到春天，桃紅李白柳條綠，鶯飛草長蝶迴翔，不輸江南春光之美。

黃河發源於青海巴顏喀勒山北麓之葛達蘇齊老峰下，流泉噴湧燦若列星，故名「星宿海」；全長四千六百七十餘公里，流經八省；發源地高出海面四千三百公尺，上、中流均為黃土高原，地勢仍然海拔一千公尺以上；迨入長城，兩岸陡削，地勢深凹，形成地理上的所謂山谷；至龍門壺口水流湍急，入潼關地勢始下降，經孟津而入華北平原，地勢方始平坦，水流緩慢。由於上、中流都是高速度的下降態勢，到平坦地自然泥沙淤積，河床日高，於是由淤而決，由決而徙，形成我國數千年來的一大憂患；但它卻獨獨鍾愛於河套，給予當地居民沃土肥地，水利灌溉。人有愛憎好惡，山川也有這般心境。古話說：「人傑地靈。」在那種豐饒美景所在以生以長，若不能涵泳出人們彬彬有禮的風度，和鼎盛的文風，也就有負水山鍾靈毓秀的厚愛了。

山高水媚，本身就是一份無盡的美感，藉著先天山高水媚的地理條件，更能蓄養出一份美景。尤其是春季，沒有山的陪襯、水的孕育，桃李即使再豔麗，鶯蝶即使再翩躚，也彰顯不出春的柔美來。

雲南昆明，四季如春，由於居民雅好園藝，花卉可以縱情綻放，不須含羞帶嬌，四季姹紫嫣紅，極盡嬌豔姿媚之能事，尤以茶花最為出色，號稱花都。

雲南地處西南高原，卻有洱海的壯闊和數百頃寬大的滇池，煙雨濛濛，晦暗中富幾分含蓄和開放並存的美。玉龍山的巍峻，點蒼山的蒼鬱，碧雞寺的古雅，大觀樓的幽麗，每到春季，諸美並陳。江南號稱富麗，與雲南春景相較，也不免會赧然收斂幾分——別處春色何讓我們江南？

四川四周環山，一條長江長五千七百餘公里，挾其雷霆萬鈞之勢，出川峽而到湖北。由於層巒疊嶂，巍峰插天，水氣鬱積，陽照太短，因而春夏多霧，那種迷迷濛濛，若隱似現的美，與英國倫敦不相上下。自奉節以至宜昌，兩岸皆山，冷峻峭拔，詭奇百怪，水流湍急，無處不峽，景色堪稱全球之絕。

四川也是天地獨獨鍾愛的所在，土地肥沃，山水壯美，男耕女織，物產豐饒，號稱「天府之國」。長江是條大動脈，嘉陵江、岷江、沱江、黔江是血管的支流，溝洫縱橫，水塘處處，把春景養得格外豔麗。若是棄船出川，兩岸山勢高峻，駭鬼愕神；牽藤吊縷，蒼翠盤踞；加之雜花生樹，蜂迴蝶舞，春天景色又是另一番面貌。

兩湖號稱「魚米之鄉」，蓋湖沼多則魚豐，水利便則物阜。鄂省雖多湖泊，仍不及調節長江水流的一所洞庭湖。八百里洞庭，接受湘、資、沅、澧的江水輸注，浩淼無際，波湧濤堆，蘆叢葦藪，搶盡春色先機。一到秋天，一湖蘆花茫茫如白雪，又復如吟白遊子滿頭華髮。舟楫往來，風帆是湖面的水凫，千萬面漁網，千百支釣竿，也鈎弋不盡湖中的肥鰱壯鯉。每到春臨大地，煙波霧帳，浩冥無垠。春綠在萬樹上覆氅戴帽，桃花豔得令人心神盪漾，李花和茶花白遍山巔山谷，高拔的楊柳綠得人心醉神迷，連楓花也在春風中舞個婆娑醍醐。湘江寬廣的河面，舟楫往來不絕，看不盡桃夭李妍、春光爛漫，和芳草萋萋。春在這兒投注了太多的資本，煞費了太多雕琢的精神和心思

二千七百八十方公里的鄱陽湖，也把春色釀得令人宿酲難醒。眼見洞庭湖這般壯闊，也不由浩蕩無際，同為春色克盡滋育之責，讓大地花團錦簇，豔媚芬芳而難於自已。

兩廣也是江水匯聚的所在，氣候不同，春的腳步總是比東北、華北、華中要來臨得早些。

珠江雖不像黃河湍急多變，也不及長江的浩淼壯闊，但東、西、北三江的浩浩注入，形成三角洲遼闊的江面，興風作浪，浩瀚無似，也足令人驚嘆造化的奇美無倫；兩岸村落參差，樹林叢簇，一到春天，多情的楊柳裊裊於柔和春風中，鈎弋起千縷情懷，萬縷相思，令人無法不想像當年畫舫遊船、笙鼓嗷嘈的旖旎情調，而大發思古幽情。桃不讓李豔，李不輸桃夭，年年總會一塊兒在春風中舞姿弄影，吐豔獻媚，逗得鶯燕飛翔，為慵倦春情勞碌不堪。

福建與兩廣在同一區經緯度線上，氣候差異不大，但福建多山，山勢峻嶒，面貌奇詭，果真是另一番氣象。桃蕊李萼，有土地就有她的蹤影，有水源的地方就有楊柳的存在，他們全是追躡春蹤一夥兒來趕盛會，趁勢炫弄一番。福建的春影春蹤，別富一份陽剛之美。

如今，春已來了，儘管大廈林立，成天鐵青著臉俯瞰我們，使我們幾乎不曾聽到燕語呢喃，鶯聲嚦嚦，蝶舞蜂鳴，但陽明山的花季卻是搶先報了春訊，鄉野綿密的芳草，自豔自賞的野花，泱泱水田，蔥秀的莊稼，全都為春獻上一臉豔媚的笑靨。當天候轉晴，諸多爬山男女的歡笑和歌聲，也全告訴我們春真正篤篤實實來了，嚴嚴正正站在我們面前。物阜民康，家富國強，好像春姿也較豐潤些。想到大陸錦繡河山，當年有春蹤卻無春聲，有春景而無春色，我們能不悵觸滿懷？如今，經濟繁榮，家家富裕，自由不再抓在統治者手裡，給與不給，全看老子今日心性如何。事實上，江南江北，早已春光明媚，鳥語花香，人人重拾遺忘幾半個世紀之久的遊興，走遍全球，痛償遊目騁懷心願。

（《中央日報・副刊》民國七十五年五月七日）

九、江干饒清趣

山像氣勢蓋世的項羽，水是美豔多情的虞姬，一個傲岸屹立，一個柔情萬縷，牽絆纏綿，難捨難分。

與山為伴，可以蓄養樸健剛毅的精神；與水相接，涓涓清流，出高山而經幽谷，那份清澈晶瑩，可以洗滌人的塵垢和靈魂，涵泳得一份清雅飄逸氣質。

古人有福，他們長年與高山叢林為伍，與清溪巨流為伴，藉著綿邈青山，蔥蒨叢林，涓涓溪唱，滔滔浪嘯，養得一份淡懷雅胸高風。今日，我們沒有這份幸運。人口增多，工業發達，綠水青山都遭汙染；天空被巨廈割裂，山林被廬舍霸占，道路縱橫，人聲雜遝，山水被蹂躪扭曲，要想過古人那種清爽生活，只能從古籍遺芬和想像中去體會他們縱情山水的樂趣。

我住過江濱，領受過清流濯足滌心的澤庥。這些年來，我雖然無法享受河心戲水、岸濱摸魚的樂趣，靠著回憶，我永遠在涓涓清流中保得一份清新的生活和生命。

＊

那是湘江的一條支流。

當它掙脫高山峽谷的壓遏後，泉水便不受制勒地往下游奔馳，也許是幾百萬年歲月沖瀉和盪滌，到達這兒立刻形成寬廣的河道。水比高山柔媚，也比高山多一份激情，當它經過高峻巉削的山腳時，它瞭解數百萬年來的爭執都不曾迫使花崗石高山有所退縮，便機巧地拐個彎避開山腳，把河道向對岸擴張。結果，我們這岸依然高山聳峙，林木鬱勃，把飛禽走獸畜養在林木深處，任牠猿啼虎嘯，鳥鳴禽唱；那岸則是廣大的沖積平原，田疇千里，禾稼盎然。

我家有數間茅椽，占地利之便，坐落山腰，獲得俯瞰河水涓涓、舟楫絡繹勝景之便。房子後倚高山，經年幽蔭滿屋；前臨清流，長年滿目清芬；兩百多級花崗石階梯，至屋腳直達江干，汲水、澣衣、網魚、灌園，都從這上上下下石階中練就我們一副好腳力。

由於河對岸是廣闊的沖積層平原，田疇蔥秀，阡陌交錯縱橫。鄉間小徑像拘謹的村夫，小心謹慎地通往幽篁蒨林的村莊，然後又蹣跚著步履走向另一個村莊殷殷拜訪。

早晨，晨曦自我家背後懶懶升起，平原早已霞光萬縷，我家數間茅屋，卻仍聆聽不到煦陽的跫音。當晚炊裊裊煙霞在空中拂紗飄帶時，我家每一間屋子都是夕暉跋扈的身影。

有高山的地方都有靈氣，有河水的地方就有清芬，雲嵐沾得山水靈秀之光，也是步履輕徐、聚散隨心，一副優游自得神態。

*

由於河道寬闊，水流並不湍急，當夏蟬唱得人昏昏欲睡的晌午，我們裸裎躍入河水中載浮載沉，滌盪惱人的暑意；另方面在江干樹根洞穴中摸魚。高山蓄養林木，供我們起屋炊爨；河水流經大地灌溉田疇，潤澤我們的靈魂；漠漠水田生長金色稻穗、麥實哺育我們。

春冬時日，我們兄弟最愛坐在江干攀網捕魚，就是國畫中古農業社會以兩枝交叉竹竿懸吊漁網的捕魚法。我們席坐在綠草地上，呆呆地凝睇燕剪垂柳，蝶舞桃杏；雪花纏綿衰草，寒風吻著敗葉。隔個十分、八分鐘時光，攀上漁網就能大有斬獲。

我不喜歡春汎，春汎是河的憤怒與咆哮，河水湧急，樹幹雜枝在河流中浮沉奔逐，破壞整個河道的平靜和秩序；暴漲山洪挾帶泥沙洶湧而來把河面汙染，那奔雪轟雷的水勢，震懾得人不寒而慄。這時節，我家對外交通就無法依靠那一葉扁舟了，只有沿著山腳小路逆水而上，到河岸狹隘的高橋過河。

*

我們兄弟最愛夏秋時日把小舟划到河中心撒網捕魚，待漁獲滿囊，再將小船撐到對岸，繫在柳蔭深處，走向小埠，替老爹換兩壺佳釀歸去。

夏夜，螢光閃爍，處處出現這些夜吟詩人的晶光；尤其是江濱草叢中，蘆葦深處，幽竹簇叢中，光影時隱時現。要不是尋詩覓句，牠們哪來這份夜遊清興？

村夫野農的心眼裡，只有「五穀豐登，六畜興旺」的實際觀念，缺少詩情畫意的涵養，他們不懂插柳成蔭的閒情逸趣，只曉得種植柳樹，靠著柳樹的多根抓緊江濱，護住岸泥。柳性雅嗜卑濕，江干土肥而潤澤，每一株柳樹都碩大高壯，一到春日，柳條飄裊，飛燕穿越，果真是幅春色無邊的畫圖。

每次沽得老酒後，大哥總不忘買幾塊豆乾，然後躺在柳蔭舟中，偷啜數口老酒，讓通體舒泰地酣然入夢，直待老娘在隔岸高聲呼喚，才趕忙捧一握河水醒面，撐動扁舟，哼著無調山歌歡然歸去。

河水潤澤，江濱偏多嫩蕨，採一握拳樣蕨心，急火熱炒，拌一碟椿芽豆腐，與春韭鮮魚佐餐，要是老爹一時高興，共酌三盅兩盞老酒，的是一份豐富享受。

秋天的景色分外亮麗，河下游葦藪中，搖曳純白的蘆花，白浪翻飛，有若雲海騰湧，別饒一番幽趣。雁聲嘹亮，不時在葦藪中突起突落；後山的落葉喬木，在秋風撻伐下，紛紛醉顏醉態，把整個後山裝點得一片繽紛燦爛，較之春天彳亍的杜鵑花尤多幾分豔色。桃紅灼灼，李花粉白，只不過是我家後院聊供我們解饞饜欲的點綴而已。杜鵑花縱然性情佻達，也只是卑躬地貼著地面綻放，哪像秋日紅葉，紅得如此放肆和縱情。

＊

河對岸的楊柳漸漸凋盡綠葉，芙蓉花卻恣肆地舞盡秋光，重瓣複片，初時雅白中帶些淺紅，然後由粉紅轉為殷紅，將樹梢裝飾得好不富麗繁華。要是說秋光原也不老，芙蓉花的豪放灑脫，應該是秋光不老的象徵。

雁影橫空，薄雲不再眷戀天宇，極目曠遠，一片淡然，高空淨宇，只覺得心胸也像秋空般雅淡無翳。要說春是豔客，夏為清客，秋天應該是位不受名利牽絆的隱客，怪不得陶淵明要「採菊東籬下，悠然見南山」，以明雅懷高志了。

山林深處，遍地都是高撥雲霄的杉木，到了秋日，山洪不發，河面平靜，正是木材銷往外埠的最佳季節。林農將數百枝杉木捆綁成排，順流而下，任其所止；木排中央，搭建一間簡陋居室，帶幾隻魚鴨隨行，一面放木排，一面捕魚兜售維生，自給自足之外，往往還能盈餘幾個子兒。俟將木排售罄，再買一些家用品搭船回家。

*

冬日，河面風霜冷冽，一到落雪季節，皚皚白雪覆蓋大地一塵不染，江風勁急，著一襲棉襖褲過江，仍覺寒不可支，讀「千山鳥飛絕，萬徑人蹤滅；孤舟簑笠翁，獨釣寒江雪」詩句，深覺前兩句倒是實景實寫，只是餓極了的麻雀依然冒雪到處尋覓食物，偏偏簑笠翁，孤舟垂釣，如不是為生活所迫，應該不會有那股子高情雅興吧！

我家窩在高山腳下，冬風驚怯高山巍壯，不敢貿然拜訪，偶然潛躡而至，只是略作停留，一俟大門掩闔，立刻倉惶遁去。因之，儘管嚴冬酷寒，滿室盡是暖意。一年自春到冬，我們享盡了河面風光和高山庇陰，生活中摻滿了清爽和雅趣。

（《中央日報・副刊》民國七十四年七月十五日）

十、蘚苔有情

每次路過建國南北路下的假日花市，目睹那種富麗繁華的景象，內心就不由得憾恨自己缺少一塊鋤鋤挖挖的園地，早晚墾拓，施肥澆水，縱情恣性地將繽紛燦爛引進家園來，逐月欣賞不同的花卉，然後敞開園子大門，歡迎左右鄰居分享我的春天，讓每個人的生活裡摻進一些芬芳。

陽臺種花，因為缺乏土質潤育，花卉上不著天、下不著地，分不到露霑，得不到土養，架空不實，即使開花，也只能開出一種蒼白貧血的花；不像種在泥土畦裡，腳踏實地，長得紮實健康，活得生機盎然，開起花來，也就大紫大紅，豪情萬種，氣象不凡。

我家住二樓，養在陽臺上的盆花，不管我怎樣刻意照顧它，都是一副生趣索然的姿態。不是我吝予付出情感，而是它們命薄，缺少一塊健康的生長天地。

為了使家庭增添一些綠意，我把養花的興趣轉移到樹藝培養上。

蓄養樹藝，優點是一隻小盆缽便能蘊蓄一份古典樸拙的意趣。樹齡蒼邁，枝幹龍蟠虬結，經過歲月風霜的歷練，使它愈長愈樸健，愈長愈蒼鬱，一枝一葉，都飽蘊一股強勁的生命力。置諸案頭，使人彷彿覺得它就是一章歷史、一首生命的歌。

我擁有三株樹藝盆栽：一為杜鵑，一為古梅，一為五松。

杜鵑枝幹粗短老健，偃臥在方形褐色盆中，每到仲春時節，粉紅色花朵綴滿枝椏，滿樹豔麗，滿樹都是喜悅。一本古梅，據行家估計，少說也有半百歲月。這本古梅是我在一次登山行旅中偶然獲得。當時，它匍匐在一處麻質岩的縫隙中，根株暴露岩面表層，那姿質像煞一位不向環境屈服的老人，努力在向貧窮疾病抗爭，要不是那數片綠葉說明它仍然堅強地活著，誰也不會相信它具有如此強韌的生命力。

梅花是我們的國花，它的性格，就是我中華民族德性的寫照。我愛它，所以，我便辛辛苦苦把它帶下山。經過一年多的刻意培育，次年春天，它像是酬謝知己般開花茁葉了，那股熱烈熾旺的興致，與我欣賞它重創生命光輝的心境相同。

另一盆樹藝是五松，這是一位忘年交的朋友送我的。

這位朋友屬於百嶽會員之一，偶得閒暇，便在峰巒水媚中攀越跋涉。

不慣登山的人，總認為那是一種體力的勞累。登山確實是體力上的一大勞累，但登山可以鍛鍊自己的體力和意志，建立自己的信心。尤其隱匿在深山重壑中的溪澗，清流涓涓，格外瑩澈；深山中的樹林峰巒，不受人塵汙染，更多一份清新；大自然中多的是瑰怪奇偉的景象，即使只有片刻消受，也能抵償得長日跋山涉水的辛勞。

那株五松，就是我那位朋友自一處風口陡崖得來的。當他送給我時，除了根幹部尚殘留一點生意外，松針都已黯然隕落了。我不知哪來的信心，終於把它從死神手中挽救回來。

這三株盆藝，我特別喜愛五松，五棵松樹有五種不同姿態。一株根幹傴僂，三分之二偃伏盆外，待樹梢將要挨近地面時，它突然生意奮努地昂首蒼冥，衝發出一股不甘蟄伏的氣勢。挨近此松的另一株，也許不甘隨「人」俯仰，一氣之下，自己另闢生長天地，斜刺裡將身子叉生出去，整棵樹形有一種掙脫羈困的暢朗。

其他三株，並排挺立，翹首雲天，各擺架勢，一副頂天立地凜然不可侵犯的姿態。此盆樹藝，高不及三十五公分，但矯健老邁之勢，儼然一處千年松林的縮影。

一位獨立特行、卓然不群的鯁直剛正人士，我們常不免稱譽他具有松柏情操。松柏歲寒不凋，天氣愈冷冽愈見精神煥發，風霜愈淩厲，愈見葉茂枝秀。懸崖峭壁，峰巒絕頂，均可見到它卓然不拔的蹤影，它與天候抗爭，與環境抗爭，那份勇毅無怯的精神，與那些不畏斧鑕、不憂安危，只見一義、不見生死的剛正鯁直之士如出一轍。

自然環境中，因為有了松柏才顯得生氣鬱勃；人世間任何時代和環境，因為有了鯁直人士的存在，才保得一份正氣，讓是非善惡有較然清楚的劃分。

我愛枝幹扭曲蟠結的柏樹，那種好像專門與世乖違的姿態，看出它不向環境低頭的品格。我尤愛松樹，不管是挺立山巔，拔入雲霄，或著孤懸峭壁，自榮自衰，那份獨立不羈的精神，不正是我們立身行事的大好榜樣嗎？

很可惜，我這盆五松盆景，卻不知什麼原因無緣無故枯死了。

剛開始，它只是掉落一些松針，那情景，正像夏日蟬唱，此樹剛剛曳出一些蟬嘶，那廂立刻蟬吟曼妙，此起彼應，滿山都盪漾著蟬聲吟哦，沒幾日工夫，蟬聲戛然而止，立見滿山寂然。我那五株松，也像蟬歌起落，突然間便都紛紛隕逝了。

松柏性韌，經冬不凋。現在時屬初秋，正是它精神鬱勃時節，卻突見松葉飄零，顯然，這是一種病態。

我四處請教園藝專家，他們都道不出所以然的原因。眼見它一副頹靡萎頓神態，沒多久，果然枝也枯了，幹也萎了，再也不見它的蒼鬱精神，和微風過處激響起具體而微的松濤聲音，內心不由有一種如湯如焚的痛苦。

我是一個十分念舊的人，率性勤儉，尤惜物力，儘管今日生活富裕，物資充沛，每每臨到扔掉一雙破鞋，或一件舊褲，猶不免頻頻顧惜，產生一種背棄老友舊誼的歉疚意識。

儘管這盆五松枯萎逾月，我仍然奢望它奇蹟出現能夠復活，或者能有一兩株不向死神低頭，奮然回復生機，重振當日蒼勁雄風，也是一大收穫。很可惜，我失望了，它果真向死神繳交了生命的卷子。每當我看到默置一旁似有無限哀惋的杜鵑和老梅時，心裡總有一種被撕裂的痛楚。

一天下午，鄰居華家小女兒菁柔跟在我小女兒身後，躡手躡腳捧給我一盆綠油油蘚苔說：

「侯伯伯，這個送給你。」

這盆蘚苔，水淋淋，綠油油，就像打了蠟般油光發亮。我一瞧那份景象，彷彿整片心靈都鋪覆了一層韓國草，潮潤蔥綠，滿心眼都是喜悅和舒爽。

薜苔本來不登盆景譜敘，蘭、菊、玫瑰、丁香、茉莉、海棠、牡丹……各有姿態，各具豔色。只有薜苔靜靜地貼在地面，不蕾不花，只是一股勁地膨脹它的生長空間，不曾討得人們喜愛。

菁柔送我的這盆薜苔，倒有幾分特色，盆口直徑約有二十公分左右，薜苔高低不平，從整個景觀去欣賞，使人覺得巍高的像山峰，綿邈而逶迤趨下的是丘陵，平野無阻的是平原，凹深蜿蜒的即是河渠。其中數簇生長得特別茂盛的，又彷彿叢林葳蕤，一片幽深難測世界。

菁柔見我專注凝睇的表情，便怯生生挨近來，不安地問：

「侯伯伯，你喜歡嗎？」

「當然喜歡。是不是你養的？」

「不是，是它自己長的。」

她的嘴角露出一絲得意的笑容。我摸透了這孩子的心境，她一方面是高興我喜愛她這份盆景，另方面卻以不登譜敘的薜苔獲人欣賞而覺得別饒意趣。

菁柔和我女兒同時圍著茶几仔細端詳，兩隻小腦袋瓜兒立刻有了她們的幻想。

菁柔指著一處高拔的薜苔一本正經說：

「侯伯伯，你瞧，這是帕米爾高原，中華民族自這兒出發，開闢草萊，建立江山，下面是川康藏高原，最上面是蒙古高原，中間是黃土高原，靠右角是松遼平原，下面為黃淮平原……」

菁柔說得頭頭是道，我那個小女兒也聽入迷了，她好像突然發現了祕密，指著一道凹形地帶說：

「爸，如果這是大陸河山的縮影，你看，這地帶就是巴顏喀勒山脈，黃河自這兒發源，流經河套，再由渤海出口。下端是長江，經過四川盆地，衝過三峽，充沛的水流，接受洞庭湖、鄱陽湖的調節，免於下游氾濫，下游因為有長江這條大水系為根本，便構成脈絡縱橫的灌溉水渠，使安徽、江蘇、浙江三省成為農產品的寶庫。這條蜿蜒山峰山麓的則是萬里長城，阻絕匈奴入侵，讓中華民族休養生息，專心一志發展煌麗的文化……」

我為兩個小女兒的豐富想像力驚異不已，雖然，在我的視覺裡這只是一盆碧綠的蘚苔而已。

菁柔興致勃發，她指著一堆堆突起的蘚苔大作譬解：

「侯伯伯，這是東北的大小興安嶺，林相茂密，蒼蒼鬱鬱；這是綿亙河北、河南、山西的大行山，突兀崢嶸，森林蒼莽；那邊是黃山、天目山和武夷山；靠下面的便是點蒼山和怒山，崖壑十分突出，森林裡還有白雲繚繞；因為這是屬於雲貴高原的山脈，氣勢與東北的大小興安嶺便有差異了……」

我看著這兩個孩子發笑，他們只是高一學生，哪來這份豐富的想像力，雖然他們擁有獨立的思考智能，但小小一盆蘚苔，哪能容得下一千一百二十萬方公里面積的中華一統江山？

「你們在學校對地理下過苦功？要不然，怎會這般熟悉？」我問。

菁柔霎一眼我家ㄚ頭，兩人同聲回答：

「這是我們的錦繡河山，當然會特別重視嘛！」

我點點頭，感到好欣慰，只要有人熱愛國家，不以做炎黃後裔為恥，國家永遠不會滅亡，文化永遠不會斷絕。

我仔細諦視這盆蘚苔，雖然不像兩個孩子說得那樣河山儼然，若是換一個角度去觀賞，它碧綠油亮，極盡生命華麗之美，它給人怡情悅性的感受，絕對不下於那盆享有百年遐齡的五松。

「菁柔，謝謝你送我這個盆景，我非常喜歡它。」

正當我拍著菁柔的肩膀謝她時，卻不料這孩子突然臉色陰沉下來說：

「侯伯伯，我對不起你。」

我感到好愕然，連忙問：「什麼事你對不起我？」

「你那盆五松是我不小心弄死的。」

我楞了一下，原來凡事都有因果，不是自己想像那樣單一純潔。此刻，我已不感到怎麼惋惜，但卻積極希望獲知她弄死的原因。

「不要自責，死都死了，我們又沒法子把它弄活來，我倒希望你告訴我你是怎麼把它弄死的？」

「那天，我跟一珮一道做功課，兩個人解了一道很難的數學題，一時高興，不小心把一杯開水翻倒在五株松盆裡。侯伯伯，我不是故意的，請你原諒我。」

「當然不是故意，我知道，你也很喜愛它。別難過，事情既已發生，吃懊悔藥才是真正的大傻瓜。」我誠懇地安慰她。

佛家說：「生死榮辱，原有定數。」也許這盆五松，合該如此死亡。再說，人生在世，一無所有地來，一無所有地走，來自太虛，也還諸太虛。有些人，一生營營苟苟，躁進干謁，最後，也不曾帶走一針一線；我們占有某項物質，只不過是滿足一時的虛榮心而已，存在或消失，絕不影響這宇宙的美醜和運作；任何一項物質的妍媸寵辱，純屬一個人的主觀認定，在客觀上，並不因為一個人的愛惡變得妍麗或醜陋。假如我把這盆藓苔當作一件奇珍瑰寶，它的價值便會比百齡五松為高。而且，菁柔這份誠實和企圖補過圖功的情操，比之我那盆心愛的五松更富價值。

我把菁柔帶著一臉贖罪神情的臉龐捧在兩手間，笑望著她說：

「你很誠實，侯伯伯非常高興。再說，那盆五松的價值高低，是由我們給它估定，現在，我以為一個女孩誠實的人格光輝，絕對比它高。不要自責，事情既已發生，徒然自責，無補實際。你笑笑，侯伯伯便會更高興。」

一珮跟菁柔會心一笑，兩個女孩立刻像雲雀般快快樂樂飛了出去。

（《中央日報・副刊》民國七十四年九月二十七日）

十一、沿溪行

匯入新店溪的景美溪，源自幾條細小支流：一自十八重溪的伏獅山蜿蜒而下；一自莫干山一路吟詩唱歌而來；一自埔子附近山區透土滲根、穿石越岩，形成一泓清流，趕這趟盛會。由於發源短淺，上游不曾有重山疊巒供應水源，平日，景美溪多數的日子總細流涓涓，一副寧靜安詳神態；但每到颱風季節，上游山洪暴發，下游鬱積難洩，它卻急流飛湍，氣勢磅礴；一旦潰堤缺堰，立刻流水四竄，把木柵糟蹋得狼狽不堪。

居住木柵的人，心裡很有幾分不是滋味，因為，景美溪三分之二河道流經木柵，大家不叫它木柵溪，卻管它叫做景美溪，顯然是景美驚人之美，撿了個便宜。事後一想，這條溪流原本沒給木柵帶來多大實質上的利益，反而年年水患，讓人財物受損，擔驚受怕，把這惡名推給景美，讓景美頂罪，樂得木柵持盈保泰，一身清白。

近幾年來，景美溪曾有好幾次的潰堤紀錄。首當其衝的，當然是政治大學一帶，水勢汪洋，盡成澤國，事後垃圾泥濘，家具衣物，名副其實地全皆泡湯。其次，則是考試院一帶，河水倒灌而入，塌牆摧樹，竄屋逐巷，把這一帶居民蹂躪得顰首蹙額，徒喚奈何。每次水患的善後，要不是駐軍出動車輛人工，清理淤泥雜物，洗滌街道，衛生單位完成消毒，單靠居民自己清理，不但曠日費時，由於氣蒸日曬，可能還得招來一場疫癘。

木柵本來屬於農業地區，未開發前，埤塘四散，溝洫縱橫，一副樸質清新面貌；每到春夏，蛙鼓爭鳴，禾稼搖綠，桃紅李白，蝶舞燕翔，極富幾分妍麗春韻。即使連朝陰雨，由於埤塘可以蓄積，溝渠可以疏達，木柵很少遭遇水患。夏天山色如畫，蟬嘶肖歌，讓木柵居民享盡了優游恬靜的生活情趣。自從劃歸臺北市後，由於都市人口暴增，一夜之間，身價百倍。腦筋動得最快的當然是建築商人，他們購買農地，填平埤塘，堵塞溝渠，把建築文化移植過來，一棟棟公寓，昂首仰雲，鱗次櫛比。木柵的確是繁華了，很可惜一旦遭遇驟雨，水勢得不到調節和宣洩，便一股勁兒地往景美溪奔湧，原本寬廣自然的景美溪，由於兩岸及下游建築物強占地盤，吐納的能力不足，於是，反彈登陸，堤潰堰缺之後，陸地便成為水勢縱橫奔馳的天下了。

木柵四圍皆山，風光秀逸，政治大學和世界新專首尾呼應，文化氣息濃郁；學者、文人、藝術家，因為愛慕此地恬靜的氣氛，而又能在開門啟窗之際，接引山林蔥綠，岫嵐霞光冉冉進屋，因之，多在這兒買屋定居。遭遇過幾次水患以後，富商豪賈，多數遷地為良，另擇枝棲；剩下一些與木柵共榮枯的戀舊懷土人士，硬是安土重遷，與木柵患難相共，誓守終身。外界人士不察，以為木柵年來頻遭水患，多少有點談水色變的恐懼。

木柵自從興建國家動物園後，地勢益形重要，哪能聽任水患一再蹂躪？終於，臺北市政府撥出巨額預算，先從整治辛亥路堤堰開始，打樁奠基，牢固沙質河堤，灌漿砌牆，避免景美溪眈眈覬覦，然後，自軍功村到埤腹路，將堤防連結成一堅強的防洪體系，讓景美溪望堤興嘆，只能偷偷窺視而不敢越河堤一步。

木柵有了這道巍寬堤防做屏障，有如春秋戰國早已各別興建，至秦始皇方始連成一氣的萬里長城，自山海關到嘉峪關，蜿蜒山巔、山麓間，負起了嚴夷夏之防，判文野之別的政治、文化、國防責任。讓奔踶逐野的匈奴，仰望無奈，而不敢南下牧馬。

人是智慧的動物，不論在任何艱難環境之下，都能化無為有，變不可能為可能。自遠古開始，先是適應環境，然後改變環境，創造環境，居室、衣著、飲食、文字……由簡而繁，自樸素質野進而發皇矞麗，運用智慧，創造發明，充實生活內容，壯大文化洪流。

木柵堤防建成後，不只捍衛了景美溪洪流的侵犯，屏障居民安全。另一項效用，則是成為居民早晚散步的所在。堤防寬廣平坦，而又沒有車輛奔馳和噪音干擾；居高臨下，俯瞰溪水馴順地悄悄流過，當年，飽受水患蹂躪的居民，此刻，也不免有種「請看今日河堤，竟是誰家之天下」的自負感覺。

沒有水患的日子，景美溪原也寧靜安詳，清流涓涓，潺潺有聲，細流曲折，極盡窈窕曼妙之美。孔子說：「智者樂山，仁者樂水。」當一個人面對潺潺不絕的流水，輕吟緩唱，自在愜意，胸臆間那些黷貨攘利的欲念，多少會為之滌濾幾分了。

我國水利建設，應該說是始自夏禹的父親——鯀，可惜他只知道築堤圍堵，不懂得疏導，九年而水患不息，以致徒勞無功，直至舜命夏禹治水。大禹深知治水必先治山，所以，他深入山林，伐木通道，先測定地形高低，河流源委，順著自然趨勢，濬以利其流，分以殺其勢，注海注江，以免瀦積，疏濬導引，各得其宜，再貫以溝渠，形成水網，讓水勢脈絡舒暢，緩急互為調節。所以，夏禹治水有功，免除老百姓陷於太史公所說「吾其魚乎」之災。

戰國秦昭王時的李冰，也是一位水利專家，當他出任蜀郡守時，鑿掉灌縣岷江的離堆山，深淘灘，淺築堰，因勢利導，以殺水勢，穿渠開洫，以分激流，結果，川西數十縣二千七百八十方公里的土地，均蒙其利，農產發達，家給戶足，再也不愁水旱為災，那就是有名的都江堰。

我們是一個以農立國的民族，自古代以至明清，歷代聖君賢相，都懂得富裕經濟，充實府庫，先要發展農業，獎勵耕作；農業的本源在水利，所以，對水利建設，有專人專責主其事。讀歷代的「河渠誌」可以概見一般。

隋煬帝弒父自立，雖為一代暴君，但他於大業元年命皇甫議等鑿通濟渠，引穀、洛二水入河，又東引河歷滎澤入汴，以達於淮，使河、淮相通；又鑿邗溝，由山陽至江都縣以達揚子江，使江、淮相通；又發河北民眾百餘萬穿永濟渠，其後又穿江南河自京口至餘杭，黃河、長江可以直接通航。於是，南北相通，漕運便利，以江南的豐贍，濟汴、洛農產品的不足，哺育京畿官民，讓歷代皇帝，若非外寇犯邊，都能垂拱而治；老百姓鼓腹而歌，各逞才智，全心全力發展文化，煌麗精神業績。

整治水利必先築堤堰，隋煬帝鑿運河，要不築堤修堰，哪能讓河水縱橫交通、暢流無阻呢？很可惜，我不曾在自長安到江都的「隋堤柳」下漫步，欣賞春風拂動柔柳起舞的美姿、領受蟬歌漫吟的夏日情調，也無緣去天府之國的四川，看一看都江堰究竟是副什麼面貌！

李冰對四川水利的貢獻，令後人懷念不絕。其後，都江堰的效用一再擴張，使面積六千方公里的成都平原，夏不怕旱，澇不愁潦，百姓富足，地方豐實，在唐時就享有「揚一益二」的雅稱，與揚州的富贍並稱。在兵革擾攘的南宋，也只有蜀土富實，而無兵燹災劫，成為人民嚮慕的樂土。

大陸河山是片錦繡天地，目前，我們雖然無法在長城漫步、運河泛舟、長江揚帆、五嶽觀雲，但只要我們堅持自己的理念，我相信我們必然能在那片錦繡河山讓兒孫享受昇平幸福歲月。因之，當我漫步景美溪河堤上時，我也有種登臨長城眺望秦隴高原黃沙漫漫的豪壯感覺；俯瞰靜靜奔流的溪水，我感到那就是貫通黃河、長江，漕運絡繹的運河。

那天，我四時半起床，以為已經起得很早，誰知道卻是一種「莫云人行早，更有早行人」的自窘局面。當我一陣長跑奔到河堤時，許多人早在那兒運動散心了。

恆光橋上人聲喧嚷，有些人意態悠閒地倚欄觀賞流水，有些人則在橋上運氣練拳。

早晨的空氣格外清新，微風拂面，使人有一種清馨甜潤的快感。

走過恆光橋，那廂便是新店市區域。這邊人影綽綽，笑語如珠；那岸卻靜悄悄地仍在酣夢中，綠竹在晨風中喁喁細語，起伏岡巒也像剛從夢中甦醒，雙眸微啟，步履凝滯，仍帶幾分睡意未消的慵懶。不過，政大宿舍外卻早有人在晨光熹微中琅琅誦讀了。

「一日之計在於晨」的古老觀念，今日，似乎很不能為年輕人所接受。實則人生苦短，金鋼不經百鍊不能成為繞指柔，棟樑大材不經過疾風勁雨的考驗，不能擔當艱鉅。晨間為時雖短，但可積微效為巨功，累小成為大成，卻在這點滴時間運用上見出端倪來。我勉勵自己不要荒嬉晨間這段時光。

我自恆光橋開始，循著溪水往下游漫步行走，一路上，不受拘束，沒有負擔，舒臂彎腰，踢腿揮拳，把每一條失去彈性的肌肉讓它接受清風鮮氧的撫慰。凡在堤防上運動的人，不管識與不識，彼此不是點頭為禮，就是露齒微笑，表示友善和祝福。好一個和諧安詳的早晨。

河對岸那片綠色的丘陵，自石碇一直延伸到烏來、小格頭，然後形成山的世界，巒起岡伏，儼然一條舞動的綠色巨龍，昂首揚尾，鱗甲翕張，生氣勃然。

山水風光，最貴自然，經過人工雕琢，雖然彰顯出人的智慧和藝術修養，但卻有份匠氣在，像黃山、武夷、五臺、泰山……或以峰巒奇詭、雲海波譎取勝，或以清流巧黠見長，或以巨石崢嶸、荒涼中又富幾分平實炫人心魄，或以莊嚴巍峨、綠林蒼莽悅人眼目。所以，我最愛自然山水，不喜雕琢成勝的景色。就像一個人立身處世，平實自然的風格，才能見出真摯，若是言行妄誕，那就暗藏他飾偽藏巧的本性了。

河對岸的山水本來自然清新，可惜有處山坡遭到破壞，裸露它褐色體膚；瀝青路面，也已蜿蜒而上。若干時日後，那兒可能別墅林立，俯瞰景美溪流泉不息，為遠離塵囂的居家建一世外桃源，很可惜峰巒失去原有風貌，森林亦遭砍伐，多少是種戕害。

芒草的生長力份外強韌，凡是有水源的地方就有它的蹤跡，叢叢簇簇，別成聚落。秋訊剛至，丹楓尚未酡醉，芒草依然蔥茂，不甘就此白了鬢髮，迎接衰老。

堤堰下高出水徑的高地，有人開發為菜圃。空心菜是一位長青老人，不分春夏，四季盎然。絲瓜本當屆秋凋殘，也許是土質肥沃，水源充沛，雖際暮年，依然生氣鬱勃，黃花迎著曉風輕舞，懸垂的絲瓜說明了它生命季的豐實。小白菜像剛剛成長的兒童，成日嘻笑顏開，迎著陽光訴說它的希望和歡樂。茄子倒很本份，它既不想直上青雲，也不像絲瓜一樣攀緣附麗以求生存發展——有如善柔媚之態，比周權倖以圖進取；它以獨立自主的精神，獨自生長，獨自開花結果，鯁直倔強，風神高標，不愧是蔬類中硜硜有守的君子。

過去，臨堤居家，多是違章建築，自從有了堤堰作屏障後，取直去曲，空地突然增加，於是，五樓以上的公寓紛紛如雨後新筍般怒長突出，巍然挺秀，氣象不凡。只有少數幾戶懂得生活情趣人家，平房一棟，獨門獨院，前院養花，後院種菜，鋤日澆月的享盡田園樂趣，果真別有一份慧心。

我走到寶橋附近，發現一塊面積相當大的菜圃橫臥在堤堰下，滿園生意，滿園蔥幽。於是，我沿著石級走進菜圃，各類菜蔬以不同姿態昂然生長，攀架緣棚，絕不退讓。那份蓬勃的生意，固然引人入勝；最使人感動的一幕，還是那位白髮婆娑的老太太；她專心一志地在菜圃忙碌，綠色園圃中映著一頭皚皚白髮，形成一種強烈的對比。

看她那般認真神情，我禮貌地喊：

「阿婆，你早呀！這園蔬菜真漂亮。」

阿婆的國語不怎麼靈光，我的閩南話也不流利，幸好我們靠表情和手勢，半猜半懂的依然溝通了彼此的心聲。

她告訴我她已七十有四。這塊菜圃，是她叫孫子開墾出來的，以後，植苗、澆水、除草、捉蟲全由她照拂。看她乾脆俐落的動作和不向衰老屈膝的強勁生命力，我以為她只有坐五望六的年紀，誰也料不到她早已是古稀高齡了。

「阿婆，你身體卡勇，你可以活到兩百歲。」

阿婆很達觀，對生死尤其豁達坦然，她笑著忙不迭搖手說：「你這個少年郎，真愛講笑。我不要活那麼長，該死不死，變成個人精，太痛苦啦！」

「阿婆，你真會說笑話。」

「你還年輕，你不懂。一個人能吃能動，活著還有點生趣；要是到了不能動的年紀，活著豈不是痛苦？再說，人人要活那麼長，糧食耗光了，童孫吃什麼？社會上都是阿公阿婆，社會也就沒有生氣。」

阿婆幾句簡單的話，道出了一篇人生的大哲理，這裡面包括了生死、健康，和人口結構一大堆學問在。這是她漫長人生歷程的體驗結果吧。

阿婆摘了滿籃的空心菜，她顫巍巍爬上石階登上堤防，當我想要攙扶她一把時，她卻步履穩健地爬完二十五級石階。回過頭，她訓我說：

「你每天要早點起床，少吃多運動，身體健康就是本錢。你年輕，還能好好做幾年事。」她瞧我愣愣地瞪住她，也許怕我誤會，連忙解釋說：「我這一生從來沒睡過懶覺，建了河堤後，我每天四點就來菜園收收摸摸。生成的賤骨頭，一天不勞累，就感到遍身筋骨不舒服。」

從她的話語裡，我似乎尋覓到一些立身養生的道理。

旭日東升，秋天淡黃的陽光蘊含六分燠熱、四分暖意。目送古稀高齡的阿婆遠去後，再瞻望自寶橋到世新那段迤邐河堤，我告訴自己，明日早晨我要走完它。以後我要成為這道河堤早覺會會員之一。

（《中央日報・副刊》民國七十一年十一月八日）

十二、榕莊

山這般嫵媚，水這般亮麗，不愛山，不愛水，那是個十足的憨漢。愛山愛水，是希望心中有山有水。心中有山有水，才能學得山千萬年而不變其形貌的本質和精神，學得水的柔順。所以，我把山水當作生命的養分，讓生命充滿山的樸壯和水的柔情。

我愛山，是因為山裡有我發掘不盡的野趣。當我每次爬上屋對門那列山脊，放眼足底下的都市容貌，它們像崇拜者跪伏在我的足前，我就感到驕傲而尊榮。很遺憾，當我走下山坡，仍然置身都市熙攘的人群裡，憬悟自己依舊屬於忙碌眾生中之一時，我才發覺自己原來僭竊了山的尊榮，都市只對高山崇拜，我，一個渺小的客串爬山者，算什麼？

在山那邊溝坳的綠林中，我發現有許多民房簇擁在山坡山坳裡，有洋式樓房，有紅磚灰瓦的唐式房子。一條溪澗，自山的深處蜿蜒橫過村莊，流出山谷。站在高處看，我發現通路和溪澗，紆紆曲曲宛然兩條大蟒蛇般蠕出山林。

多年不在山林村野中過日子，我好嚮往那份樸質無華的生活。

小時候，山如同我的母親，我跟同伴們整日躺在山的懷裡吸吮奶汁，放浪我的童年。山中森林鬱勃，禽鳥成群，我們砍柴、捕鳥、撿松球、烤番薯，生活多采多姿。一到嚴冬落雪天，便找一處陡削山坡，把綠油油的松枝墊在臀下當雪橇，自高處往下滑；有時，重心不穩，人就像皮球般骨碌碌直滾到山麓，拍掉雪花，再一次興沖沖爬上山，再一次享受滑雪的樂趣。那種日子，笑語裡盈溢山的芬芳，生活中全滲進一份森林的碧綠。

那時節，根本不曉得什麼叫煩惱、失意和痛苦？即使生活裡有太多的欠缺，甚者缺衣少食，由於山林的補償，我們總覺得人生有太多追求不盡的歡樂。

年歲大了，童年的天趣失蹤，本性也或多或少變了質，追求歡樂的方式走了向。直到有一天在人海浮沉中碰得鼻青臉腫時，這才領悟當年的歡樂多單純可愛，多麼樸質無華。於是，童年的記憶復活，來自人性中酷愛山野中的一點原始因子也漸漸甦醒起來，再度興起崇拜山、愛慕山的念頭。

那山坳裡的村莊，我不知道它叫什麼名字；在我的想像裡，它絕對擁有山的靜穆和森林的碧綠，假如我不怕山途跋涉，我應該可以從那兒找到自己需要的東西。

倘若我自山脊翻過去，這當然是條直徑，可以省卻許多走路的氣力，但卻有種「行不由徑」的冒失，也失去走在蜿蜒山徑上那份有餘不盡的意味。我極端渴望拜訪它，我決定找到山谷出口，像香客般一步一步走近它。

那日，天候好像格外偏愛我，不風不雨，初冬的陽光像隻溫暖的大手掌，撫在身上感到好和煦。

我乘車走到山谷出口附近下車，越過一個被都市文明薰染得悽紅慘綠的大村莊，沿著溪澗直向山谷深處前進。

山野畢竟是山野，儘管都市文明像海浪般掩至而改變了山的樸實面貌，但它倔強的性格，永遠不曾失去山的原始和樸壯，我愈向裡走，愈發覺得山容煥發，林木蔥秀可愛。

站在山脊向下眺望，可以看到溪澗旁有大大小小的田畝，總以為山谷的境域不會太廣闊，一旦進入山谷，我才悟得自己的心智被視覺欺騙了，原來溪澗兩旁的田畝，居然廣闊得叫人驚訝。要是隨便撥我一塊地讓我耕種，就足可讓我一家人一生寢饋其中，不虞凍餒過日子。

第二季穀子業已收穫，勤奮的農夫不讓耕地在漫長的冬季荒蕪，全都栽種了蔬菜，滿園青蔥，生意盎然。婦幼們在菜畦裡拔草，男人們挑著大水桶向菜苗澆水，他們全力經營，讓冬天也能過得充實而豐盈。

許多番茄已經結下串串紅豔的果實，田坎上，大籮筐盛著碩大的番茄，就好像裝滿了農人們的歡笑。

我看到這些碩壯的大番茄，不免有些饞涎欲滴，我拿起兩隻大番茄向一位中年農人商請購來解渴。因為我們談農事、談兒女教育，非常投契，他把兩隻番茄接過去，持往溪澗用水洗滌乾淨交給我說：

「送給你吃。」

「這怎麼好，不可以。」我堅持要付錢。

他指著癱在菜畦裡糜爛了的番茄說：

「這些錢叫誰付呢？自己種的，吃幾隻算不了什麼。」

產地番茄，現摘現吃，咬一口，汁多而馨甜，比在市場上陳列多天仍在待價而沽的要爽口多了。路兩旁盡是不知名的草花。春天，本是花的盛季，也許花也像人一樣，各有性格，不能強求相同，所以，秋末冬初，依然有許多小花朵自開自放。

我們有時不免太忽略身邊的事事物物，單就「求才」來說，總以為人才必須外求才能有肩重負危的擔當，這種「遠來和尚會唸經」的心理，常使身邊的人才氣短喪志。人要任用才能見出他的才華，讓他投閒置散，難有表現，豈非與「駢死於槽櫪之間」的千里馬同一命運？

賞花也是如此，我們常常湧到花市、花園去看那大盆大朵的花，假如我們走到一處茂卉豐草所在，我們就可發現許多貼在地面生長的細草，常常各自顯出不同的形貌，綻放不同的花朵，紫紅粉藍，紛華燦爛，仔細觀賞，那也是一處爭美逞妍的大花園。捨近就遠、遺小就大，是我們人類的通病，慨嘆人才難得，自然屬於意料中事。

我在一道木橋上坐下憩息，木橋很簡單，數根不曾去皮的粗糙木頭，用幾束篾片攔腰紮住，從溪兩岸橫擱著，它就負起了溝通兩岸的責任，讓人畜自由來往。這道木橋，絕對沒有鋼筋水泥橋堅實便捷，但那份古樸野趣，卻與農村的格調和諧相稱，使人感到親切，感到一份粗質樸實美。

溪水不曾遭到汙染，那般清冽澄明，從水面直可透視到溪底，水波盈盈過處，連小石子也被映漾得玲瓏剔透，像一顆顆散置的碎玉。

再往裡走，地勢愈加開闊，兩山酷似兩隻手臂，先呈圓形伸展，到達谷口，才將手掌緊緊一闔，自然形成這處外狹內展形勢。所以，入口狹隘而內裡卻格外開曠。村莊四周，則是平坦的田畝；小水溝流泉汩汩，淙淙有聲；屋四周梯田節節伸高。房子不是傍澗興建，就是依山挨隈，曲盡地勢之妙，屋宇相望，高矮不齊，極富一份錯落美。

村莊的榕樹格外多，有的大可合抱，氣根扎入土中，自成一枝支幹；有的則五六株一組，支幹糾結，葉片蔥綠好像結幫組派，擁有他們獨有的地盤；有的則傲岸獨立，一枝挺秀，因為獲得充分陽光的照射，主幹拔天兒猛長，到達一定高度，突然將四圍枝柯伸展出來，像把大雨傘般把曠地遮得陰涼幽深，顯出它不阿俗、不從群的獨立風格。

看到這些粗細高矮群散不一的榕樹，我的內心也好像注滿了涼蔭，充盈著綠意。我以為把這村莊名之為「榕莊」，實不為過。我告訴自己，就把它叫做「榕莊」吧！

畢竟是處離城市較遠的農村，氣氛格調，極其顯出一種寧靜美。

我們離漢唐盛世的時代太遠了，不曉得當時的農村風光是種什麼面貌？但從文獻中，我們幾可嗅到那種「阡陌相連，雞犬相聞」的氣息。由於年代久遠，這村莊也許早已改變漢唐盛世農村風光的面貌。但文化的餘緒源遠流長，脈絡一貫，那份質素依舊隱然存在。

每家農戶都養有雞鴨，雞鴨不相類，卻能和諧相處，不像我們人類同類相殺，同胞也相殘不息，那份幾微之仁何在呢？孟子所謂的「良知良能」果真斲喪殆盡了嗎？

我看著這群雞鴨結伴在草地覓食，安詳和諧，相親相愛，唱的唱，歌的歌，呼朋引類，偶有所獲，立刻洋洋得意，高聲喧嘩，那份純真和滿足，直非我們人類複雜的心態和情勢所能比擬。

幾條黃牛繫在榕蔭下反芻，一年耕作辛勤，付出了體力，收穫了糧食，現在也應該是牠們安享冬臘的時光了。初冬天候，北風尚未作惡，冬陽溫煦，照射在優游自得的牛群身上，料想牠們也會覺得冬日負暄的滋味好溫暖滿足。

羊隻比較頑皮，牠們到處騰躍，一刻也安靜不下來，就像是群長不大的孩子，永遠童心未泯，天真未鑿。

農村房屋，打掃得分外整潔，客廳不是鋪築地板，就是鑲貼磁磚。電視天線，傲岸地豎立屋頂上，有種睥睨一切的氣概。婦女衣著，雖不像西門圓環人群那般摩登新奇，倒也整潔大方充滿著現代感。幾個年輕婦女自城市翩躚歸來，那份華衣豔質，使人覺得異性的美感和魅力，果真能夠令人陶醉。

我一向認為：「青春就是美。」年事較大的婦女，必須涵養得一份雍容華貴氣質，即使荊釵布裙，也能使人起敬起愛。年輕婦女，天生麗質，不加修飾，就能豔光照人，一經打扮，那就愈加令人目眩神迷，感嘆上帝對她們太寵愛有加了。

像這幾個女娃，本就面容姣好，身材修長，加上適度地化妝，一路笑語喧闐行來，使我好像捕捉到了青春，捕捉到了生命那段最美的時光。

生活富裕，給我們帶來太多的幸福，看這幾位少女，只有歡樂，不見憂愁，要非生活富裕，不虞匱乏，哪能如此青春煥發，笑語如銀鈴般清脆悅耳呢？

幸福要靠一個和諧安寧的社會來滋養。幸福不是無窮無盡，享用不完，我們必須懂得惜福、懂得維護社會的和諧與安寧，讓幸福不斷地滋長和分裂。青春歡樂，必須要有富足的生活來滋補，單是精神上的滿足，那是架空不實的想法。人非聖哲賢豪，悟道不是一樁易事，以道養生，像顏回那樣，在我這個濁人來說，畢竟是樁苦事。

我在村莊逡巡一周，與村民雖不相識，彼此都親切地點頭為禮。不像都市中人，你防著我，我防著你，自己先築起一堵牆，惟恐落人陷阱。農村中人，每個人的心靈都是一座不設防的城市，我們可以自由闖進去，也可自由走出來，真正感到人與人之間的信賴和親愛。

一上午的貿然拜訪，愉愉快快回到家，我感到過了一日最充實最豐收的一天。

（《民族晚報・副刊》民國七十四年十月一日）

十三、寒巖寺

人心天心，天意民意；烽燧不絕，民遭凌夷。
海天漫漫，有土斯寧；砥柱中興，國脈所繫。
四海歸心，斯文無際；三民啟運，富盛可期。

這是慧安老和尚送給我的偈詩。

*

三十八年，我自湖南步行到江西，一路上忍受體膚上的痛苦煎熬，只是為不讓心靈那把理想的火炬熄滅，到達贛、廣、閩三角地帶的一處村莊，我的資斧用盡，三餐不給，面對四周高矗雲霄的峰巒，我感到大自然的偉大不朽，人類的渺小無力。國家興廢是大事，個人存亡實在微不足道。前途茫茫，我不知何去何從？

一路跋涉，飢餓疲憊交相陵轢，放下行囊，我向一家中藥舖討來一杯開水，喘息片刻，然後掏出布囊裡的地瓜充飢。

此時，正是晚餐時分。

秋日陽光淡黃溫煦，四周高峭如銳齒般的峰巔，早把陽光擋拒在山背後，讓人只能看見頭頂蒼穹小範圍的亮麗。山峰龐大的陰影覆壓住這寧靜的山村，也覆壓在我的心頭。

暮鴉投林，晚靄四起，炊煙自深林居家中裊裊浮升，雞鴨也悠然地姍姍歸塒。這處山莊作息有序，寧靜得像是世外桃源，外面卻是兵燹流離，烽燧不絕。

我斜眼瞟向中藥舖桌上熱氣氤氳的飯菜，那陣陣撲鼻的芳香，愈益使人飢腸轆轆，餓火難熬。

想到自己不惜迢迢千里奔向一個理想，別父辭母，忍飢挨餓，如今卻流落在這處陌生地方無以為計。日落日出，歲月無盡；生死興滅，生命無盡；茫茫千里，前路無盡。眼面前身無分文，吃住都成問題，我究竟能有多長的生命奔向茫茫前路？能否尋覓得自己的理想？

想著想著，不由愁緒紛紛，愈絡愈緊，愈纏愈密。昇平歲月，何時可致？黎庶安康，何時可得？

天依然這般亮麗，秋陽依然這般溫煦，森林依然這般蒼莽，峰巒依然這般巍峻，它們不管歷史變遷、朝代遞嬗、政權轉移、文化興滅、民生苦泰，永遠一仍舊貫。人類卻在名利的私欲下爭攘不休，殺伐不絕。人性不像太陽般永恆，不像河嶽屹然不變，始終如一；它像一泓流水，隨著河道的窄寬峻紆而變得激流飛湍，或浩淼壯闊；一旦遭受汙染，復又黃浪滾滾，濁臭薰人。人類真是一種悲哀而可憐的動物。

諸多感觸，蝟集心頭，加上飢餓難抑，疲乏襲人，胡思亂想之際，我便躺在藥舖的廊簷下睡著了。

＊

月亮高照，晚涼襲人，不知睡了多久，我被凍醒來。睜開雙眼，一位鬚髮皓白的老人站在身前，他把我引進客廳，先招待我吃了一頓豐盛的晚餐，晚上，就讓我住在他家客房。

老人壯年宦遊在外，現年七十有五，息影林泉幾近二十年，靠著這間藥舖維持一家生計。幾經交談，他瞭解我的資斧已盡、衣食匱竭，心裡徬徨、進退失據的窘境。彼此默然良久，他拍著我的肩膀鼓舞我：「路是人走出來的。先好好睡一夜，明天我替你想法子。」

山村夜色寧靜，村犬不吠，夜鶯不啼，除了秋蟲如響斯應的悲吟外，幾乎寂靜得像是杳無人煙。加上四周高峰插天，夜色來得早，晨曦的步履又來得遲，我享受了一夜酣暢的睡眠。

次日醒來，叨擾了老人一頓早餐，他遞給我一張字條，叫我去「寒巖寺」找慧安老法師。循著他指示的方向，我走過秋收後的農田，越過灌木叢的山麓，爬上一百八十五級石階，再沿山腰逶迤小徑，走到一處松林鬱勃的所在，我發現一座雄偉的寺廟。走近廟口，只見厚重的木門上方題署三個擘窠大字——「寒巖寺」。我的目的地到了。

寺廟除門窗、樑柱外，全為岩板建築。此地，四周峰巒皆為岩質，峻嶒高聳，氣勢懾人，想必是岩板蘊藏量豐富，建寺居家，都可就地取材的原因。

我不暇多作欣賞，便向一位小沙彌道明來意。小沙彌把我的字條送進去後，沒多久，他引我到一間禪房安頓行李，告訴我老師父叫我住下來。

寄居寺內，我是一個純食客，除了偶爾替他們抄點佛經外，閒來無事，就是欣賞風景和讀佛書。

頭幾天，我不敢胡亂走動，深怕影響佛寺清靜，後來與大小和尚厮混熟了，他們鼓勵我去外面看看山色風景，我才敢走出廟門。

那天來得匆忙，加上心事重重，不遑細賞山色，此刻，一旦踏出廟門，我深深為四周壯麗偉巍的山容所鎮懾住了。

福建多山，固是事實，但多得這般奇詭、拔峻，不同世俗，卻是我半年旅程所僅見。這些山峰全皆平地拔起，姿容昂岸，即使互相連屬，亦各具姿態，各鬥智巧，而迥不相侔。有些尖銳如新籜，有些圓鈍如菇帽，方正的如道學，窈窕者如倩女。儘管姿態萬殊，整個山勢卻是高拔偉岸，一副高不可及、資稟不凡的神韻。

我國佛寺、道觀，多數選擇山水勝地建築。僧尼、道士，他們放棄飲食男女的欲望，潛心禮佛，專意尚道，若是沒有秀山麗水做滋養，可能也難羈縻他們那顆與世俗同樣多欲的心。正因為遠離塵俗，恣情山水，不聞不問，心如止水，才能蓄養出一派清雅飄然姿神。

寒巖寺對面較為開闊，站在佛寺門前，即可眺望遠處平疇曲水，群峰羅拜的景色。兩座高峰，復如守護神般在遠處左右昂然挺立，一種絲毫不容人瞬眸的感覺。

因為山質多由岩石構成，雖然林木不太葳蕤，但一些克服環境困阻的蒼松翠柏，丹楓槭樹，卻都各據地勢，姿容卓異，絕不有類丘陵地帶樹木那種俗質凡骨。有的屈曲如蟠龍，有的傴僂如老翁，或奮然如振臂高舉，或孤介若草萊隱逸。尤其群峰之巔的蒼松，因為山勢高峻，無徑可達，亦無所取材，千百年來任其自生自滅，經過風霜雨雪的鍾鍊，那種蒼勁孤絕之勢，叫人想到這就是山川靈秀之氣所鍾，是人間忠烈精神的象徵。

時屆深秋，寒巖寺下山峪的紅葉。有如烈焰旺火在燃燒，那份豔色麗容，有如萬頃紅浪，波濤洶湧，此起彼伏。由上朝下眺望，令人只覺得這份景色，只有此地獨勝，嶽麓、棲霞的紅葉實難及其綿邈壯闊於萬一。

慧安老法師選在這兒建寺潛修，氣氛靜悄不說，單是這份山色、這份紅葉恣肆的美，就可窺出這位老和尚畢竟是別具法眼。

寒巖寺右山腰有一小徑可以直達對面山峰，我為好奇心驅使，便沿著小徑，踏著蕭蕭落葉，走向對面峰腰。峰腰有一突出平地，茅亭一座，丹楓數株，墜落紅葉如錦緞般覆滿亭頂、地面，紅光照人。石桌、石椅，樸陋中不失一份質野美。我在一張石凳坐下回望寒巖寺，這一回望，使我不由怵然心驚，嘆為觀止。我不懂勘輿學，單憑直覺也知此種地勢極為佳妙。只見兩列山峰如二龍奪珠般自左右張牙舞爪奔來，直到寒巖寺後，立刻倏然止住，寒巖寺便如雙龍互捧的一顆巨珠。這份風水，只有寒巖寺獨得玄妙，也只有寒巖寺才能鎮壓得住。

再往寺下崖峪處眺望，我不由訝然地喊：

「美哉此山，偉哉此山。」

原來山下巖壁盡是石刻，由於視距較遠，我無法看清細貌。於是，我拂荊披棘，終於找到一條小徑直達石刻之下，只見大小佛像在不同地形以不同的姿態表現出來，滿壁都是姿態萬殊的佛像。我叫不出各種佛像的法名，我看過敦煌和龍門石刻的攝影。寒巖寺下的石刻雖不及敦煌龍門石刻偉大、奇巧和精妙，但其精神和形韻，卻是南北呼應，頗為類似。

我不由想，名人品題的山水佳地固多勝蹟；鄉野荒陬，也有奇壑秀峰、麗水清泉。正如今古求才慕賢，廟堂之上，固曾囊括經天緯地人才，鄉野村夫，若能得展所長，同樣可以安掌廟謨勝算，為萬民降麻垂澤。

我在石刻下徘徊凝注良久，不覺便到晌午時分，秋陽不烈，卻也薰熱惱人。加之天空雲濤洶湧，有如波惡渦詭，大有山雨欲來之勢。於是，我不得不一步一回首地匆匆返寺。

晚齋後，我便去藏經閣讀書。戰亂歲月，許多人逃死救生不遑，我能有這種安靜的環境讀書，也算是天大的幸運。

藏經閣坪數不大，但佛經的庋藏量極豐，十幾書櫃的佛經，有的還是明清版本。

我無慧根，也無佛性，更缺宿緣，但由於十多天來跟隨眾僧禮佛唸經，加上閒來便去藏經閣讀書，內心那份鬱勃之氣、不羈之情，多少有些收斂。

由於讀經，我與一位常來藏經閣同時探求佛教玄隱的李居士甚為相得。李居士年約五旬上下，從他的談吐舉止，可以推想他是一位經過大風大浪的人物，佛學知識也極淵博，承他告訴我許多佛學方面的知識。

*

我在寒巖寺，每天看到僧尼們虔誠禮佛唸經的精神，我覺得李居士所謂佛家三寶，真是一樣也缺少不得。

李居士佛學造詣之深，恐怕不是純書本上的知識，而是經過長時間深思、體驗與歷史比對所得的結果。

*

教育移人的力量是無形的，看不見，摸不著，時日一久，卻能叫一個人的觀念、行為、思想、認識產生極大的改變。由於我在寒巖寺的耳濡目染、潛移默化，漸漸地，我追求理想的熱忱開始淡化冷卻。我以為在這紛亂擾攘的時代，我們可以從各種不同的途徑拯救人類，讓他們解脫痛苦，同享幸福。潛心佛學，普渡眾生，也是方法之一。

經過再三思慮，我決定剃度為僧，捨身入佛。由於這些日子來佛學精微大義對我的感動和啟悟，加上寒巖寺四周壯穆的山色，剛勁中富幾分秀逸的風景，它值得我留下來為佛捨身。

我把我的意思告訴寺務負責人——法空師父，他笑而不答。過了六七天，忽然，寺廟的老主持慧安和尚要召見我。

我到寺廟住了快一個月，尚未見過這位高僧大德。

當我隨著法空師父去他禪房見他時，只見一個長眉白髯的老人盤膝坐在蒲團上。他低眉斂目，不住地數著唸珠。那副慈祥安寧的神態，我似乎看見那佛光就在他頭頂閃爍。

我向他行禮問安後，他仍然不曾啟眸，只是喃喃地唸道：

人心天心，天意民意；烽燧不絕，民遭凌夷。
海天漫漫，有土斯寧；砥柱中興，國脈所繫。
四海歸心，斯文無際；三民啟運，富盛可期。

然後吩咐法空師父明天送我啟程。

法空師父諾諾連聲領我退出禪房。

次日早齋完畢，法空將我的行囊和盤纏一塊交給我說：

「請施主一路保重。」

我是什麼施主？我比沿門托缽的苦行僧的境況更慘，他們尚有缽可托，我是什麼都沒有。

我眷戀不捨地走出寺門，我感到頓失憑依。前路是時局擾攘，險阻重重，追求的希望無窮，卻也是茫茫無際。眼前失去的是一片寧靜的景色和三餐無虞的生活。我徬徨無主，不知去從。幸好偈詩「海天漫漫，有土斯寧」兩句話給了我很大的啟示和力量。回望一眼肅穆莊嚴的寺宇和剛正聳翠的山色，我毅然朝汕頭方向前進，疲累困頓地抵達汕頭，我立刻投效軍旅，隨船來到臺灣。

經過三十多年化腐朽為神奇的歲月變遷，果然偈詩一一印證了。我不得不欽佩慧安老和尚佛學修養的高深，他的智慧灼見未來，他的道力洞察遠因，果真是：「海天漫漫，有土斯寧；砥柱中興，國脈所繫。四海歸心，斯文無際；三民啟運，富盛可期。」

（《青年日報・副刊》民國七十六年五月三日）

十四、一路好景

天氣轉晴以後，春天氣象立刻變得濃郁，陽明山花事絢麗固然是春的姿容、春的豔色；一向不愛表現而又無適當花蕾以為春色妝扮的樹木，只有用嫩葉替代老妝，為春天蒞臨而欣然作態；素來難得聽到的鳥歌，也不禁歌喉婉囀，唱得人心旌動搖。

時間節序，對萬事萬物有它無法言喻的影響。地球兩極，終年冰雪封凍，酷寒砭肌，生物不繁，人類也不適居住。非洲雨量不足，燠熱逼人，糧食匱缺，饑饉與死亡交相纏綿，生靈飽受煎熬。只有亞熱帶和溫帶，湖水泱泱，山色蔥翠，豐草稔稼，禽畜繁息，乃是人間天堂。尤其一到春夏，那幅熱鬧繁富景色，使人內心不期然而然欲與春神共舞，和鳥語齊歌了。

造物主的巨手，緊握著地球的盛衰榮枯，人類的生死哀榮，所謂人定勝天，只是自勉自勵的一句話。最昌明的科學，也無能左右宇宙中的神力：地震無法預測，颱風不能化解，更不能變沙漠為良田，易冬秋為春夏。南極天空因為臭氧層而出現的空洞，因無女媧氏補天之力，只有望洞興嘆，無可奈何。億萬年前即已存在的事實，至今依然不變，我們有多大能耐把宇宙既有法則顛倒過來呢？

人類的智慧畢竟有限，永遠受到大自然所支配，節序更易，天候變化，常在我們心理上造成重大的影響力，我們不能抗拒，只有順從，自順從中找出我們生存的法則和生活樂趣。這是無可奈何的事，也是惟一苦中作樂的辦法。我們就靠自己這份自我調適的能力而代代相傳，過得生趣洋溢。

大自然的天則，好像是宇宙中的大經大法、天律天條，只有順從，不能抗拒和違犯。好在那是自然存在，你不犯它，它也不主動治你；你即使犯它，那只有自貽休戚，它也不天威震怒，降罰譴人。古今中外，多少前賢往哲頌揚天德地恩的不知凡幾。天不言不語，地不睹不聞，卻給我們一個美好的生存環境——該暖時和暖，該寒時霜凍；春則花麗蝶舞，夏則蟬鳴鳩啼，秋則五穀豐登，六畜肥壯，冬則瑞雪紛飛，靜待春臨。高山供我畋獵；海洋任我捕撈；河川縱橫，除供灌溉外，還有不可勝食的魚鱉；萬里平疇，任人種植；五穀六畜，全部供我需求。人類貪得無饜，它也不惱不怒。此中季節更易，百物繁衰，冥冥之中實際上含有一個相剋相生的原理法則在。想到天德如斯高厚，地恩如斯廣博，我真慶幸自己生而為人。假如我只是一隻鳥，我就只能覓食求偶和歌唱，也許我也有單純的快樂，我卻不能體悟出天恩地德之厚，把智識見聞廣收博納之樂。假如我是一株樹，我就只能在原地生長爭取陽光和空氣，旱也好、澇也好，只有自生自滅。假如我是一朵花，我只能在短時間裡含苞吐蕾，奢華地漂亮一下，一到精英吐盡，我就得衰老凋謝。因為我是人類，我有思想、有智慧、有識見，雖不能變更天則，回運天道，卻可以五湖四海遊歷，享受生存環境的湖光山色，恣性享受口腹之欲，縱聽五音之和……利用自然，享受自然。天恩浩蕩，地恩溥博，我只有感激，沒有怨尤。

因為我常存感激之心，所以，我能把不如意事擱在一邊，快快樂樂享受人生。三十年前，一到荒月，新穀未熟，老糧已盡，不得不以番薯度日，愁米、愁油、愁穿著，溫飽也是一種奢侈。如今衣食周給，凍餒無虞，白米、饅頭，佳餚美點，應有盡有，需索無盡。物質生活享受，不說絕後，絕對空前，我還有什麼怨懟憂憤之理呢？所以，每逢假日，我總會獨個兒帶著小狗「嘟嘟」爬山，看看山色，酣醉一番森林清新空氣，然後精神怡悅下山。

〈陋室銘〉中說：「山不在高，有仙則名，水不在深，有龍則靈。」事實上，山水中別有清幽，根本無須藉著「仙」、「龍」的氣勢來掙得「名」、「靈」的虛光俗譽。

我爬山，從來不找名山勝景去湊熱鬧，只要有徑可循，便循徑上爬。披荊拂棘，撥開枝椏，恣意享受山光水色之美。那份獨來獨往的情懷，儼然我就是山中主人，山水樹木為我而存在，空氣為我而清新，鳥語雀噪為我而歌唱，傾懷接納，受用無窮。此正如蘇東坡在〈前赤壁賦〉裡所說：「惟江上之清風，與山間之明月，耳得之而為聲，目遇之而成色，取之無禁，用之不竭，是造物者之無盡藏也。」單是這山色雲影、茂林蔥竹，對我來說，我已感到是相當豐厚的賜予，又何必侈求其他呢？人世間萬有無盡，我取我所需；非我份內應得，強求硬索，只有恣縱欲心，增加煩惱。一個人不求坦懷泰心，樂我所樂，何苦自我桎梏而終日憂心如焚、愁眉不展呢？

疲累時，我便在樹蔭石塊憩下喘口氣，或在清澈的溪澗裡濯足，沒有人為干擾，不受塵俗汙染，整個靈魂都覺得洗滌清新了。

自山腳到山巔，會遭遇到不同程度的阻礙，不是狹徑，就是陡坡，或者是危崖，平坦的途程固然有，險巇崎嶇的地方亦復不少。有時我也會感到疲累懊喪，多半時間，卻是以爽朗愉快的心情接受考驗。尤當邁過荊棘叢生的窄道，越過崚嶒險惡的崖坡時，我會欣然感受到克服險阻的愉快。山徑沒有刻意的人工裝修，一路上野花連綿，各逞豔姿，實為視覺上一大享受。

山中樹木比街道的人行樹蒼勁樸拙，高矮不齊，品類萬殊，各在各的生存環境中以生以長，逞其本性，不受拘執。巨巖獨石，看似沒有生命，實則褶痕顯然，脈理清晰，可見它鍾靈毓秀後的獨特面貌和神韻，自然奇詭，自然猙獰，不失它本來面目。

常見山水畫中的樹木巖石，雖也陰陽向背之勢顯明，褶痕錯綜，脈理分明；樹木的枝椏幹葉叢叢簇簇，各得神妙，終因形似而神失，貌類而韻遺，較之山中自然生長的樹木和巖石，其精粗巧拙之別，就很難以道里計了。

畫家作畫，一致強調「外師造化，內得心源」的理論。師造化是知，得心源是悟。知其形貌，悟其神韻，然後出以神妙的筆法和彩墨恰如其份地渲染、寫人狀物，才能出神入化，令其形似而神肖，質雅而韻美。古人作畫除臨摹外，尤重寫生，讀萬卷書行萬里路，不僅文章作品氣壯勢雄非此莫辦，畫家作畫，何嘗不是自眼觀心維中而使萬里河山卷於尺幅之中，山水樹木、雲嵐水色躍然紙上呢？

經過一段段歷程，我終於爬到山巔。不管山的高矮，登上山巔，便能使人視界遼闊。足下群峰羅拜，雲嵐飄逸，飛翔的是鳥群，入耳的是山風呼嘯和鳥歌和鳴。此份睥睨一切的享受，足以彌補我在攀越中的疲累，昇華內心的失意和懊惱。

人生中的頓挫絕對難以避免，一遇頓挫立刻頹靡不振，惶惶不知終日，那是天定的失敗主義者。爬山不是逃避，而是愁緒疏散，精神和奮鬥力的補充。山中別有清幽世界，別有洞天福地。古話說：「失之東隅，收之桑榆。」人的命運奇偶難一，在某些方面失去了，在另一方面或許卻有豐收。減少一些欲望，降低一些需求，往往別有所樂，何必硬要在狹窄的名利道上爭攘不休呢？

由爬山使我想到我們自出生至死亡的人生歷程，有如從山腳爬到山巔，一路上我們何嘗不是像爬山一樣遭遇過許多頓挫和阻礙呢？待克服困難，越過阻礙，我們便可到達另一個境界。在這種歷程裡，我們曾以何種態度和心境去處理？是欣賞還是畏難卻顧？是勇敢地面對它還是怯懦地迴避？尤其面對尚未走完的人生歷程，我們是以欣賞的態度去因應？還是以躁進的心境去攘奪？假如我們不能排除得失、名利之心，也許我們會得到許多，但失去的卻是一顆純摯的心靈和無際的生活樂趣。名韁利鎖下哪來的閒情逸趣？失去的也許比獲得的更多、更珍貴。

我是自己的主宰，也可做清風明月、山光水色的主人，但千萬別妄想佔有它；更莫狂妄地要做這人世間的主人，以為我主人奴，萬物受我役使——果真如此，人的真我已遁，人世間的擾攘不安便會永遠無休無止了。

（《青年日報・副刊》民國七十六年四月十一日）

十五、春意鬧

春為歲首，百物欣榮，帶動整一年的節序輪帶迴轉。

本已凋零的樹木，從寒霜風雪中探得春訊。略待天氣暖和，立刻掙出一隻隻小芽苞，不消幾天，便像手掌般張開葉片。看見新綠，儘管冷氣團仍然滯留不去，我們知道春已經來了。

春天花朵最俏麗，不管是桃、李、杜鵑或櫻花，一概鼓足精神展露豔色。無足輕重的小草，也把花朵開得格外華美。別看只那麼小小一朵花，這是它生命的精華，生命力量的呈現。它們不敢辜負新春歲始的溫煦，從枯槁中頻頻呼喚新生，以最美的姿容報答天地化育之德。

一株樹木，是一種生命和宇宙；一株小草，也是一種生命和宇宙。每一種生命都有它自己的宇宙世界；我們觸不開它生命的門扉，卻能體會它力和美、靜與動的諧和配合。

單一事物常常顯得孤寂而簡單，若是加以重複組合，那份豪放的美感，便會產生一種咄咄逼人的力量，而使人震懾驚嘆，看看我們人世間春夏秋冬的景色，就是許多許多單一事物組合的圖譜。

一生走過許多地方，我只記得我家前山那片桃林，每到仲春，為數兩百多株桃樹像燒野火般，把山坡燒成一片豔紅。五畝多地盡是年高奇古的桃樹，盡是繁星般桃花，開的開，落的落，一直開到三月底，仍然有堅不辭枝的花蕾眷戀著枝頭意興闌珊地開著，那份美，那份爭先恐後的展現，那份毋負此生的堅執，真是驚世駭俗，令人永生難忘。

桃林旁是一爿大李園，李花細密而愛熱鬧，一根枝頭串著數十朵花蕾，挨挨擠擠，就像小孩子溜滑梯，一串十幾二十個孩子一齊滑溜下來。

一到花開，整爿園子一片玉白，跟桃林成了強烈的對比，紅白分明，各有疆域。蜜蜂、蝴蝶成日成夜戀著花朵訴述相思苦。

桃李像在互相爭攘，看誰能把春神奪去據為己有，好多佔一分春光。春不介入任何一方競爭，他以隔岸觀火的心情站在遠處看誰把花開得更絢麗，有時還不免鼓掌為兩方叫好，直到勁盡力消，花全開盡了，春才滿意地拍拍手說：「明年再見。」

＊

柳是春的粗棉線。

大地經過北風催逼，冰雪凌轢，這世界已是千瘡百孔，殘破不堪，須待新柳條紡出來，搓成柳棉線，一針一線，密密縫綴，才能把它補好。

季節變換，非常奇特，尤其是春天，只待嫩芽綴在樹梢頭，柳條便像紡線般一截截抽出來，直抽長到滿樹濃綠，經過春風吹拂，像是夏威夷的草裙舞，隨風婆娑，婀娜多姿。此時，花開蝶翔，鶯歌燕語，滿目芳草萋萋，殘破大地立刻幻化成一張花團錦簇的大地毯。

柳樹不是一種成材的樹木，它不比松柏堅真，不比楠檜擎天拂雲、資質挺拔，不比槐榆濃鬱，不比桃李花可賞而實可食。它質地疏鬆，但卻生命力強勁，只要折根樹枝插入泥土，無庸特別照顧，不消多少時日，立見根芽新茂而卓然成株。它不矯揉作態，也不孤介倔強，隨遇而安，自求多福，結果，到處有它的身影，到處是它的生存世界。有人慨嘆：「有意栽花花不發，無心插柳柳成蔭。」可見它具有多麼強勁的生存能力。尤其是它那份灑脫和蔥秀，使人想到是它把春牽引來的，是它把大地縫綴好的，是它綰繫著春步才能遲遲不走。

柳根繁多而穿透力強，農人插柳是藉著它的根株像編籃結簍般固定堤防。柳質鬆脆，畫家把它燒成柳炭，作為擬訂畫稿的上材。天生我材必有用，柳並不亞於楠梓樟檜，雖不能作為宮闕樓臺的棟樑，卻也克盡了它的本份，未忝所生。

我愛松樹孤高耿介，不畏風霜；柏樹長年蔥茂，老而彌堅；桃李花繁實馥，豔色迷人；杉樹高齊雲天，風標不凡；楠梓有材，大可為樑，小可為器；我更愛柳樹瀟灑自然，放任適性。尤其想到我大哥種的那些柳樹，高大蔥綠，一種矯然不可撓折的氣勢，至今印象猶新。

我家屋側有條溪澗，終年流水潺潺。因為溪床不廣，復又缺少峭拔凌厲的兩岸做制勒，雨水過後，水便涓涓不絕流失了。一遇天旱，莊稼需要灌溉時，又苦無水源供應。於是，大家想到築壩攔水。築壩必須具備築壩的條件，當地屬於黃土丘陵地，既無巨崖，也少細礫，溪澗純為水找出路沖涮而成，大家在窮則變、變則通的情勢下，只有刨草皮，挑黏土，揀石礫，費盡千辛萬苦築成一道水壩；水壩完成，大哥任意在水壩上插了二十幾枝楊柳，第一年看見它成活，第二年見到它長高，等到六七年後，每一棵楊柳長得高拔雄偉，妖嬌多姿。夏日，蟬聲嘶嘶，伴著柳條酣舞，憩息柳下，令人心情陶然欲醉。秋天，豔麗的芙蓉嘲笑秋柳蕭條，實則衰榮異象，基於賦性不同，雖不諧協，秋色若少掉柳的蕭殺和芙蓉豔冶，也就顯不出秋色清麗。節序轉到寒冬，北風冷酷地抽打它，柳不問盛衰、不計榮辱，忍性屈志以待時，一到春天，立刻浪漫而欣榮地滋長，那片新生景象，十里外都能看見它傲岸獨立的姿態。

十年樹木與百年樹人，同為後人留下遺澤，大哥雖為一介農夫，四十年歲月，浪淘不盡手足親情，至今我對壩柳和大哥仍然懷念不已。

*

經過秋冬兩季的休養生息，到了春天，大地必須負起哺育人們的責任。溶溶春水，把泥土滋養得無限溫馨，土地不再是霜澆冰凍下的磽角凌厲，也不是秋收後那般疲累，它柔軟綿溶，使人產生一種無比的親和力。

農耕是我國文化發展的重要環節，我們祖先以耕作養活我們累代不絕的子孫。土地不曾怠惰，除了冬天它做有限度的休息外，一到春季，它又生氣勃勃負起生長莊稼的責任，種什麼，長什麼，付出多少心力，便能獲得多少酬報。它是人類的慈母，無私無盡的愛，讓我們生長繁衍，活得豐足而欣然。我們領受它的恩德，便把天比作父，把地比作母，皇天后土，恩愛無盡。

中華文化以仁愛為中心，我們是一支知恩感德的種族。

農家伺候土地的方法，除了正在種植蔬菜外，通常都在冬季把地犁翻，讓酷寒嚴霜把蟲卵凍斃，等開春後，立刻三犁三耙把土地變化成糖漿般柔和，以期秋天豐收。

一雷驚九蟄，春雨潤新田，農夫耕作苦，焦心望豐年。

今日，農人已由手足操持進而到機械耕作，省時、省力而又效率高。人口激增，非以科學技術改進生產，不能解決龐大的糧食需求，農業科學化使產量倍增，不但讓我們暖衣飽食，更讓我們生活品質相對提升。

人類運用智慧，不斷開創歷史，累積文化，一部豐富的歷史，就是後人用智慧層層砌疊而成重閣高樓。

養蠶與春耕幾乎是農村中同一時間的兩件大事，婦女忙著採桑，男人忙著耕田，各有職司，內外不暇。桑園裡只見穿紅著綠的婦女在忙碌，笑語喧闐，好一幅春意盎然圖。農田裡也聞男人扶犁叱牛的聲音，春水嘩然，爭道著春日暄和。平日關在閨闥的少女，突見春意盎然，也不由心情怡悅，相互愛慕的男女，總會藉著眉目互訴愛的期盼。若是雅興發作，還不免對唱幾段山歌，嘻笑怒罵，謔而不虐，傳達了情意，也獲致了娛樂的效果，愛慕之心也就愈益堅貞了。

*

春天多雨，尤其是黃梅時節，雨像情人的眼淚，滴滴嗒嗒落不停。

春天無雨，就不像是個春天。

萬物回甦靠春雨潤澤，插秧播種需要春雨催長，綻放花蕾，沒有雨就不芬芳馥郁，蟬歌沒有春雨滋潤，就唱不出令人心紘震動的歌曲。

幾場春雨過後，溪澗的魚蝦養肥了，牠們在如歌如笑的流水中戲水逐愛，成群結隊，尋找青春歡樂。

春雨綿綿，大溝小渠，池沼湖泊盡是一片汪洋，流水漫漫，水草豐茂，那份碧綠和豐潤，與滿山姹紫嫣紅的花朵相映成趣。蒼天無盡施予，大地袒懷接納，未幾便是綠葉成蔭子滿枝的夏季。

溝渠因為春雨綿密而漲綠，湖泊因為廣納眾收而豐盈。天晴的日子，柳絲輕舞，鴨鵝游泳，洗衣的婦女喧笑如歌，雀喜鶯鳴，全是春的聲音。尤其是夕照晚霞，撒得滿湖彩色斑爛，使人直覺得這就是一幅生動的春色畫景。若是雨日，湖上輕煙微霏，朦朧一片；漁家輕舟一葉，往來湖水汪洋中，網上魚蝦，直待天色漸暝，才打著槳兒回家，繫緊船纜，提著魚簍，欣然上岸，指望著有餐溫馨的晚餐。

春水煙寒柳條新，鰤肥漁釣泊晚村，酒肆沽得半壺酒，急呼妻女剖細鱗。

一燈熒熒下，妻兒子女圍在桌子四周享用晚餐，妻賢子肖，闔家歡洽，那份豐富的農家生活情調，卻是無窮無盡，享用不竭。

豐沛的春雨，賜給人類豐沛的生活，溝渠因為雨水而聯成脈絡一貫，渠渠相連，好像人體的血管，因為春水奔流，才使大地獲得滋養而生命鬱勃，壽命無盡。

＊

世界所有的音樂創作，都不及天籟自然悅耳，不假琢飾。鳥歌就是天籟之一。

夏、秋、冬三季，不是沒有鳥的歌聲，總沒春天鳥歌那樣繁複而多變化，令人心靈悸動。誰曾在冬季聽過布穀鳥的歌聲？只有春天才有；誰曾在秋季聽過春鳥的啼唱？只有春天才有。原來地球是座演唱臺，大自然早已排定了演唱節目和順序，每一種鳥都遵照大自然的安排獻出自己的歌藝。

春是愛的季節，情的季節，鳥也因為春的呼喚而頻頻唱歌求偶，公鳥以歌聲叩開愛的心扉，母鳥亦以婉轉歌喉唱出心的寂寞。眾鳥喧和，大地是一闋鳥歌的偉大樂章。

燕語呢喃，黃鸝輕唱，杜鵑如低音喇叭，畫眉像古箏演奏，喜鵲似橫笛，八角如蝶琴，布穀鳥有南胡況味……只有麻雀不按節拍，隨聲喊喳，使鳥歌中多了一分吵鬧，這是牠們春的頌讚，心聲歡樂的表示，誰能剝奪麻雀的歡樂和對春的禮讚呢？

小時候，我不懂鳥聲中這般不曾組合卻又如此和諧的妙音，只知道什麼季節有什麼鳥歌演唱，忽略了山林音樂家們給予我的是如此豐厚的賜予。直待進入社會，年歲日長，童稚天真不再，偶然聽一次音樂，緊張的精神便覺十分寧貼，也發覺人類的音樂創作，不管怎樣組合，怎樣模仿自然，實際上只能略似，絕對不及自然聲韻萬分之一。人類號稱萬物之靈，許多地方仍不免智窮力絀。

春的特色是花事絢爛、樹木蔥蘢、春水盈盈、陽光溫煦、鳥歌柔悅……假如自這些因素中減除鳥歌，儘管春天依然欣榮煥發，春天沒有聲音，有如一位聾啞姑娘，即使姿容出眾，卻是相對無言，是一樁多麼煞風景的事。

（《臺灣日報・副刊》民國七十七年三月二日）

十六、聽雨

捻熄燈，我把自己關在黑夜裡。沒有燈光，就像房子關上了門窗，陽光不入，市聲不擾，靜靜的好讓人冥想一點事情。

屋外，雨一直落著，雨勢不大，也很均勻，不是那種萬馬奔騰撞擊得人心慌意亂的雨勢；雨下得文文靜靜，就像一位幽嫻貞靜的女子哼歌，歌聲幽幽，有若小溪流泉，琤琤琮琮，韻味十足。

我坐在書桌前，把思維全部融入雨聲裡，不想任何事情，也沒有紛亂的塵慮，清理了思想上的雜渣，整個人就像突地靈明起來，心境靈明，身體靈明，感到一種無所負荷的輕快。

下午，整個時間忙公務，此刻，經過雨聲淋滌後，不由覺得有些疲累，我乾脆把身子挪到椅上躺下，讓身子和思維同時好好找處安頓地方。

屋外雨勢忽然急劇起來，聲音也較前此驟烈，幽嫻貞靜女子為何突然變得潑野？為讓自己的比喻找個好藉口，我只有說：

「畢竟是春雨，好像剛剛成熟的年輕女孩，自己的性情仍然拿捏不定，所以，才一時穩重，一時浮躁。」

雨勢正是如此，一會兒急，一會兒緩，有如交響樂旋律，緩急交集，輕重相揉，諦聽起來，給心理一種莫大的衝擊作用。

山荊是個俗人，她的腦子裡只有兒女和家庭，但俗人也能做出雅事、說出雅話來。她對聽雨聲就有她獨特的感受，她說：

「聽雨像聽歌，很有幾分催眠作用。」

前些話雅，後一句便不免俗了。她為家庭、兒女常常憂心滿懷，睡眠一向不好，一旦遇到雨天，她會為自己泡杯好茶，閒閒地坐在沙發裡，讓旋律優美、緩急有致的雨聲把她的思想煩憂清洗乾淨後，便悠悠地走回臥室睡個好覺。這時節，任何急事都別打擾她，她要從雨聲中討個平日難得的甜覺。

有人「夜雨不成眠」，山荊卻是「雨中有酣夢」，這個俗人也有一份雅情。

同樣是下雨，同樣是雨聲，便因季節不同而有別。春雨悠緩，像個腹有詩書氣自豪的文人，舉止文雅，吐屬不凡，自有一份從容不迫的風雅。夏雨急驟，要做比喻，就像是搴旗斬將，可做萬人敵的勇將。秋雨蕭疏，滴滴落在秋空裡，多寡隨份，可以比作清麗脫俗的女人。冬雨灑脫自然，多則不濫，寡則不嗇，儼然已自絢爛歸隱林泉的達官顯宦，熱鬧繁富都曾親身領受過，如今，擺脫了紛華，看破了得失，自然是心境寧靜，行止安詳。

把雨聲當歌聽的人，必然先就有把音符藏在心裡，內外交融，自然聲聲入耳，點點契心。有些人平日就愁緒滿斛，一旦下雨，不是憂愁泥路滑跌，生計無著，就是愁衣物不乾，穀豆霉爛，一家生計全靠晴天打拚才能免得凍餓，雨落在地面，也就等於落在忡忡的憂心上，哪還有心情把雨聲當歌聽？

要把這件事當真起來，卻能因場地、事物不同而有不同韻味。

夏日滿塘圓荷，巨大的葉片，擎著盈溢的生命綠意，一旦落雨，點點敲在荷葉上，嗶嗶剝剝，聲音清脆，彷彿聲聲都蘊著生命綠意。這種雨聲，本就很美，偏偏有人持異議，說是「留得殘荷聽雨聲」，這種偏好，或許是殘荷破敗，滿塘蕭疏，在不完美的情景下聽起雨聲來，更富一份韻味。

幾叢幽篁，滿園盡是幽幽竹影，細長叢簇的竹葉，承接或緩或急的雨點，窸窸窣窣，有如小女孩偷說心底祕密，比之殘荷聽雨，情味又復不同。

大陸河汊縱橫，運貨、渡人，全靠行船走艖，船身木殼竹篷，落起雨來，雨點打在河面上是一種聲音，打在船篷上又是一種聲音，兩種聲音交相疊接，會聽雨的人，便能聽出一些特殊情調。古人坐在船艙裡一面聽雨一面小酌那份悠閒情調，今日，大家都沒這份雅趣。要享受這份風雅，先得要有些條件，比如有份悠閒心情，有份與大自然交融一體的氣質，肚子裡還得要有幾卷書史撐場面，談文論藝才不致荒腔走板，涯涘無邊。缺了這些條件，既不可能有雅興聽雨，即使聽雨，也只能聽出一片單調嗶剝之聲，哪能從雨聲中領略一些別的？

獨船聽雨，與眾船攢集聽雨，其聲韻又判然有別，前者聲音清脆，後者眾篷迴響，宛如眾口喧嘩，熱鬧倒是熱鬧，就少了獨個兒聽雨如聽心中人細訴風味。

風勢撼動松針發出的聲音，我們稱它為「松濤」。雨聲灑在松針上而激起的聲音，我們如果稱它為「松瀑」，似乎不太允當；因為松葉細長如針，雨水潑上去，立刻順著松針滑跌落地，難有熱烈迴響；無以名之，且名之為「細泉嗚咽」吧！一片喟嘆幽怨的聲音，也能感染人的情緒。

愛好聽雨的人，往往在窗外種植幾株美人蕉或香蕉，一旦雨至，滴滴敲在葉片上，細則清雅，粗則沉鬱，急則喧嘩，緩則滯迂，與河塘聽雨有異曲同工之趣。

雨多成澇，雨少致旱，澇旱都傷禾稼，農民沒有收成，便會失去希望和生活憑藉，即使有最好的心境雅趣，恐怕也不太願意聽雨了。

雨霾盼天晴，苦旱望甘霖，雲雨不均，老百姓靠天吃飯，沒有收成，自然怨天尤人。做人難，做天也難。

大自然原極和諧，蟲吟鳥唱、山高水低、風晴雨雪……全含有調和作用。凡事心中廓清了，便能接納一切，不管苦樂或哀愁。人要修養到這種境界，還真不是一樁容易事理！修養修養，必須要修要養才能夠呀！

大陸學生爭取民主自由運動，已遭遇到中共的血腥鎮壓，風聲雨聲，淒厲無比，血肉之軀，擋不住中共的坦克槍砲，眼看著我們的下一代橫屍天安門廣場，內心豈不傷痛憤怒，那不僅是時代的風雨，也是民族、歷史的風雨，誰忍心聽那種泣訴吶喊的風雨聲呢？

（《青年日報・副刊》民國七十八年八月六日）

十七、看山

臺灣三分之二是山地，雖然不像尼泊爾一樣可以稱之為「山國」，山脈綿亙巍峻之象，號為「山島」應不為過。

幾億年前，本島與大陸版圖相接，可能是一場地理形勢的大變化，它跟大陸分離了，但其山勢卻與福建省的峰巒原為一脈，山質、山形、山勢，多相類似，雄峙峭拔之狀，也屬大同小異。巍高如玉山、雄峻如合歡山、險巧如大壩尖山、詭譎多變如八仙山、雲蒸霞蔚如奇萊山……那份美感，並不下於大陸上的五嶽、黃山、武夷和雁蕩……

實在說，我們並不瞭解山，我們只是從山的外貌認識它很巍壯、險遠、層疊無窮。對於山的精神、內涵和思想，山的脈理，山的構成、特質，誰敢說能直探底蘊，瞭如指掌呢？

假如我們的視覺裡有山，思想觀念裡沒有山，我們必然是個思想蒼白而又沒有層次的人；一個人如果缺少山色涵育、浸潤和幻化，心胸裡哪還有丘壑、峽谷、斷層，和雲嵐飄忽、林木蒼莽的氣象呢？

要使自己的生命豐富，蔥蘢，我們必須常常去看山，與山親近，與山為伍，把山色引進胸臆，讓生命綠化、巍峨，使自己成為一個有山有水、有林木綠竹的富翁。

看山只去坪林，或者止於大度山、七星山，那就像是跟小兒女交朋友，只能欣賞到他純真的笑容，不能認識他深邃的內涵和歷練後的成熟智慧。要看山就必須走北橫、遊南橫、越中橫，甚者攀玉山、爬奇萊……那才是真正看山，等於與魁梧壯漢交朋友，他的勇武、獷悍，才能真正明其底蘊，瞭然胸臆。

山友是一群最愛看山而又懂得山的朋友，他們由山外走進山裡，由山腳攀到山巔，不僅足跡踏遍本省的大小山脈，甚者遠去國外的尼泊爾、日本、瑞士、法國，去與山親近，與山為友，像是一群莘莘學子，不辭跋涉辛勞，負笈他邦，沉潛鑽研，去求得山的高深學問。

中橫公路業已竣工二十多年，在這漫長的日子裡，我居然無緣旅遊全程，雖曾抱著虔誠的心情對它景仰膜拜不已，事實上足跡在西邊止於谷關，東邊止於洛韶。尤其自洛韶到長春祠這一段，雖曾數度步行，逐峰逐峰瞻仰驚愛，愈遊愈喜，愈喜愈深，未能全程遊覽，識其大貌，挹其蒼秀，實在有愧當年榮民弟兄鑿山闢道的偉大奉獻，尤其是那份見所未見的奇詭景色。

我對山特別崇拜，特別喜愛。年輕時，山曾哺育我、滋養我，在心理上似乎有種血脈相連的親情，每見到山，便不由感到格外親切，格外呼吸相通，愛憎與共。

山不是我們容易瞭解的，就算有認識，也不過是止於外貌、形狀、森林分布、地質構造，和土壤分析而已，至於山的內蘊、礦藏……我們依舊所知有限。尤其是它的深層部分，比如泉脈、溶漿流向，地熱脈貫，岩質構成，我們依舊茫然無知；即使有知，亦是止於管窺蠡測，未能識其全豹。

許多一生與山為伍的朋友，因為偶然一次失慎而往往死於山難。嚴格說，他們號稱山的征服者，自詡為山的知己、暱友，應該對山的喜怒哀樂瞭如指掌。實際上，他們只看到山的光明面，沒看到山的陰暗面，只見過山的微笑、山的舞踴，沒見過山的憤怒、悲哀，一旦山變臉了，他們便成了山的祭牲。原來山並不一味溫純，他也有震怒狂放的時刻。

我曾經在山林中討過生活，像猿猴般攀爬過樹木和山巖，自以為與山很親近，但當我面對著九曲洞的峭壁崢嶸，太魯閣四圍山色的峻急，自洛韶往四周眺望那一覽眾收的山貌，梨山地勢開曠、果木欣茂的景象……我不由愧怍地怨艾自己對山的認識太膚淺。

橫貫公路由山麓迴旋曲折往上爬，像彩帶舞中的一條彩帶，那份柔麗多變的姿態，使我不由欣喜若狂，復又慼極而泣。這條道路是當年驃悍勇健的榮民弟兄，卸下征衫，著上平民服裝一鍬一鎬開鑿出來的。從峭壁上鑿路，自石山中鑽洞，危難為之閃避，高山為之讓道，而終於開發出這一路雄奇景色，讓埋沒崇巒密林的鬼斧神工自然原貌奉獻給人類，使我們多了一處流連賞嘆的好去處。

尤其是佇立在花蓮、臺中兩縣交界的最高點向四周眺望，原以為山高只止於眼前，層疊也只止於眼前，哪料山後有山、山外有山，堵在眼前的是高山，聳立山後的是更高山，山山相疊，一直延至天涯海陬。誰說我曾認識山、瞭解山呢？原來視力被障蔽了，心靈、思想也被障蔽了，所以，只能識得眼前的事物而已。

我們看山只能看到山的形貌，至於森林被覆的實際情況、林木蔭庇下的植物真相、依靠森林生存繁衍的動物蟲蟻等等，我們都無緣一窺究竟，所知依然有限。

山林是處無盡寶藏，材木不勝用，礦藏豐富，都是一份財富，其他如竹筍、野菇、木耳、許許多多藥用植物，蟲、蛇、蝶……都是在山林中孕育茁壯，無一不富有一份經濟價值，別說盡其用而獲其值，單是看牠們欣然活潑的生活形態，各有天地，各具異趣，就是一幅生動美麗的圖畫。

森林與土地有一種互為依存的關係，土地供給森林生長綿延的地方，森林護著土壤蓄積水分，免於土壤流失，讓荒禿的山脈增加美感。試想，樹木沒有泥土做溫床，山脈缺少森林做美化，這世界哪能保持生態平衡而又富有此份河山壯麗的景色呢？

有人說，無垠沙漠是一種壯觀，美國大峽谷的童山濯濯也是一種奇景，可惜前者是大自然的一種畸形美，是地理環境與人類生活上的一份缺憾。後者的美，不是美在缺少樹木，而是美在它的造形奇特，幾可說是地球上獨一無二的景色，如果真的算是美，那也不過是種缺陷美。比較上，我還是喜歡林木蒼鬱、山勢綿邈，那份美，美得像是喝下一瓶綠色醇醪，令人陶然欲醉，欣悅無狀。

路沿山腳迤邐到山巔，再蠕行到山腳。輸送電力的高壓線，也是翻山越嶺由西海岸輸送到東海岸，過澗越嶺，無遮無礙。想到榮民弟兄和電力工程人員當年披荊斬棘，不畏艱辛的犧牲奉獻精神，讓我們的物資和精神生活相對提高，試問那些坐享高等教育，坐享富裕的物質生活，以謾罵進入國會坐享政治權力，復又不斷製造是非爭端，破壞團結之輩，他們為國家社會究竟做了多少奉獻？

人類最大的毛病就是嚴於責人而薄於責己，最愛評人是非不知反躬自省，只知坐享福庥而不願做絲毫付出，不擇手段獵取不知為他人提供少許服務，抄小路、走偏鋒，而不知循正道守法紀……

哲人已遠，賢者何稀？想到中華文化發展到今日，已經漸失忠恕之道，那不正像一棵濃蔭參天的古木遭受剝皮伐枝的厄運，復又雷劈電灼，風摧蟻蝕，其不枯萎而死者不可得也。

每次在攝影照片中看到梨山賓館的外貌時，我總以為它是坐南朝北，前面是一片廣場，四周綠林掩映，一片蔥秀景色；直到我親眼目睹梨山賓館的方位及四周景觀後，居然與我想像的位置和景色大異其趣，使我不由愕然大驚，憬悟耳聞不如目睹，心維不如實際的真切。先入為主的觀念，常常是戕害事情的無形殺手。

梨山左右的峰巒全被墾拓成果園。當前正是蘋果開花時節，可惜只看到荒枝裸幹架著樹身五花大綁的情景，不曾見到蘋果花繁富美麗的神采，觸目一片不調和的奇特景象，與整條橫貫公路的濃綠蒼翠不成對比。

梨山砍伐了原始森林，卻培植了蘋果和二十世紀水梨，讓我們恣享口腹之欲。人類固不可貪得無饜地剝削土地，為了養育更多的人類，又不得不盡量利用土地，在得失之間，究竟何者為先？何者為後？何者為輕？何者為重呢？取捨從違，恐怕上智亦將躊躇難決吧！

老子曰：「天地之大德曰生。」揣測天心地意，可能仍然以養育人類為第一要務，即使破壞了景觀，毀敗了大地的外貌，也該不會深責。

車過梨山，就是我曾經幾度步行的熟徑，因為一路觀賞山色疲憊，一俟閉目養神，竟然一覺酣睡到東勢。醒來後，市廛景色重重潑來，身在凡塵，心胸裡卻蘊藏無邊山色。看了山景，養了心眼，這一日是我有生以來生活最豐富、彩色最絢爛的一天。

那天同車旅遊的有日本婦女四人、美國青年八位、中國青年與南美佳麗夫婦一對，臺中分手，彼此道別，互祝珍重，緣止一日，一路上雖因言語隔閡，不能暢所欲言，但彼此笑意和眼神之間，亦能互通款曲。讀萬卷書能夠提升修養，行萬里路可以擴大胸襟，假如人類不懷奸使詐，國與國之間互相敞開大門，自由旅遊，彼此心胸眼界都寬廣了，世界大同的日子或許真有來臨的一天。

（《臺灣日報．副刊》民國七十六年七月五日）

十八、楓紅

九年前，我跟隨一支爬山隊伍經谷關攀爬八仙山。

那時候，正是秋天，秋空像一面平鏡，太陽照射著峰巒、樹木，顯得份外蔥秀妍麗；秋風徐徐吹在身上，好像一隻溫柔的手在撫慰，感到好涼爽宜人。

自谷關上八仙山，都是走產業道路，道路沿山腰開鑿，彎彎曲曲像一根帶子，帶子束著山腰，不讓它臃腫肥胖；山腳下蜷伏著溪澗，清涼湍急的山泉像燕趙豪俠，一路上高唱著山歌與大甲溪匯流。

同伴中有的是爬山高手，有的是初履山林的新客。老手們的目的，是登上峰巔傲視群山匍匐腳下的臣服姿態，揮著衣衫和帽子，享受一番征服後的快感；初履山林的新客，平日像養在溫室裡的花朵，哪見峰巒綿接峰巒，森林重疊森林的偉大氣勢？一旦得見峰峰相連、林木蒼莽的情景，就如一個酒量淺的書生，剛擎杯就不覺醉了。

我是一個熱愛山林的貪客，半生歲月，幾乎有三分之二奉獻給了田畝和山林，一旦走進八仙山支脈，就像遊子投入母親懷抱般感到親切和溫暖。

那天，還沒走到半途，我發現路前頭那座山坳，有一塊極其豔麗的林相，像油畫中潑下一碗紅色顏料般鮮麗誘人，叫人心驚神盪。

深秋季節，那片豔麗的林相，莫不就是形將凋萎的紅葉林？

本省四季如春，平常我們在都市見到的行道樹，全屬常綠樹，哪有大陸古都北平、新畿南京那種傲岸天際的梧桐樹一樣，一到深秋，就讓寬大的葉片在秋風蕭蕭中優游自得地辭枝落地！也沒見像湖南嶽麓山、南京棲霞山那種叫人心驚動魄的紅葉；即使有，也只是偶然見到三兩株而已，葉片還未紅透，就經不起秋風催迫而頹然地飄落了。

眼面前這片林相，幾乎佔盡了整個山坳，至於被這邊山嘴擋住視線的山坳深處，是否也是這種紅如熾火般的情境？尚難推測。

如果那是一片紅葉林，那真是一樁叫人心靈顫慄的偉大景象，也是我在本省尋尋覓覓所看到惟一像棲霞山那種紅葉。

內心裡有了這份鼓舞，我便加快腳步往前衝，拐過山嘴，隨即見到了滿山滿谷的紅葉，把山谷裝點得華麗醉人。

這俄頃，我像瘋了般奔進紅葉林中，不停地喊：「我終於看到你了，找到你了。」同伴們也為這廣闊的紅葉林醉了、癡了，他們紛紛解下行囊，走進紅葉林裡，踏著厚絨般落葉雙雙對對大跳起舞來。

爬山的目的，無非是欣賞山的峭拔結構、林木叢長茂生的形象，讓景色陶醉自己，盪滌自己。

如今，我已找到了我需要欣賞的景色，我又何必再辛勞地去攀爬八仙山呢？

再說，爬山的實際作用也不過是考驗自己的體力和毅力，從登峰攀崖中磨練自己，渾忘紅塵中的苦悶和失意；登上峰巔後，讓自己心胸更廣闊、更恢宏，淡化名利欲，忘卻得失感。可是，這世界上，一山比一山高，一山比一山峻峭，一山比一山綿邈，一山比一山龐大，人生短短幾十寒暑，哪能爬盡全球的名山高峰呢？

我一生沒有過高的欲求，就像一個酒量淺的飲者，別人千杯不醉，我則淺嚐即樂。當我找到這塊紅葉林後，我放棄攀爬八仙山的權利，我願意在這片紅葉林中徜徉半日，然後躺在落葉上馨馨甜甜睡個午覺。

同伴們都笑我傻，我沒有辯駁，我認為我是有條件地傻，不像白癡那樣混沌茫昧。

幸好，麗妃跟文正是我的知音，他們也相繼留下來，於是，我們三個便成了這片紅葉林的主人。

小時候看紅葉只有一種感受，那就是：「凡事生命，必然有枯有榮。」樹的葉茂、葉殘，那是季節的自然變化。滿山紅葉，確為山林增添幾許美感，年年如斯，習以為常，原就沒有什麼新奇瑰怪處，只是大自然界的無窮變化，那種神祕莫測的力量，主宰我們人類的生死，實在不是人類有限的生命所可企及。

如今，年歲已大再來看紅葉，不但想從生態上探索生命的奧祕，從美的觀點深一層地認識這綺麗可愛的世界，另外還帶有一份濃濃故國家園的愁緒。假如我們今天是在黃河兩岸、長城頂端、長江上游，或在江南平原、五嶽、黃山欣賞秋色秋容，看紅葉紛舞、雁影橫空，那份心情，該是何等曠放鼓舞！

人有賢愚，才有長短，勢有得失，運有休咎，許多事往往不可能常處順境，國家的機運也是如此。我相信，只要我們全體一致去努力奮鬥，我們必然可以為整個國家民族開創一個自由、民主、富足的新局面，滿足我們在大陸河山欣賞紅葉秋色的欲望。

經過一陣嗟喟，一番感慨，我仍然懷著一份抑制不住的喜悅心情，仔細欣賞這片紅葉秋色。

一聯佳句隨流水，十載幽思滿素懷；今日卻成鸞鳳友，方知紅葉是良媒。

這是唐僖宗時宮女韓氏與于祐藉著紅葉題詩而結成佳偶鸞儔的一段愛情佳話，無論在當時或在現在，這是一件多麼旖旎溫馨的雅事。

當前，這地面撒落著這許多紅葉，在今天這種環境和時代裡，我們即使每片紅葉題上一首情詩，恐怕也難邀得佳人的青睞吧！

現在是個快節奏時代，男女婚媾，只要兩人情投意合，立刻就可成婚。若思苦待十年，豈非老了佳人、衰了才子，誰有這份耐性呢？

遐想歸遐想，這滿山坡的豔麗紅葉，卻真令人陶醉是千真萬確的事實，我又何必癡心妄想得那樣遙遠，而拋卻現實中的快樂呢？

這片紅葉林以一種葉形團圓如銅錢的樹最多，楓樹其次。楓葉紅裡帶褐，一經落地，經不起三兩月的風吹雨淋太陽曬便褪色了。那種圓形樹葉，懸在樹梢，紅得像火焰，像報平安的聖誕紅，像象徵富貴的牡丹，像有情而又多刺的玫瑰，像一顆顆熾熱的心，雖然辭枝落地，色素卻是歷久不衰，好美，好怡人。

這兩種樹木都是雜樹，在材用上卻不像楠、梓、檜、杉那樣可資大用，林業人員為何不曾砍伐改植經濟價值高的林木呢？使我百思不得其解。我想，八成是林業人員也懷有欣賞紅葉的雅好，所以，斧斤留情，才讓它們姿容繁茂，每年秋天，為觸目盡是翠綠的山色做一番點綴，好使他們在踏破芒鞋、刺破手掌的植林生活裡多添一分彩色。

我無法觀察這片紅葉林的變化，但由不曾全然變紅的樹木來推測，紅葉是先黃後紅再變為深紅，當它紅透整個葉片時，才像一位詩人般懷著滿腔才學辭枝飄落。

一棵樹上，我常常發現樹四周的葉片紅透了，靠近本幹中心的葉片卻是剛剛染黃，有些仍然綠得起勁，紅、黃、綠三色交織相間，就像滿樹繁花，無法不令人鼓掌叫絕。

樹林裡有些榛莽已經清除，空地上鋪砌一層厚厚的紅葉，踏上去溫馨軟綿，像煞一床波斯地毯。在厚密的葉層裡，可以發現一些燒黑了的石塊，想必是當地青年假日在這兒烤肉野餐留下來的成績，他們走避城市的喧囂，在閴靜的森林裡做盡興半日遊，此份雅好，與「曲水流觴」又有何差別呢？

這滿山坡的紅葉，紅得把天空都浸染得酡醉了。天地有情，改變了樹的面貌；紅葉也能令天地感到滿頰暈紅而赧然陶醉。

我跟麗妃、文正自山麓爬到山頂，這一攀爬，可真開了眼界，居高臨下一瞧，樹葉像洶湧的紅浪，樹巔是浪峰，黃葉深沉處是浪峪，形將黃化而又帶幾分濃綠存在，便是浪的暗角。整個山坡，就像火海般燃燒得好熾旺熱鬧。

四圍山色，除了這座山坡是清一色紅葉林外，其他峰峰相連盡是一片蔥綠的林相，界線劃分得格外明顯，一紅一綠，色彩顯明。萬綠峰巒中單單顯出這一朵紅色，愈益襯托出紅葉林的美豔動人。我們在紅葉林中攀爬，摩挲、感嘆、欣賞，幾乎是把整個生命投了進去，也把滿山紅色素質吸進了心靈，讓整個生命沸騰熾熱。

中午，我們就在紅葉林裡用餐，吃著野餐，飫飲著紅葉的芬芳，這餐飯是我有生命以來最美妙、最豐盛的一餐飯。

麗妃跟文正是一對熱戀中的情侶，他倆有他倆嚮往的天地，所以，他倆總是躲開我的視線，去紅葉林中尋覓生活情趣，創造愛的新天地。我卻不甘放棄一次充滿彩色的午睡，於是，放手、放腳往紅葉堆上一躺，靈魂就像飛升般，頃刻間，便尋到了甜蜜的夢鄉。直到爬山隊伍自遠處傳來歌唱和笑語聲，我才匆匆撿一把紅葉塞進背囊帶回家。

那一天，玩得非常盡興，而且充滿了詩畫般情調。

回到家，孩子們懷著殷切期望的心情圍著我問：

「爸，你帶了什麼特產？」

我遞給每個孩子一把紅葉說：

「爸爸就只帶回這些特產。」

孩子接過紅葉，失望地說：

「又不能吃，是什麼特產嘛！」

我拍拍孩子的腦袋安慰他們。

「把它夾在書冊裡，它雖不是糖果糕點，可以饜足口腹之欲，但卻是八仙山的真正特產，是精神上的豐盛糧食。當你們懂事時，你們才會想到當年爸爸帶給你們這份特產，比什麼都珍貴新奇而富意義。」

孩子們噘著嘴，懷著一種不想抗拒卻很懊惱的表情夾進書冊裡。

昨日，我重讀《宋代小說筆記選》，忽然發現書冊裡夾著幾片渾圓且已蛻變成栗色的葉片，我記起那就是我自八仙山撿回來的紅葉，凝眸諦視，我好像又重拾回當日在紅葉林中自由徜徉的歡樂。

留下了詩畫般的記憶，也留下了當年青春的片段，多美，多雅。

（《臺灣日報・副刊》民國七十五年二月七日）

十九、又是秋天

夏，幾時悄悄走了？秋，幾時悄悄來了？怎麼會在我們不經意間就完成了交替？

詛咒夏的日子尚沒結束，夏就已經很不耐煩地收拾行裝，裝備遷徙了。一場颱風雨帶來秋涼訊息，誰也別想挽留夏多逗留一些時間。

秋思乘著颱風來的嗎？可是，秋高氣爽，雲淡風輕，大地那副曠邈空靈氣象，何曾有颱風那種恣肆潑野嘴臉？秋，卻是真真實實地來了，無須歡迎，無須期待，當風飄然而來時，你還不曾張開雙臂擁抱它，幾片隨風飄零的紅葉，翩翩躚躚在空中一陣迴旋，然後悄悄地落在你的腳邊，那顯明的脈絡，那像醉了酒般的燦爛紅頰，那像嘆息般的窸窣響聲……你這才警覺到秋的影子，竟是如此輪廓分明了。

青黛的遠山，不再有夏季陣雨過後的雲嵐氤氳。煙雨濛濛，柳絲串起盪漾春光的日子亦遠了。春已消逝，夏亦遠颺，冬的影子，尚在北極邊緣逡巡，漠漠曠野中，寒風捲起千堆萬堆雪，撒落在荒寒磽瘠的土地上。此地，人稠花豔，峰峙林綠，橙黃的稻穀，疊湧起千重金浪；笑臉綻放出春花般繁富馥郁，哪容得北寒在此地任性蹂躪？

這是秋的季節，是秋君臨萬國的時序。秋的藝術家，更是興會淋漓，一筆澄藍，把天地鬆刷得滿目亮麗。悠閒白雲，不像夏靄步履匆遽，儼若修養有素的哲士，博袖緩帶，步履安詳；智慧的眸光，瀏覽路徑兩側岡巒綿邈、綠水悠悠景色；一路吟唱梵詞唐詩，超越怨悱，不干風月，從句讀中尋覓那空靈飄逸的思想境界。

天宇不含一絲沉渣，那是一面無邊明鏡，一股勁的蔚藍，藍得心胸豁朗明亮，亮得心肺灼然。即使有幾團雲絮緩緩飄過，卻像是鏡裡雕花，精琢細鏤，花果儼然，好一幅花葉掩映的寫意畫。

森林、峰巒，此時，蔥蘢的愈顯蔥蘢，稜線顯明的，愈加齒鑿昭然，在無限的蒼冥掩覆下，只覺得整個宇宙皎潔無塵，可以羅致心胸，讓丘壑山林美化心靈。讓涓涓流泉、滔滔巨流，沖涮去心胸萬般牽掛。管他什麼榮福喜戚、妻財子祿……心境也覺一塵不染。

落葉喬木，不知是否帶有幾分羞澀？是誰家登徒子在撩撥她、挑逗她？怎麼忽地滿頰紅暈、一片雲霞、憨態可掬地把山林裝點得這般嫵媚？

是否美麗的日子畢竟不多、青春的時光不永？怎地只瞬眼間，紅葉就辭枝別梗，在秋風招引下做霓裳羽衣舞？也許是在追求——追求生命的真諦、藝術的至高境界。不曾確立理想、認清目標，只一味盲目地追求，何來圓滿結局？當姿衰色老，黯然橫躺在荒墓斜陽中時，一陣篤篤步履踐過，誰會珍惜你曾是春光中的嬌女、夏日裡的愛姬、秋風中的豔婦？生命已走到了盡頭，再也無法連綴起當年風光，只落得一聲無可奈何的悲嘆，悲嘆命運為何這般淹蹇乖舛？

白鷺舞盡興了夏的繁華，早已斂翅樹梢葉叢，做睥睨一切狀，看遍了夏的豪華，哪來逸興為秋光添色？湛湛湖水裡，尋覓詩情畫趣的白鷺遁跡，偶爾有一隻白衫白裳的逸人高士在淺水中緩行款步，也許是他失落了什麼，他必須汲汲地尋回那失落的東西。

雁陣橫過天際，一聲戛然長鳴，真個喚來幾許蕭蕭秋味。

蘆葦愁白了頭髮，江浦沙渚，一片茫茫慘白。不是雲海堆浪，更非岸裂驚濤，堆棉扯絮般的蘆花，白得十分悽慘，叫人心底也是一片無盡茫茫。

秋風何曾有敬老尊長心理？一味地捉弄侮戲，搖得蘆花滿天飛揚。倒是寒雁念舊，斂翅而降，且伴守這群白了頭髮花了鬍鬚的蘆花度過幾許悽愴秋夜。

蟲豸唧唧，吟唱盡花開花落，歲枯歲榮。要說雁鳴江浦是高士長嘯，那麼，秋蟲唧唧，便是少女的輕唱淺吟了。讀歐陽修的〈秋聲賦〉，總不免有分悽愴滿懷的感觸，一片大好秋光，全為蕭蕭秋風破壞無遺，諦聽雁鳴蟲嘶，豈尋覓不出幾許秋的韻味來？

江干芙蓉，幾時紅了酡顏？臨水照影，舞迷了秋陽、秋風。你看那秋陽眸光迷離，一副「此姝天上少有、人間無雙」的沉迷眼神，豈不是為芙蓉豔色所醉了？秋風步履何其迂緩踉蹌如此，難道是為情所困、為色所迷？也許真個如是，你看他匆匆走過，猶不忘回身給她一吻。「只為開花難，教君恣意憐。」愛得癡迷，活得瘋狂。

東籬黃花，正是當令時節，吐蕊逞芳，看不盡萬種姿態、千般嬌媚。且不管你桃有多少豔色、李有多少風情，守時候機，菊花依舊有它的風華時節。

佳釀早熟，秋蟹已肥，不邀李白對酌，獨請陶潛把盞，持螯飲酒，對花抒情，對著南山，兩皆悠然，吟幾句「一觴難獨進，杯盡壺自傾」，喝一個酩酊大醉，寄情高遠，吐我悃積，此情此境，何等曠達飄然！

李白去遠，陶潛不來，把盞獨酌，對影傷懷，東籬在目，南山何往？秋風笑我癡迷，黃花嗔我多情，時序運轉不息，秋日年年奔來，管他什麼陶潛、李白、摩詰、浩然，何不珍惜時光，登山遨遊，臨水流連，抓住那瞬間空閒，尋一個生命大樂趣回來。秋景畢竟富麗，心胸中羅致了藍天白雲、紅葉黃花……生命也就自然而然繁富起來。

（《青年戰士報・副刊》民國六十九年十一月二十六日）

二十、秋光

人會老，秋光也會老。

人老了，頭髮由黑轉白，變得稀疏，牙齒也會動搖，智慧卻相反地圓融成熟。秋老了，樹葉由萎黃變為深紅，然後紛紛掉落成為光禿的枝椏。倒是秋空澄澈，萬里無雲，像是老年人的智慧，精光四射，慮及深遠。

時序分四季，每季三個月，又以孟、仲、季做分別。如果以一個人的生命歷程做比喻，一生歲月，何嘗不就是春、夏、秋、冬四季之別呢？與一季的孟、仲、季亦相彷彿。

把人生比作時序，似乎有些牽強，但歲月遞嬗，跟人的衰老無別。天人合一，自然與人事的軌跡實際上默相吻合的；只是人死不能復生，歲老卻有來春。

由於地理位置和經緯度的不同，大陸秋光不比本省秋光時程長，但卻秋色妍麗，秋容冶豔。一到中元過後，陽光的威烈立見衰滅，樹葉像是變戲法般，先是少數幾片枯黃，未幾，立刻黃葉紛陳；紅葉也如響斯應般開始變化，好像只瞬眼間便紅遍山峪、山坳。

若是滿山只有一樹紅葉，會令人覺得稀奇古怪，雖也享盡「萬綠叢中一點紅」的風光，比起滿山葉紅似火的壯烈場面顯然遜色多了。歷史上詩人墨客因為秋天屆臨而感懷良深，將紅葉形諸筆墨的不在少數。即使是販夫走卒，只要有雅興，亦以秋天觀賞紅葉為樂，有的獨行，有的闔家攜老牽幼，攜酒擔榼，賞景裁章，絡繹於道；白髮蕭蕭的老人、髫齡稚真的童子，共同浸浴在紅葉林中，踏著落葉，遊目四野，笑語喧闐，享盡天倫之樂。人生能有此種生活境界，既未有負此生，亦可無愧於秋光爛漫了。

嚴霜未至，菊花不開，秋天裡只有紅葉逞勝，未免顯得秋色單調。江干芙蓉不甘紅葉占盡風光，立刻大朵大朵綻開來，粉紅雅白，滿樹繁花，冶豔多姿，真個是猗歟盛哉！

芙蓉天性好濕，只要土質濕潤，水分充足，便能滋養它姿容煥發。凡是種植江濱的芙蓉，開起花來，格外興會淋漓，痛快之至；它不但可以牢固江岸，免於激流涮掉岸土，一到秋天，又有美化環境的功效。生長期間，不須溫存照拂，絕無既怕蟲害又怕肥歉的顧慮；時序一到，立刻大開大放，極盡姿容美豔之能事。

芙蓉有單瓣、複瓣的兩種：單瓣芙蓉，一花五片，形態簡單，不夠嫵媚豔麗；複瓣芙蓉則花瓣重重包裹，俯仰張闔，各展豐韻，使整朵花形姿態萬千，嬌形冶貌，容光照人，雖絕代美女亦不可及。

牡丹號稱「富貴」，其豔麗巧姿，與芙蓉相較，亦只伯仲之間，而且同為木本。牡丹培植，煞費周章，非仰賴人工刻意呵護不能開放大朵花蕾供人觀賞；不像芙蓉樸健剛毅，具有獨立自主的精神。如果真正做個比喻的話，牡丹是富家閨秀，芙蓉則是蓬門美女，資質不同，美豔則一。若是以擇妻娶婦相比，我則選芙蓉而棄牡丹，因為牡丹性嬌，雅不願她那嬌生慣養的習性，累壞我這個茆檐偃蹇的寒士。芙蓉天性憨直，行止隨心，不會矯揉造作、忸怩作態而難於伺候。

本省氣溫變化不大，除非是西伯利亞寒流過境氣候較為乾冷外，通常都能叫人精神怡爽、心情愉悅。所以，節序的分別也不十分明顯，儘管目前已經到了深秋，滿曠野依然濃綠如夏，幾乎看不到秋風舞紅葉的美景；紅葉成林的秋色更是難得一見。論時序，可是說秋光已老，在景色變換上猶令人有一種秋步未至的錯覺。

秋天是豐收季節，尤其是大陸地區，中元前後收稻穀，到了涼秋九月便要採收黃豆。冬令蔬菜，多在八月底開畦播種，趕著秋陽猶帶幾分溫煦時光，催化它茁長壯大。本省年收兩季，一到秋末冬初，第二季稻穀亦已登場。廣漠的田野如不種雜作，便只有讓它歇冬以待來年春耕。

人到中年，有如季節轉到秋天，正是成熟和豐收的季節。

人生經過青少年時期的吸收和淬鍊，心智成熟，閱歷增加，學養豐厚，當邁入壯年階段，不管從事哪種行業，都可在現有的基礎上發揚光大。即使偶有挫折，也能面對現實，重新計劃，策訂未來行進方向。這正像秋天一場颱風雨，毀屋頹垣，斷樹折竹，當風過雨霽，秋空依然澄明，秋光依然亮麗，紅葉依然美豔，不凋的樹木依然蔥翠欣榮，季節依然運轉，人們心境愀戚一段時間後，依然振作精神重新再來，何曾見過一蹶不振的景象和人事？

中秋時分，秋色尚帶幾分生澀，秋步亦顯滯緩，掃一眼樹葉和平野，仍見精神振作，青蔥之意不減。一到重九，秋季將近尾聲，秋色立見濃郁起來；秋風乍起，捲得紅葉如蛺蝶翩躚，滿曠野的芳草立顯精神頹靡而漸次枯黃萎頓。江水依然流動，卻不見葦叢秀茂的影子，蘆花老去，白茫茫一片波起濤湧。聲聲鳧雁鳴叫，也喚不回老去的秋光。觸景生情，頻增人們一份悽愴感懷。

秋天雨量不多，水源便顯涸竭，渚現澤坦，正是胡人南下騁騎的好時光，歷史上多少朝代的異寇入侵，都是選在弓勁馬肥的秋天，曠野無阻，平原坦蕩，敵騎縱橫，幾乎難與爭鋒。

此時節，也是漁人撒網、獵人入山的好時光，魚獸經過長長一個春夏的飼養，到了秋天，便顯格外肥壯，交配孕育的歡愛日子已過，綿延繁衍的責任亦了，撒網捕魚，設罟捕獸，都能大有斬獲，而且都是油肥肉實，盤中有肉有魚，盡夠家人過幾天豐厚日子。

讀王維〈九月九日憶山東兄弟〉詩：

獨在異鄉為異客，每逢佳節倍思親；遙知兄弟登高處，遍插茱萸少一人。

想見古人重九登高風氣之盛。如今，這項藉著湖光山色以暢胸臆的風俗不知幾時廢止了？想望古人，登臨高山，極目四望，飽覽山色村景，仰天長嘯，山峰回應，那份快意，也夠冶情暢懷的。這份雅興，可能只有文人墨客才作興，他們胸多感懷，意趣盈溢，看秋山如畫，視紅葉如花，人景交融，才能有所感、有所得。像農漁人家，天天與山水、林木相接觸，山就是山，水就是水，天天相晤的花草樹木，依然是習見那副面貌，從年頭到年尾，一家三餐，已經煞費張羅，哪還能見物興感、觸景生情呢？要說有，可能是從純經濟眼光來看萬事萬物了。

本省家給戶足，國民儲蓄高達兆億元之多，而且還在成直線上升。我一直以為窮人家的日子不好過，令人發愁；錢多了用不出去，游資充斥，金融家和政府也在愁眉蹙額。因為家家富足，生活優裕，飯桌上的菜品餐餐換花樣，可說是天天在過年；衣著則逐季推換，逢年過節就顯不出什麼特殊氣氛了。至於旅遊，星期假日的名山勝景，都是人潮洶湧、車輛輻輳，人聲、歌聲如同急管繁絃，嘈雜不堪，山光水色，僅能慰貼半日情懷，回得家來，還得呼喊半天腰痠背痛。因為車旅方便，人人追求生活品質的提高，藉旅遊以舒身心。歐美地區，說去就去，不曾為旅遊支出皺過眉頭。重九登高這項古習也就不覺得古趣可貴，傳統可珍了。

在大陸北方，重九前後便要穿夾衣，早晨屋瓦上覆著一層白霜，水田、池塘凝結一重薄冰。本省屬於亞熱帶地區，除早晚稍有涼意外，中午氣溫，一件汗衫，常有汗瀋不止的情狀，雖已深秋，卻含夏意；四時景色，依然蔥綠如畫。加上經濟繁榮，生活富裕，人們沒有凍餒之虞。秋冬只有氣溫上的差異，景色仍然如同春夏，地理位置給景色帶來時時如春的美感。人們的心理和生活也是時時如春，不曾有秋景蕭條、冬寒砭骨的感懷。

看看海對岸，春、夏、秋、冬四季固然分明，政治上帶來的秋冬氣氛，可能更勝於季節上的秋冬。我們有責任、有信心，把我們政治、生活、心理、精神上的春天全帶回去，讓大陸同胞共同分享春的溫煦。

（《青年日報•副刊》民國七十八年十一月十一日）

二十一、絲瓜情牽

蔬類中，我最愛蘿蔔和絲瓜：蘿蔔外表玉白，內裡實在，就像一個天性憨厚的人，言談舉止，一生一世就是這個樣兒，絕對不會使詐耍巧，與他交往百分之百放心。至於絲瓜，除了外形優美外，肉質甜嫩，是夏蔬中的佳品；尤其是那棚瓜藤，碧綠如玉，點綴黃色花朵，蜂吟蝶舞，確為夏日美景之一。

種絲瓜必須搭棚組架，讓它有所依附，才能生意繁茂；結起瓜來，也會綿接不絕，成績斐然。若是沒有棚架攀緣，任它匍匐地面委委屈屈牽藤拉蔓，雖說同樣是株絲瓜，同樣擁有生命，但生意和結瓜的成果就會大打折扣。

這一生，我走遍了大半中國，除了氣候不適宜種植絲瓜的塞外邊陲外，足跡所至處，都能看到絲瓜棚架挨在村落一角欣榮生長的情景。那一架寬大而碧玉般的葉片，朵朵向著陽光粲然而笑的金黃色花朵，那怯生生探著葉外的小瓜呆，輕吟淺唱，曼舞妙翔的蜂蝶……就只那小小一角，便是一處熱鬧繁華世界。

因為我愛絲瓜，所以，我也種絲瓜。

老家湘東，多山脈而少曠地，在景色上，崇巒層峰，雲繞嵐聚，確實美不勝收。但在農作收成上，由於肥料不足、水利不便，則感年年歉嗇。好在大家天性勤勞，稻穀收穫之後即種黃豆，利用田塍種長豆，利用溝岸渠濱植絲瓜，冬寒間作期間則種蘿蔔、芥菜，耕地不足，卻靠智慧開創出豐碩的成果，年年家給戶足，凍餒無虞。

山鄉巒野，雖沒蘇杭水鄉風光迷人，每到春天，依然是桃李吐豔、綠柳迎春，布穀鳥聲聲催人耕種，鶯燕呢喃，唱不盡春睡起遲的慵困。

春天來了，人也覺得精神百倍。那年，我便在後院空地挖一塊坑洞，把雜草、陰溝積泥做堆肥，然後撒下絲瓜種，等待萌芽發葉，帶來一片新天地。春雨綿綿，春風拂暖，沒幾天，地面終於露出了芽胚，報告生的訊息。

生命是一種喜悅，是一連串的奇妙變化，它在一定的條件下蛻化，排除生長阻礙，一分一寸地昂向遼闊的天空，人類如此，所有的生物都如此。

當我看見絲瓜苗尚只露出兩片嫩芽瓣時，沒幾日工夫，它卻抽開藤蔓，用觸鬚試圖攀緣架棚而向上發展了。

我自竹園砍下一枝帶梢竹竿靠在屋簷給它當支架，然後搓幾條草繩交叉結在四周支撐上，做它發展攀緣的扶手。也許是陰溝積泥和雜草發生催化作用，等春盡夏來，它就把藤蔓爬滿了草繩棚架。為了不讓它壓斷草繩，我再用竹竿把繩網支起來，由於依附已固，它便放心大膽開花結瓜；瓜呈圓長形，每條有四五斤重，那個夏季，讓我吃夠了鮮嫩的絲瓜川湯。

我的豐收，引起大哥濃烈的興趣，第二年，他在辣椒田裡種絲瓜，一排五六株，全部用竹竿編成支架；也許是水分和肥料不足，夏季過了三分之二，絲瓜架上依然不曾結瓜。

老父親瞪著大哥訓責：

「你種一輩子田，種絲瓜還不抵老三，他去年種一株絲瓜，天天有絲瓜湯喝。昨日我去田裡看了一下。你種的六株絲瓜，絲瓜影子都沒有。」

大哥天性孝順，一向不敢違忤父親，父親的訓責，他只有啞口無言接納。

第二天，我試著替大哥改變瓜的體質，早晚澆水，每三天施一次稀釋尿肥，一個月後，整個瓜架吊著二十幾條大小不等的絲瓜。夏季走了，秋色登場，原來大哥選的是秋瓜種，怪不得它遲遲不肯孕育，平白讓大哥受了委屈。

絲瓜葉碧綠寬大，層層疊疊，讓人看出它生長交替的痕跡。南瓜、冬瓜葉片粗糙而厚實，絲瓜葉脆嫩多汁，是夜遊詩人螢火蟲的上好糧食。每到夏夜，只見螢火蟲點著燈籠四處遊蕩，尋章覓句，然後停落在絲瓜葉上享受牠們夏日晚宴，待曉日乍現，只見每一張葉片千孔百瘡，慘不忍睹。葉片受到傷害，多少影響結瓜成效；但我想到螢蟲也有牠生存的權利，而且，牠還是夏夜的燈籠，尋尋覓覓，閃閃爍爍，為農村不可缺少的夜景之一。只要人蟲之間彼此尊重，讓人間多一份怡和，何嘗不是一種快樂呢？如此一想，也就縱容了牠們對絲瓜葉的蹂躪。

三十八年，靠著雙腳走遍贛、粵、閩山區，當到達廣東時，我患了嚴重的瘧疾，白天要走六十到八十里的山路，待到了歇宿地，放下行囊，人則疲累得像癱了般動彈不得。儘管一日不曾進食飢火難熬，一旦到了住宿地，卻是金波玉粒也嚥不下，躺在地鋪上，想到生命像是吊在絲線上的一盞燈，用力一扯就會線斷燈滅，內心不免悲從中來，哽咽難已。人在病中，情感格外脆弱，懷念、憧憬兩茫茫，今日這種處境，並不奢望其他，只求有碗絲瓜湯就滿足了。

房東太太看我痛苦呻吟的神情，問知我的渴望，便把屋簷那條碩果僅存的秋瓜摘下煮成一碗湯給我吃，另外還加了一隻荷包蛋。時已暮秋，秋瓜不如夏瓜甜嫩，但那碗富有人間至愛的絲瓜湯，不但補足了我的體力，還紓解了我濃濃的鄉愁，是我一生嚐到情味最永的佳餚。至今香留齒頰，難以忘懷。

三十九年，部隊駐守金門烈嶼。當時，金門遍地光禿，觸目荒涼，風起塵揚，有如身處秦隴高原，物質不足，菜蔬尤其奇缺，生活之苦，真是不堪言狀。好在大家樂觀奮鬥，以克難精神解決生活上的困乏。一天下午，我去野外閒逛，忽然在山坳裡發現三株絲瓜苗，我如獲至寶般連土捧回給排長，排長看一眼不屑地說：

「幹什麼？還能指望它長大結瓜呀！」

我被潑了一盆冷水，內心不服氣也不甘心，便跟副班長偷偷種在荒地裡，等它適應生長土壤而昂藏勃然生意後，便替它搭結棚架。絲瓜沒有辜負我們的殷勤照拂，結起瓜來也有軍人衝鋒陷陣的氣概。那年夏季，別個單位以辣椒葉、南瓜當蔬菜吃，我們則多了一味絲瓜湯。

種瓜也像培育人才，不要主觀認定某人瘦瘠無器，事實上只要善加誘導，勤加歷練，遲早會培育他器識宏遠而又能獨當一面。

如今，副班長年耋七十有五，每與他談到共種絲瓜那段生活，便不由眉飛色舞、青春歡笑盈溢於笑語喧闐之中。

五十四年遷居臺中水湳，眷村後面有塊空地，妻子利用空地養雞養鴨，我便用它種絲瓜；房屋建地原為農田，先天上肥沃潮潤，加上雞鴨糞便的滋養，一株絲瓜藤蔓牽扯到兩間屋子長寬，莖根粗如酒杯，所結絲瓜既碩大又頎長。左右鄰居都是多年好友，後院不植藩籬，不砌圍牆，誰家想吃絲瓜就自己採擷，等大家吃厭了，便把它留下當瓜種，待脈絡老健，剝皮去子就是一件上好的洗滌用品。

當結第一番絲瓜時，幾乎有十幾條之多，長短粗細不齊，像在比賽生長成績，很不幸一夜之間便被他人採摘一空，也許是行動過分匆促，瓜蒂、瓜藤留下累累傷痕，令人看了心痛。每想到自己辛勤耕種，別人卻坐享其成，內心多少有些不是滋味。其實，十幾條絲瓜能值幾何？一時貪念興起，卻叫自己成了貪欲的奴隸，深夜捫心，不知他內心有何感受？

為了防止這種事情繼續發生，以後自家摘瓜時，便挨家挨戶各送一條，讓人人分得這項喜悅。這個釜底抽薪的法子，不但阻止了別人順手牽羊，而且還收到了睦鄰的效果。一舉數得，實非我始料所及，可見凡事設想對策最重要。

六十六年遷居臺北。臺北地狹人稠，寸土寸金。雖說是首善之區，繁華流行，領風騷全臺各縣市，但要想找塊空地種植蔬菜，實在是份奢望。尤其是公寓房子，家家關門閉戶，各有自家天地，幾乎是老死不相往來，絕對沒有眷村住家人人貼心那份情感。如今，儘管一家大小身在臺北，但每一顆心仍然挨在水滴鄰居朋友中，誰家有喜事，不管自己多忙，只要接到通知，立刻準時赴會。那份彌足珍貴的情感，就像絲瓜牽藤扯蔓，愈結愈遠，愈長愈繁茂。

（《新生報・副刊》民國七十七年十月三十日）

二十二、秋懷

時序流轉，一年分四個季節，這四個季節，因為陽光照距不同而有不同面貌，地球萬物受到陽光照射時程長短而變換不同景色點綴這個人間。於是，有人說：「百花齊放，春光爛漫，美好。」有人說：「夏蔭濃鬱，蟬聲嘶耳，好怡快。」有人說：「秋空長碧，雁影橫林，多清爽宜人。」有人說：「冬雪紛飛，曠野一片皚白，蕭條中多一份清冷況味，也是一份淒涼美。」

人的喜愛就像人的欲望，總有雅俗、深淺之不同，然而，季節仍然按著時序的齒輪應時而來，屆時而往，何曾因為人的喜愛不同而增減、遲速半分呢？

人類多情，正因為多了這份情，便不免見物興感；就因為有這份感，人世間便多了不少創作，豐富了生活，美化了環境，充實了精神。老子曰：「太上忘情。」若自生死、名利、得失來說，忘了這個「情」字，真是省卻不少情感和牽掛，灑灑脫脫，無窒無礙，來則自來，去則自去，萬事不縈於心。不過，我們這部人類史，若是人人「無為」，也許根本無史，勢難避免失於枯寂。幸好老子的學術思想，只有那些勘得透、看得破的有道人士奉行踐履，讓他們高蹈獨行，自去忘情；多數人卻是有情、多情。人生固然因為關注熱愛而平添不少痛苦，由於觸目皆是有情世界，因而創制不絕，文史輝煌，我們的精神文明才有這般豐富和多采。

送走了春夏，秋天來了，心緒因秋而惆悵。年年有秋天，年年有秋色，由於年齡不同和人生體悟深淺有別，所興所感也就截然有異。

去年秋天，只覺得秋天盡是紅葉飄零，枯枝槁木，一片蕭然景況；心眼裡，秋給人世間帶來無邊淒涼，即使是柔和悅耳的秋蟲歌唱，也蘊含一份悲吟和苦唱意味。

今年看秋，卻非去歲那份心境和觀感了，同樣是紅葉飄零，同樣是枯枝槁木，卻把紅葉當作花看，整個山色似乎盡是萬樹桃花、千叢杜鵑競豔：至於枯枝槁木呢？縱然光禿赤條，卻覺得是洗淨鉛華，暫作斂持，待明年來春，再綻芽發葉，奔放出生命的繁華。

為何所見所感這般不同？原來就干一個「情」字。因為去歲一位長官繫獄，由於情份交感作用，我雖未為他分擔失意和痛苦，但內心那份感嘆，也許比當事人更尖銳沉重。因而覺得名利得失、生死榮枯全屬身外物，一生傾全力去追求，所得的僅是片刻間虛榮心的滿足；一旦閃失，便將繫身囹圄，慢慢消磨寂寞淒苦歲月。今年，他仍然在獄中度日，每見到他那笑意不失的容顏、希望無盡的心境，我突然覺得當事人如此灑脫豁達，既不怨天，復不尤人，反躬自省之餘，把一切歸之於命中注定，超解不得。因而悟出寵辱得失，原不必過分計較，尤不可過分執迷，萬事萬物，自任何角度去看，都有它的道理在。尤其以達觀的心境去看事物，得中何嘗無失？失中何嘗無得？一個人的喜怒哀樂，全維護在自我的心境和觀念上，凡事不知退一步從海闊天空中自求多福，那就注定一生挑著痛苦的擔子顛躓難行。他想得這般豁達，我的心境自然隨之萬里長空了。

把人生看作是舞臺固然消極了些，如靜下心境去觀察，那真實況味何嘗不就是一臺戲呢？帝王將相、販夫走卒，位不管尊卑、權不論輕重，每一個人都要盡力演好自己的角色，把這一臺戲唱得人人鼓掌叫好才算盡了份。將戲唱完，無須留戀，把榮華富貴、功名利祿、嬌妻美妾全拋卻，空下舞臺讓兒孫接著上場。雖說是空手而來，空手而往，不曾帶走絲毫東西，但一個人的精神業績，總會在史河裡掀起一點泡沫；瞑目前的滿足與無愧感，就是生命中的豐收。若是寂然而來，寂然而往，沒有盡到自己的本份，這臺戲縱然不因自己的怠惰唱砸，至少會少掉許多掌聲。

因為有這分悟得，所以，今年的秋景我看得比去年多了一分精神，多了一分清麗。

全世界的秋景大體相同，只是秋的來早來遲，有時間先後不同而已。讀歐陽修的〈秋聲賦〉，便覺得北國秋色比南方秋容更多一分蕭殺。

歐陽修生於宋真宗景德四年六月二十一日，天聖七年試國子監第一；八年，試禮部第一，三月，御試崇政殿甲科第十四名；在仕途上，浮沉升降，時起時落。雖然累遭貶黜，但在宋朝帝都汴梁為官的時間仍久。他那篇〈秋聲賦〉，寫於何時，一時難以稽查；讀其內容——「蓋夫秋之為狀也，其色慘淡，煙霏雲斂；其容清明，天高日晶；其氣慄冽，砭人肌骨；其意蕭條，山川寂寥。故其為聲也，淒淒切切……」如非北國，即使是深秋，也不至於其氣慄冽，砭人肌骨……歐陽修真是多感多觸，也許與他當時感時傷世的心境有關。

不管一個人的思想觀念有多曠達，誰都有份戀鄉情節，這個情節，卻叫人走遍五大洲、三大洋，依然是故鄉的秋色妍麗、秋景多情。這裡面與客觀的景色毫無關係，主要是心理那個「情」字在左右人。所以說，人是多情的動物，不是沒有道理。

我生長湖南，半生歲月都在外地流浪，儘管這兒的秋色、人情，都是中華民族的老傳承，並不比三湘遜色，卻是年年月月，總覺少了一點牽繫力量。就像日本統治本省期間，許多本省耆宿辭父別母，遠走祖居大陸，投身抗日行列，看過北海公園的秋色，塞外黃沙紛飛、枯草漫天的秋光，江南天宇空曠，湖水澄碧、平沙落雁、丹楓豔紅如花的秋貌，仍覺不及臺灣秋光之美，因為此中便有一個「情」字令人魂牽夢繞，割捨不得。負笈歐美求學的遊子，即使學業有成，並在那兒成家定居，大陸狼煙遍地歸不得，自由祖國卻是他情縮夢繫所在，因為祖國的愛最溫馨充沛。

三湘秋色跟江南任何省份無差異，只因為那兒是我以生以長的地方，留下許多兒時記憶，懷戀之情獨深，數十年奔徙，依然忘懷不得那處鄉土風光。

南嶽七十二峰，峰峰拔秀，竚立峰巔，可以瞰見湘水迤邐如帶，自天際幽曲有致馳來；每當雁影橫空，聲聲唱斷鄉關萬里哀愁時，滿曠野都是萎黃淒紅景色，雖屬一歲將盡之前，秋光爛漫，卻是不減春景絢麗。八百里洞庭，今日已非三十七年前舊面貌，但波光浩淼的壯觀，依然是大自然雕琢宇宙的大手筆。秋空無雲，秋風不颼，舟楫徐徐滑過波平如鏡的水面，驚起雁起雁落，待船櫓之聲遠去，又復嘯聚而下，慶幸著家園歸於寧靜，天倫之樂不散。大自然景觀中有看不盡的洋溢趣事，古人說：「萬物靜觀皆自得。」只要善用一個「情」字，隨時隨地都能摭拾不少意趣。

自積極的人生觀點看事物，人活著是份樂趣，是份享受，江河峰嶽、樹木花草、動植潛藏，哪一樣不是一個有情世界？慢慢品賞，樂趣無窮。若是自消極的觀點看事物，人的觀念先就灰暗消沉了，即使百花競放、眾鳥爭鳴，也不免會視之為敗絮淒聲、處處荊棘泥塗，人生還有何樂趣可言？

我們社會畢竟積極有為的人多，消極怠惰的人少，許多即使遭遇到有如秋意蕭條、冬寒砭肌的蹇運，也會懷著無盡的希望迎接春景到來。所以，我們社會才能欣欣向榮，生氣勃然。

年年秋天，總有許多感懷，是否因為經緯度的關係？此地未見蘆葦叢中雁鳴沙渚的景色，使秋光頗減幾分姿容。由於人口日增，多少江濱、田野建了高樓大廈，進步的園藝，取代了花卉的自然生長，雖然也能偶然間看見芙蓉開遍枝梢的豔色，在下意識裡，總覺沒有開在江干臨水照影的自然有致；秋葉也紅得不夠火辣。

人都眷戀鄉土的事事物物，不是任何東西可以取代，這分感懷依然是個「情字」作弄，真是怎一個「情」字了得！

（《大眾日報・副刊》民國七十五年九月二十三日）

二十三、千般蒼翠萬種媚

千挑萬選，終於選了個陰雨連綿的日子去杉林溪。

幾個月前，就打算去大自然環境裡討點生活情趣。決定先去嘉義探望老友，再轉竹山看望鄉親；人情雖薄，老交情總是忘懷不得。自臺北到嘉義，一路傾盆大雨，內心不免有些嘀咕：「這種天候怎能遊山玩水？」閒情不由變作了閒愁。幸好車抵嘉義，太陽露了笑臉，心情為之豁然開朗。不料由嘉義去竹山途中，天候又變得晴雨無常，像個陰陽怪氣的女人，嘻笑怒罵，變幻多端，叫人心頭平添了幾分惆悵。

竹山住宿一夜，次日在雲雨夾縫裡直闖溪頭，逕奔杉林溪。

山道迴環腸百轉

由溪頭到杉林溪，道路全為盤山而上，大彎曲，小彎曲，有如柔腸百轉，每一個轉彎便有一個十二生肖標示，彎彎轉轉，轉轉彎彎，車輛浸浴在綠色森林裡。那天，晴雨交替：雨來，太陽遁跡；陽光露臉，天空立刻朗耀可愛。這種天候，最會氤氳山霧瀰漫；它像纏綿的愛情，萬縷柔情，綰絆不止，蓬蓬茸茸，陣陣飛來，使人擺脫不得，視界也不得開朗。自山腰往下望，山林谷壑、鹿谷村莊、竹山市街，全被薄霧遮掩，看不真切。我不甘心放棄眺望山下景色的機會，便與內子守在山腰路畔等候，天憐我們難得一趟出遊，居然一簇山嵐過去，便是陽光朗照天候。放眼望去，溪頭四周山色、鹿谷駢集疊聚的房屋，全在眼底。尤其那條盤曲而上的公路，有如龍蛇盤山，蠕然而動，姿態妙造，叫人賞心悅目，極盡視覺之美。

竹山少竹，鹿谷多茶

竹山以產竹著名，但竹山四周的丘陵卻是雜樹多而竹林少，假如砍掉雜樹，全部栽種綠竹，竹筍可供食用，成竹可以編製工藝品，自春至冬，全年蔥翠蒼秀，滿眼綠意，確是一幅不可思議的美景。

蘇東坡曾說：「無肉使人瘦，無竹使人俗。」今天，肉食不缺，翠竹太少，若是處處種竹，可能俗人也會變雅馴了。

車輛經鹿谷快抵達溪頭時，才見竹林連綿，滿山蒼翠，孟宗竹園內，早已新筍挺拔，賡接了綿延任務，真是名副其實的竹山。

鹿谷以產茶馳名，尤其凍頂烏龍，享譽國內外，消暑解渴，澀苦之後更多餘甘，一杯在手，其樂無窮。

鹿谷是處臺地，與深山縱谷為鄰，一旦天候稍有變化，立刻雲繞霧簇，細雨如毛，茶樹在水分豐富而又氣候亢爽的環境下生長，得天地靈秀之氣，格外馨甜甘爽，入口生津。

鹿谷的景色，尤稱秀麗，檳榔樹挺立在翠綠的茶園裡，姿色特異，有一種雄據一方的氣概。農家房舍，或紅牆灰瓦，或洋式別墅，格外美觀惹眼。尤其茶園蔥秀，一片蒼綠，充滿了整齊規則之美。生活在這空氣未遭汙染而又景色優美恬靜的地方，不須像秦皇漢武一樣遍求長生不老術，也會延年益壽，安享遐齡。

四大皆空並不空

當過八年南投縣長的吳敦義先生曾在電視訪問中說過：「南投是處四大皆空的山線，沒有機場，不瀕海，沒有鐵運和高速公路。」所以，在他八年任期，曾經花費近百億元經費開發產業道路。當我自溪頭經竹山、名間返回臺中時，我發覺已經開拓或正在闢建的道路，廣闊平坦，筆直如線，兩旁椰樹高聳，農家住屋，棟棟雅致整齊，坐落在泱泱水田中，別饒農家風味。這些特色，並不下於四大不空的其他各縣市。

南投是山縣，財稅收入也較其他縣市為遜，但南投的山色水景，卻非其他縣市所可企及，日月潭、溪頭、杉林溪、霧社、蘆山等，都是南投的名勝風光，這些所在，無不景色幽美、林木蔥秀，不知曾叫多少中外人士仰慕流連、縈懷不已！其他尚未開發的風光勝地仍然不知凡幾。南投的天然景色，給予南投縣民的精神財富，卻使其他縣市嚮慕不已，衷心企求而不可得。

深山本有桃花源

上帝造海，給它波瀾壯闊，蘊藏海貝魚蝦，供人撈拾；上帝造山，給它巒翠嶂秀，綿邈無盡，蓄息走獸禽鳥，蓄長森林竹篁，給人曠地耕種居住，給人奇崖詭峰養心遊樂。

山水不經開發，山水只是一塊粗璞，永遠埋沒森林深處，任它荒蕪冷落；一經開發，有如村女鄉姑，稍加修飾，便覺豔光四射，嫵媚動人。

杉林溪未曾開發前，只不過是處兩山夾峙的幽壑而已；一經開發，修築道路，建造房屋，種植花木，攔蓄山泉，架設橋樑，這處四周柳杉簇擁下的所在，便是一處人人嚮往、個個跂踵的勝地；沒有紅塵紛亂，沒有色情騷擾，沒有金錢遊戲，沒有政經的利害糾葛；置身這裡，我們便覺得被無邊無際的恬靜所包圍，浮沉在無邊無際的綠色森林海洋裡。

人活著就要工作，不管得意或失意；有工作才有寄託，也才彰顯出生命的價值。在繁忙的工作中，偶然有份閒適心情，走進山林，接觸大自然環境，讓大地妙造的景色浸潤我們每隻細胞和神經纖維，自然而然便可抖落心中諸多不快，重整精神，做再一次出發。

杉林溪的景色據點不多，但都幽巧恬靜，經過花木陪襯，屋宇點綴，使人覺得精神寧靜，心境曠達。而且自溪頭至杉林溪，不知翻越過幾多山麓峰巔，飛度過多少迴環道路，才自深山中找得此處美景，說它是世外桃源也不為過。

殘脂猶餘國色香

自杉林溪甘草谷過拱橋便是花卉中心。

花卉中心有盆栽、有繁花，最讓花卉中心稱勝而自傲的是牡丹。春末夏初，牡丹多已凋謝；遲開的十幾盆牡丹，依然姿色綽約，豔光照人。有些業已凋落的盆花裡，仍有花蕾含苞，綻放之日，必然留得殘春姿色。

牡丹為木本，品類繁多，大陸洛陽尤為稱勝，單瓣、複瓣，純黃、金紫，朵大如缽，曾經讓多少名媛雅士、高宦鉅賈，委託專人栽培，吟詠篇章，為之傾倒。牡丹姿色佳異，復又富麗堂皇，獨佔花魁，所以，人都稱它為「國色天香」。敝屣名利的周敦頤先生說它是「花之富貴者也」。揆度敦頤先生的本意，可能是讚譽中仍然含有貶的成分。

本省氣候炎熱，不適牡丹繁殖，獨有杉林溪，地處高山，夏不燠熱，冬則涼寒，經過林務局的專家研究栽培，終於讓百花魁首的牡丹在臺灣露臉，我們也有機緣瞻仰到它的姿容。杉林溪的牡丹雖為盆栽，而且本幹不大，但都綠葉蓬勃，欣然向榮，不曾趕到盛季開放的花朵，也都大如碗缽，粉紅、鵝黃、純白，偃仰俯斜，有如美女蹁躚，任何一個姿態，任何一抹顰笑，都叫人為之醉心傾倒。

遊罷牡丹園後，自怨不曾早來杉林溪瞻仰它的盛姿豔容。我與牡丹相約，待到明年盛開時，一定再來園中把晤重聚，補償我四十年不曾看到牡丹花色的遺憾。

雲霧深處杉色綠

溪頭、杉林溪不僅峰巒秀麗，森林叢密；尤其鳥語如簧，使人有聆聽天籟的快感。當夜宿溪頭，一夜山雨，使我惆悵次日觀賞山色的意願可能受到阻撓。旅遊溪頭，主為看山看樹看竹子，如果被迫犧牲了這項意願，單在深山住宿一夜，何如在家睡個日上三竿的懶覺呢？

次晨酣夢中，鳥聲把我喚醒，我跟內子趕緊浣洗完畢，拿著雨傘走入春雨綿綿的森林裡。山中潮氣濁重，加上連日豪雨，早晨霧氣更濃。那日，晨曦不出，細雨如毛，霧像蒸籠揭蓋，蓬蓬簇簇，紛紛揚揚；林木幽竹浸在薄霧細雨裡，朦朦朧朧，若隱若現，使人雖然看得不太真切，確有一種如真似幻的夢樣感覺。

未幾，山雨斂去，天空晴朗，一線陽光破雲而出，山峰面貌，竹林倩影，立刻很明朗地展現眼前，綠的綠得如油，翠的翠得像玉，經過水洗霧滌的山色更見妍麗蒼翠。

我們踽踽而行在森林公園裡，不曾趕熱鬧去大學池，也未去觀賞神木。我們只在高大挺拔的柳杉中漫步，在翠綠婀娜的竹園中談心。那份寧靜，那份媚綠，那濃郁醉人的山色，那繁複婉轉的鳥歌，使我忘卻工作上的疲累，和種種切切的不順心事情。

山泉清冽好煎茶

在山泉水清，出山泉水濁，深山裡的泉水不曾受到汙染，通體清亮澄澈。

杉林溪、溪頭的山泉，都是出自萬山重壑，激流飛湍，奔波不絕，那種高亢激昂的聲音，也是天籟之一。尤其多日天雨，森林蓄積了豐沛的水量，不管是斷崖絕壁，或者高亢土坡，都有涓涓泉水滲出，晶瑩清澈，比經過處裡的自來水更多幾分馨甜。

我坐在山澗的巨石上，遊目四周山色，聆聽山泉吟唱。泉水激越，沒有曲渚迴岸為之緩衝，無法蓄積瀦留，也就少有鮮鱗蹤跡，倒是頑強的溪蝦，依然覓得石縫岸隙當家鄉，養牠那份泰和之氣。

山泉清冽，最適宜煮茶烹茗，享受那份甘香滋味。回到賓館，我把自帶的茶具取出來，燒好滾水，泡一壺靈茶，淺嚐細味，一路苦甜滑溜到腸胃，齒頰、丹田都有餘香。這份樂趣，清淡雋永，餘味無窮。不把快樂與人做對比，一盤青蔬、一盞濃茶、一盅淡酒，就是快樂無窮的泉源。

大自然中的事物多數都很諧和，處處可以看出來、聽出來、體悟出來。可惜我們人際環境和自己內心的矛盾，常常破壞了諧和；失去了諧和，自然失去歡樂。我們來此人世不易，雖不是為享樂而活，也不是為憂苦而生，要能從歡樂中體悟憂苦，從憂苦中覓得歡樂，不故作遺忘，也不為賦新詞強說愁，才是真正一個曠達人。喝著濃茶，眺望窗外山色，內心感到無比諧和與充實。此次旅遊，感到真樂。

（《臺灣日報・副刊》民國七十九年七月二日）

二十四、他家住茄苳

我住過鄉村，我瞭解鄉村生活寧靜的情調，它使人心情舒泰、篤定，慢條斯理中卻有一定的節奏。

我一向認為本省農村景色以彰化員林、永靖……那廣大的農村地區為最美：一年四季，曠野總是呈現一片蓬勃的綠意，寬葉綠竹，搖曳豐盈的生命，散發五月裹粽的清香；即使是秋冬季節，田野中的花卉，也是富麗繁華，叫人感覺只有這一帶才獨獨鍾得山水靈秀之氣。

可惜我偏偏無緣在那美好農村中住上一段時日，滌淨自己一分濁陋，培養一點靈氣。

如果依照佛教「前世種因，今世收果；今生結緣，來生獲報」的說法，一個人的窮通榮達，與前生所修善緣多寡多少有點因果關係。我之不能在嚮慕已久的農村環境中居家，可能就是前生未結善緣的原因，活該在滾滾紅塵中掙扎浮沉。

倒是主善不求而遇，居然像隱士般在彰化茄苳村過他優游自得的田舍郎生活。是緣？是慧根深？是種了善因？也許都是。

*

主善一向對婚姻不怎麼有衝勁。

朋友中，多數人都走上「紅毯的那一端」，就只他，一直在紅毯的這一端徘徊觀望。他以為男女間的遇合離散都是緣份，緣份到了，推拒不掉；緣份不到，即使成天淘在女人堆裡，也不可能有「洞房花燭夜」的幸運。所以，他對婚姻的態度是聽其自然，遇與不遇、成與不成，全都歸之於命數。

這種想法，固然跡近宿命論，但多少有些慧根和慧性，省卻許多愛情的煩惱和躁急不安。一位單身男人，論理，他應該蠢蠢欲動，不安於「室」才是；主善卻是一副內心篤定的神情，從早到晚，生活安排得有條不紊——他讀書、練字，偶然結伴到鄉下看看翠綠的禾苗，在碧波中追逐魚蝦的鴨群，或者在清澈的溪流中欣賞水草隨波起舞、小魚逆水而上的奮鬥傻勁。這一份閒情和閒性，就是他最大的享受，和最大的滿足。

那時節，我雖然結婚成家，依舊是他最沒反對意見的遊伴。我們對功名利祿都看得淡泊，都嚮往鄉村不忮不求的靜謐生活。

後來，一位朋友介紹一位小姐給他，就是現在的三嫂。他居然推拒著說：

「配××最適合。」

那位朋友非常生氣地呵斥他說：

「小姐又不是瘸腳、瞎眼嫁不出去，好心介紹給你，你卻推給別人，你是一種什麼心態？」

我瞭解主善，他不是不想結婚，他是怕自己的條件不夠，不能給對方一份優裕生活而虧待了她。

我見過小姐，個兒苗條，瓜子臉型，眉眼中蘊含一種掩抑不住的英挺之氣；說話溫婉有禮，是種賢妻良母型的女人。配主善，果真有些虧待了小姐。

婚姻也像一個人的機運，錯過了，永遠追不回來。所以，我們一致替他做決定：

「要。」

小姐呢？相過親後，含羞帶嬌地同意了。果真是緣份到了。

三嫂就是茄苳村人。結婚後，兩個人和諧合作生了三個可愛的兒女，主善也就在如詩如畫般的茄苳村落戶生根。

細加研析，這也應該算是緣份。

人世間的事事物物，多少人渴望企求，往往無法得到；主善淡然、坦然，從不刻意追求它，卻反而得到了。如果不是一個「緣」字，那該怎樣做解釋呢？

＊

主善離開軍職後，懷著一顆創業的雄心踏進社會。

幾乎所有認識主善的朋友，都深信他會不甘雌伏，屈居人下。

我比較瞭解主善，他對名利得失一向看得淡泊，一生不爭不較、不忮不求，而且，最看重生活情趣和品質，不為物欲而奔競攘奪，不為活下去而伈伈俔俔、營營苟苟。

果然，主善的行徑印證了我的看法。

他在住屋旁邊搭建一間涼棚，專門替製鞋工廠加工。

金錢，對誰都有一份強烈的誘惑力，為了錢，許多意志不堅的人作奸犯科，自毀前程。主善對錢的觀念是：「弱水三千，只取瓢飲。」他跟三嫂替鞋廠加工，居然自訂工時，每天在固定時間上下班。下班後，浴著黃昏落霞，挈妻攜子去蔥秀的田野散步，或者鋤園灌蔬。到了晚上，便在一燈熒熒下課子教女。

主善祖籍湖南湘陰，湘陰文風鼎盛，人才輩出，單是一位左宗棠，在有清一代就是一位響噹噹人物。主善自幼薰染其間，也富有一份讀書種子氣質。由於不甘被排拒在知識領域之外，他這一生，下過苦功啃文史類書籍。可惜我們都不是悟性高、稟賦厚的人物，加上接觸的友人，知識層面大致相等，缺少相激相盪的力量，要想超越而且在某方面有獨特造詣，實在戛戛乎其難。所以，我們都一事無成，在知識領域中一直停滯在記誦階段，縱的貫通，橫的串聯；一點鑽研，到全面擴張；自曲徑通幽，到達巍峰極頂；享受知識群峰羅拜的快樂，全都只是一種嚮往。由於彼此不能激發，不懂研究門徑，沒有固定鑽研目標，缺少高明指引，結果，我們一直在知識表層上浮沉，永遠保持三十年前一副傖夫俗子面目。幸而我們不曾自甘下流，更懂得力爭上游，明明知道學問的堂廡巍峨閎深，我們依舊憑著一股傻勁在向知識廟堂朝山進香。

儘管主善在家當工人，他依然利用晚間餘暇挑燈夜讀，圈點文史，教導兒女。屋外竹葉細語喁喁，夜風窺窗，一輪皓月當空照來，蟲聲唧唧與屋內琅琅書聲相應和，在靜悄的鄉村夜色裡，這是一幅多麼安詳美好的畫面！無怪乎主善愈來愈面目可愛、言語有味，原來他從知識中提升了自己。他的靈魂、精神經過知識的潤渥，自然別有一番清新面貌。

*

我跟主善相交數十年，認真說，也是一種緣份。

三十八年，我們在湖南株州初識。

那時，彼此正是少年英發的年齡。由於都年輕，都是離鄉背井，彼此便不免互相多輸注一分溫情和關懷。數十年的友情，就這樣奠下基石。

湖南號稱「魚米之鄉」，湘、資、沅、澧，兩岸風光旖旎如畫；南嶽巍峻，廟宇閎深，七十二峰岡巒綿邈，林木蔥秀，令人感到有餘不盡的氣勢之美；嶽麓山絃歌不輟，是座書卷氣息濃厚的所在；洞庭湖汪洋恣肆，煙波浩淼；岳陽樓寫不盡范文正公先憂後樂的忠藎，一篇〈岳陽樓記〉傳誦千古，與他的文治武功同垂不朽；衡浦回雁，雁聲叫得離鄉人愁腸百轉；桃源藏玄，陶靖節的健筆，也寫不盡阡陌交通、雞犬相聞的世外風光；曾、左、彭、胡的偉業，柳宗元的遊興雅文，賈誼的憂鬱、屈原行吟澤畔，千古為之落淚，王船山力振知行合一學說的幹勁，湘漪老人的風標高雅，齊白石的藝事獨步、性格固執，湘妃竹的血淚斑駁……真個是道不盡的湖光山色之美，訴不完民風淳樸、文風鼎盛的精彩卷帙。可惜我們個個阮囊羞澀，思想幼稚，總以為人生歲月無盡，河山風光永在，今日不遊，異日結伴讓履痕踏遍西北、東南的機會仍多；結果，我們匆匆上路，由湘而贛，由贛而閩而粵，最後落腳蓬島，數十年的友誼在離亂歲月中滋榮壯大，大陸河山勝景卻只能在想像中臥遊夢迴了。

我們鬥過嘴，打過架，罵過，恨過，一旦有事，彼此都掬肝掏膽地照顧協助。如今，縱然人各一方，但每一顆心都暗暗地貫串在一起，友誼老而彌篤，愈陳愈香。這豈不是一個「緣」字促成？

主善在茄苳村蓋了一戶二樓式房子，他告訴我房子四周幽篁蔽日，日日夜夜搖落滿地的涼蔭和雅氣；清風不請自來，眾鳥不督而歌；園子裡種花養卉，飼雞養鴨，看不盡四季換裝的花朵，聽不盡雞鴨悠然自得的歌唱。踏出門，就見稻穀蔥茂的田畝，收穫後，到處散發新穀的清香；果樹壓彎了腰，一伸手就可摘下荔枝、芭樂嘗嘗新味；鋤著菜圃，灌著園蔬，採一把新鮮蔬菜，踏著月色回家，晚餐桌上，園蔬勝珍饈。自己栽種，自己收穫，那是多麼優哉游哉的日子。

主善不知哪世修得這份福氣，避開十里紅塵，在茄苳村過這種恬然自足、獨得其樂的生活。

我想到我國多數有名的寺觀道院，都是建築在山清水秀的所在，他們避開塵俗，清心寡欲，虔心虔意修持，讓胸臆有種主宰，精神有份皈依。主善雖未參禪禮佛、企圖修持來生，他在農村居家，每日與淳樸的村婦、老翁、孩童親切相對，沒有利害和爭執，不鬥心機，坦然相處，竭誠相見，自然是不參禪而有禪味，不禮佛而有佛境，不修來世必然會有美好的人生，不求好報卻享有幸福的今生。

主善果真好造化。

*

今年春節，主善不幸腰椎骨折。

當我趕到省立彰化醫院探望他時，他反而笑著寬慰我說：

「真的不嚴重，你看，我已經可以轉身了，雙腳也可活動自如。」

主善原就善於克制自己，他寧可忍受煎熬，也不願別人為他分擔痛苦；寧可內心受折磨，也要把笑意掛在臉上，減輕朋友的精神負擔。他事事為別人著想，時時把愛心和溫暖輸注給別人。

經過兩個多月的病榻纏綿，他獲得醫院允許，遷回家中療養。

秋初，我跟玉雲匆匆自臺北去茄苳村探望他。

計程車在鄉村平坦而迤邐的道路上疾駛，路兩旁紅磚瓦房別有一番古樸情調；出入房子的男女老幼，衣著樸質，行止從容，個個笑臉迎人，不像都市中人那樣神色匆忙。好像漢、唐盛世的流風餘韻就在這兒一一拾得。

未曾熟透的稻穀，滿目蔥蒡，有如海洋般深沉，從眼底一直延展到遠處山麓。早熟的稻穗，豐盈得傴僂著身子，燦黃得叫人眩眼發花。綠竹帶著一股強勁的生意，挺拔峙天，寬大葉片在秋風搖曳中輕巧起舞，像是一群詩人墨客，博袖寬帶，掄著羽扇，正緩步行吟自己得意的詩句。葡萄架像蛛網，果熟葉落，想到滿架爬著綠藤、吊著紫色葡萄的勝景，就不由得垂涎欲滴。

找到主善居處，果然是棟精雅建築，獨門獨院，高敞寬闊，四面有窗，隨時歡迎陽光進屋歇腳、月亮窺窗探祕。

主善幾時學得一副雅人模樣、幾時偷學了別人的工程知識，建築起這樣一棟雅居來？！原來知識要活學活用。主善的學養本就深藏不露，讀書、辦事，胸中別有丘壑林泉、殿宇堂廡，一徑一花、一磚一瓦，略作配置，就像魔指下幻化出的美妙天地，自然事事得體、樣樣皆宜了。

見到主善夫婦，彼此都覺喜不自勝。我們夫婦趕了數百里路程，只是為親自送上一聲問候和關懷；他倆竭誠歡迎我們，也只為了接納我們這份不摻一絲虛假的友情。

主善走過千山萬水，歷過磨劫災難，他的笑容、他的性格，依舊像塊不曾雕琢的璞玉，粗質中顯出一份潤澤和光輝。

乍然相見，都有訴不盡的衷曲要細表，畢竟是多年的故交，自然用不著俗套式的嘘寒問暖。他把一切都撇開了，只管說：

「鈍之，鄉下住家除了交通有些不便外，其他都好。你看見沒有？那塊菜圃是我種的，有辣椒、黃瓜、空心菜、長豆……想吃什麼就採摘什麼，絕對沒有農藥。滿園綠色，我知道你會愛它，也會給你許多感觸。後面那片果園是我岳父的，只等水果成熟，孩子們會成筐成簍地摘回家，反正不賣錢，我們也就樂得大飽口福。屋後那條溪澗，可惜這幾年被汙染了，早些年，我們常常在溪裡網捕魚蝦，水草綠得像翠玉，坐在溪岸，根本就不想『退而結網』，單是『臨淵羨魚』，就是生活上的一大享受。這兒到處是竹子，每當颳風時節，竹枝、竹葉瑟瑟作聲，好像有人在喁喁細語，那種聲音是不事修飾的天籟，入耳就覺韻味無窮。鄰居們都是一根腸子通到底的人物，直話直說，不曉得拐彎抹角，即使有爭執，也懂得心存一份厚道，互持一份容忍，為對方留分餘地，為兒孫留塊福田。不管哪家拜拜或時新菜上市，總會好心地邀請或奉送一把讓人嚐新。物質的價值不高，這份濃郁的人情味，叫人滿心眼都是喜悅和溫暖。鄉村民風淳樸，沒有受到工業社會風氣的薰染，依舊保存古風古習，讓人活得實在，活得心安理得。鄉下住家真好。」

瞧他那副得意滿足的神情，我知道他的傷就是靠恃農村這份恬靜的生活情調，和四時變化不同的景色涵泳好的。

（《中央日報・副刊》民國七十三年十二月十六日）

二十五、花癡

假如我們這個地球上沒有蔥菁的樹林和美麗的花朵，將是一種什麼樣的枯寂世界？正因為有各種不同類型的樹木覆蓋大地，聚集濃蔭，招輯禽鳥，讓牠們築巢成家，繁衍後代，用悅耳的歌聲唱出生命的歡樂。正因為各項花類以不同色彩和姿態表現它們生命的特質，姹紫嫣紅，各盡妙諦，才讓我們生活環境裡充滿璀璨和繁富、和諧與怡悅。

人類五官四肢，全都相同，不像樹木，各有姿態，各有葉形；也不像花類繽紛燦爛，表現出各自生命的媚麗。但人類屬於智慧的動物，善模仿，擅學習，我們以樹為師，學習它們傲岸、挺拔、堅貞、勁節的姿性；以花朵為師，剪裁不同色彩、不同型式的衣服，美化自己、裝點人生。

大自然山川廣袤，林木茂盛，人類猶感不足，復將樹木花卉栽在盆盂裡，配以奇石詭崖，將壯麗的山川壟斷在小小一方盆盂裡。一樹之奇、一石之巧、一花一瓣的紛華，便已蘊含無限機趣，表現出人類智慧的卓異。時代進步了，人類思想活動領域愈益遼闊，原對樹木花卉只存純欣賞心理，由於多數人的喜愛，乃由單純的人工栽培，進而以科學方法大量培育，花卉不再可以自主地開謝，人類控制它們的生長過程，開謝時序視市場需要調節供應，花卉樹藝終於走出山野，踏進每個家庭，除了提升它們的存在價值和生命意義外，更曲盡了美化人類生活的責任。

日落日出，春去冬來，時序更易左右農業豐歉；但農技人員不按牌理出牌的科學技術戰勝了天然因素，像魔指點化，不再緘默地接受時空限制，隨時可以採收時新花卉和水果；橘逾淮仍然為橘，荷蘭產的鬱金香照樣在亞熱帶的我國大放異彩，讓人類飽恣口目耳鼻之欲。尤其是花卉拓展出外銷市場後，花農的利潤獲得較之種稻育豆更為豐厚，他們原先所持姑妄一試的冒險心理，終於落實而獲得應有的報償，始信人力勝天是項真理而開心地笑了。

當多數花農從純經濟觀點大量種植花卉以供應內外銷市場時，只有馮雲古這個怪物，仍然抱持純欣賞心理養花蓄樹。當然，他漠視物質享受、重視性靈修養是支持他人生態度的第一要件；其次，不虞匱乏的生活，又讓他有足夠餘力以養花育樹怡情悅性。

那天，當我途經員林而順道在田尾下車探望他時，只見觸目都是紗網圈圍的花園，和展露在陽光下迎著過往行人歡笑的花朵時，我的心花兒也似乎朵朵開了。我想，花農是所有農夫中最懂得生活情趣的人，他們不僅從綻放的花朵中滋潤心田、美化生命，更從豐厚的收入中提高了家庭生活水準。

那天，當我叩開馮雲古花園的柴扉時，他正閒情逸致地在澆花。老友相見，分外情濃；他像舊日情懷一樣笑聲爽朗地招呼我：

「歡迎光臨探望我的家庭。」

宋朝隱士林和靖，以梅為妻，以鶴為子，馮雲古也有幾分林和靖風韻，他同樣把花卉視作他的妻兒子女。

他經營的花園不大，花的品類卻甚繁多，開出來的花朵也較市場出售的碩大而嫵媚。

我是一個俗人，一向缺少蓄養花卉的雅韻，諸多品類，我都叫不出名字，只能叫出瓣類重疊而又裊娜輕盈的是菊花、顏色深紫而又花朵細緻的是萬壽菊，氣勢張揚頗富豔質的是大理菊，雍容華貴、一株一花的是鬱金香，馥郁馨香的是夜來香，含羞帶嬌不跟別類爭豔鬥華的是茉莉……這兒一畦，那兒一盆，各有各的天地，各有各的姿色，把整個園圃鋪陳得富麗繁華，令人眼醉心迷。

馮雲古真是一位花的知己，他有陶淵明那樣高雅，林和靖那般飄逸。他背著手，邁著紆緩的步履逐一巡視，從來不用手指去碰觸，尊重敬愛有加。

我瞭解他愛花如命的個性，所以，我跟隨他欣賞，或居高俯瞰，或蹲伏端詳，或遠遠凝視，或仔細諦觀，輕易不敢用手去動他的花朵。

記得前年夏天我去探望他時，他為我備了數味下酒小菜擺在花架石桌上，我們一面賞花，一面飲酒聊天，倒也別有一番情調。酒過數盅，我一時忘形，順手摘下一朵行將綻放的玫瑰把在手心觀賞。馮雲古一見我如此唐突，不由驚愕地用手指著我說：

「你這個濁物，該罰酒一杯。」

我被他這突兀的舉措弄迷糊了，愣愣地望著他問：「為什麼？」

「這朵待放的玫瑰，就像一個剛剛成熟的少女，未來的青春年華，儘夠她傲視同儕；很不幸遇到你這位不知憐香惜玉的浪子，一下把她摧殘了，真是她的大不幸。」

因為他愛花，所以他引明朝徐樹丕《識小錄》中的〈花約〉訓我：

「『花猶美人也：可玩而不可褻，可視而不可折，可矜而不可侮，可增而不可缺。擷花一瓣者，是裂美人之裳也；掐花一痕者，是撓美人之膚也；拗花一枝者，是折美人之肱也；以酒噴花者，是唾美人之面也；以香觸花者，是熏美人之目也；解衣揎拳狼藉而對花者，是與美人裸而相角也。語云，猛虎可值，俗子難當。夫惟雅人，可持此約。』你看你，居然一伸手就把花折了，不是個濁物是什麼？」

自從那次被他訓過後，雖然我絲毫不曾改變自己不知惜花、愛花的本性，一旦到達他家花園，我就是裝也要裝成一個高人雅士模樣，讓他欣然認為我是一個可堪造就的同道。

宋姚寬在《西溪叢語》中記載其長兄伯聲號花為「客」說：

牡丹為貴客，梅為清客，蘭為幽客，桃為妖客，杏為豔客，蓮為溪客，木犀為崖客，海棠為蜀客，躑躅為山客，梨為淡客，瑞香為閨客，菊為壽客，木芙蓉為醉客，荼蘼為才客，臘梅為寒客，瓊花為仙客，素馨為韻客，丁香為情客，葵為忠客，含笑為佞客，楊花為狂客，玫瑰為刺客，月季為癡客，木槿為時客，安石榴為村客，鼓子花為田客，棣棠為俗客，曼陀羅為惡客，孤燈為窮客，棠梨為鬼客。

人生百態，盡在花裡。以花擬人，花如有知，必不甘心；以人喻花，人性忠奸、善惡、清濁、雅俗不同，花與世無爭，與人無忤，一旦遭此羞辱，該會感到憤懣難宣吧！

馮雲古雖未號花為「客」，但也視其類別，品評高下；他喻「菊花為貞婦，牡丹為貴婦，仙人掌為潑婦，芙蓉為豔婦，木槿為村婦，桃花為媚婦，山花為癡婦，螃蟹蘭為憨婦，曇花為嫠婦，茉莉為鄉姑，杜鵑花是都市少女，一日綻放，熱情洋溢，叫人無法接受……」，在他心目中，婦女高雅端重，柔順善良，與花相比，兩皆生色；男人酒色財氣，無所不沾，盡是濁物，如果與花相比，實在唐突了清雅華麗的花。

兩個人在花畦裡逐一欣賞，聽他一路講解花性和種植經驗，使我不由得感到在這大千世界裡，好像萬事萬物都有它的因果關係在：像馮雲古種花，他把他的全部情感付給了花，當花綻放時，也便繽紛燦爛回報他。一個信奉教義的人，因為心地慈祥，以行善為樂，無時無地心性都能坦泰寧靜，即使處逆境也能以怡然心情接受，化苦為樂，終獲克享遐齡的回報。站在佛家的立場說：「前世種因，今世結果；今世修緣，來生獲福。」雖非絕對，冥冥中彷彿就有這種主宰力量在。

想到馮雲古擁有這份閒情雅興專為欣賞而種花，許多花農卻為經濟利益晝夜辛勞而不以為苦，這就是「人各有性」的說明。各適其性，不矯情逆性，便是快樂。萬事萬物的興敗、榮枯，何嘗不是一種素行使然？

因為我另有事情要趕回臺北，臨別時，馮雲古贈我一盆秋海棠。

「送你，帶回家慢慢欣賞。」

「你不覺得可惜？」我問。有點受寵若驚的感覺。

「看你變得不太濁陋，雖然可惜，也只有忍痛犧牲。」

這盆秋海棠莖短、葉茂、花繁富，小小一隻盆盂，居然綻放八十五朵花之多，正在茁苞吐蕾的還不算在內。

馮雲古一向把花視作妻兒子女，他對秋海棠尤其偏愛。他說：「荷花是我的妻子，秋海棠是我的愛妾。」今天，他居然慷慨地把他的愛妾贈給我，我若不知憐愛，那就真的愧對這位花癡了。

另一盆花色嬌媚的紫羅蘭，似在向我脈脈含情而笑，我指著向他索取，他佛然搖頭拒絕。

「不行，她是我女兒，要嫁也要明媒正娶，找位忠實可靠的人，像你這個浪子，我把愛妾贈送給你，已經是萬般糟蹋了！再把女兒賠給你，豈不是天大的罪過？」

兩個對望著，忘情地爽然而笑。

馮雲古雖然比喻得有些不倫不類，但卻說明了我們這個社會安康富裕，人們才有這份雅情和能力把花當作妻兒子女看待，要是生活在一個貧窮落後的社會裡，三餐都不繼了，還哪來的閒情種花呢？

（《中央日報・副刊》民國七十五年一月三日）

二十六、老梅開花

我跟許璠比鄰而居，兩家只隔一道矮牆。許家居邊間，院子比我家寬大；我是第二家，除了利用正門空地種些花花草草外，缺少許家利用邊間寬大空地的優越條件。

我跟許璠是多年鄰居，彼此相處得份外融洽。許璠喜歡養花蓄卉，我也愛好此道。由於彼此年齡相近、趣味相投，我們之間除了具有一份鄰居情感外，還多一份相知相契的永恆友情。所以，他家的花園，固然是我日涉成趣的所在，我家的盆栽，也是許璠欣賞流連的處所。

許璠在警界服務，一生為社會奉獻犧牲，每月領著那固定的薪俸，養家活口。雖然過得有些清苦，由於他清介廉潔、寄託高遠，一家融融樂樂，日子卻是怡然自得。

隔開我們兩家的那道矮牆，頂多一公尺高，而且還是空心花磚疊砌，我家的活動，許家瞭如指掌，許家的生活細節，我們也能一一道來。

許家在那廂種花除草，我在這邊剪枝去葉，彼此都看得清清楚楚。若是彼此有什麼知心話要說，或討個什麼主意，兩個人只要往矮牆一靠，就能唧唧喳喳地商量出一個對策。男人心頭沒築牆，兩家女主人的情感也份外融洽。冬日寒暄，固然彼此在庭院裡閒話家常；若是炎炎暑夏、酷烈秋日，兩家也在彼此庭院深蔭處，一面工作，一面陳穀子、爛芝麻聊個不休。因為互相以友情輸注對方，涼風習習，不扇也能通體清爽。

我家庭院裡栽種一棵玉蘭花，葉濃蔭深，像是擎著一把大涼傘，開花時節，幽香陣陣，左右鄰居都能分享馥馨。許家庭院種著兩棵荔枝樹，蔥蒨蔭幽，遮蔽了半個院子。夏秋季節，好像就只我們兩家格外招得天公疼愛，厚賜許多涼蔭，電扇、冷氣那些現代化產品全屬多餘，只要往樹蔭下一坐，風就陣陣吹來，涼透肌膚，舒爽極了。若是月夜，我跟許璠濃茶一壺，以茶當酒，舉杯邀明月，月也欣然就坐，與我們共享一份悄靜夜色。

我家玉蘭花盛開時節，許家孩子常會翻牆爬上樹幹，擷得許多花朵，讓滿屋盈溢馥郁馨香；要是許家的荔枝成熟，我家兒女也會攀著枝梗，摘些紅豔豔的荔枝解饒。

今日，住在都市的孩子，活動空間只有一間狹隘的客廳，最佳的伴侶就是一臺電視機或錄放影機，很少有接觸大自然與山林湖澤為伴的機會，他們無法瞭解深山叢林、湖沼葦藪中，別有廣大的天地。兩家大人，深深能以兩家的花草果樹，豐富兒女過著一段美好的童年生活，而感到喜悅欣慰。

夏日黃昏，我們卸下文明的桎梏，兩家把菜飯搬到庭院樹蔭的石桌上晚餐；不管誰家做了什麼花樣翻新的菜，便會隔著矮牆，分一半過去讓彼此品嚐；要是有佳釀名酒的話，不是我拎著瓶子去許家豁拳鬥酒，就是許璠自動聞香而來，與我對飲淺酌。

我和許璠不是世俗酒肉徵逐的朋友，利則相親，害則相背。我們的友情清淡如水，自然成長，絕不晴時多雲偶陣雨。逢年過節，我們禮尚往還的不是花株，就是盆景。因之，許家的滿園芬芳，盡是我們友誼的花朵，我家庭院的繽紛燦爛，也是許家溫馨友情的奔放。

許璠是一位敬業樂群的警察，他淡懷高風，不重視物質享受，惟一的嗜好就是養花。他說他從花的姿態萬殊中，尋覓得安慰和樂趣。一旦任務降臨，他會毅然決然放下養花工作。不管任何時候，只要他接到出勤電話，許璠馬上發動機車奔回崗位去，從來不曾猶豫逃避過。夜闌人靜，只要我們聽到機車「噗噗噗」聲疾駛而去時，百分之百可以肯定又是許璠出任務了。

許璠的學識和工作經驗，使他成為警界中翹楚，尤其是他的分析和推理能力，不管任何刑案，只要略有蛛絲馬跡，經過他的分析和判斷，八九不離十，破案後，都能若合符節。正因為他有這種能耐，轄區的大小事務他固然要管，其他地區若有重大刑案發生，許璠常被借調出勤。因之，我們十天半個月不見面是常事。虧得許太太賢淑敏慧、堅強獨立，她相夫教子，持家立業，讓許璠全心全力工作而無後顧之憂，而且，從來不曾聽過她有半句閨房的寂寞幽怨發出。

前年冬天的一個黃昏，許璠突然從機車後座卸下一截老樹根，北風呼嘯，他卻寬下上衣，在前面庭院挖地洞，「碰碰」之聲，搞得地動天搖。待我趴到矮牆一瞧，忍不住好奇地問：

「老許，你在鑽油井呀？」

許璠一聽是我的聲音，趕忙放下十字鎬，指著腳邊那截老樹根，得意洋洋地說：

「鈍三，這是梅樹根，我要把它種下去。」

我瞧那截梅樹根，古拙奇巧，極適合盆栽培養，要是種在瓦盆裡，一旦結蕾開花，必然十分幽拙引人。當我把我的想法告訴他時，許璠一口否定說：

「不，這會斲傷它的生機。」

提防斲傷生機，是許璠立身行事的基本原則。他幹了幾十年警察，一方面提防歹類斲傷國家社會的生機，一旦遇到重大案子，他必然全力以赴，排除重重阻難，務期破案而後已。若是遇到鄰里鄉黨的小糾葛，他往往苦口婆心，勸解雙方息事寧人，不要為了一點芝麻、綠豆般小事而對簿公堂，失掉和氣，一旦判刑，連帶斲傷另一方的生機。

這棵老梅根是自一位民家將古老宅第改建店面樓房得來，經過他的苦心栽培，去年春天，它抽出一條條嫩枝，綴滿濃綠的葉片，終於不曾辜負老許的苦心和期望。

花樹無知，但也懂得回報：當我們對它吝嗇照拂時，它即使活著，也是萎頓頽靡，奄奄無生氣；假如我們全心全意愛護它，它便會接受我們的鼓勵和祝福，生機盎然，茁長出濃綠葉片和豔麗的花朵做酬報。

許璠沒有不良嗜好，除了偶然與我對酌三兩盅外，素不參加酬應。朋友拜訪，梅花餐招待，而且全是家常菜，只是烹調方法略微講究一點而已。但他愛養花種樹的心理，勝過於他督課兒女，公餘之暇的時光，他全耗在姹紫嫣紅的花圃裡。

春節前，滯留鋒一直停在臺北上空，綿綿細雨，落得人心頭發霉。除日下午，許太太擔心丈夫隨時可能有任務，所以提前把年夜飯做好，一待丈夫下班，便可闔家團聚。大約是六時三十分左右，許璠興沖沖地哼著歌仔戲回來，推開院子門，他照例先向「老梅」問安。陣陣寒流，綿密春雨，加上許璠的無邊愛心，居然把古拙的老梅催放出七八粒蓓蕾，且有數粒半開半放，蘊含一份含羞帶嬌的神態。

許璠驚喜萬分，忍不住隔著矮牆朝我喊道：

「鈍三，你快過來，我的梅樹開花了。」

除日，又是老梅發花，這不僅是個好兆頭，也是場大喜事，說明許璠對它付出的愛心終於有了回應。我趕忙走到許家，果然見到朵朵梅花，不管含苞待放也好，半吐半掩也好，都精神抖擻地挺立在寒流風雨中，果真是：「風霜雨雪都不怕，愈冷愈開花。」

我們咨嗟欣賞了好一會，許太太走出門來請丈夫進屋吃年夜飯，許璠不由分說，硬把我拉進屋要為老梅花乾兩杯。盛情難卻，復又不忍掃許璠的興，我便與許璠走進屋去，分享許家天倫之樂的溫馨。

我們兩個老天真心頭大樂，連乾了三杯馬祖老酒，電話鈴突然「叮鈴鈴」響起來，許璠會心地朝我微微一笑，拿起話筒「喂」了一聲，簡短有力地下指示說：

「保持現場，我馬上就到。」

他轉過頭歉疚地聳聳肩說：「鈍三，我不陪你，你放開量喝，不夠，我還有金門大麯。公事第一，我有任務，再見。」

許璠自院子把機車推出門後，許太太坦泰地笑笑說：

「我們每年除夕都是這樣過的，習慣了。」

我住他家隔壁，我當然瞭解，我也聽得出許太太話語中含了多少感喟。

我看著許璠健壯的身軀頂著滿頭皤皤白髮，在寒風冷雨中消失後，我的視線落在那株結蕾開花的老梅上。我覺得服務警界數十年的許璠，他就是一株活生生不畏風霜雨雪的老梅樹（特以此文向所有不辭勞怨的警察致敬）。

（《中央日報・副刊》民國七十四年六月十七日）

二十七、德禽

妻從電視上學來一道名菜「三杯雞」，經過多次實驗，色香味居然不遜名廚，她自詡為絕活。既然是絕活，當然有理由不能讓它成為〈廣陵散〉而失傳，所以，隔個四五天，我家餐桌上總有這道三杯雞。一則老妻藉以顯示技術本位，嘉惠兒女；再則也讓我們大快朵頤之餘，順便接受幾句奉承話。

我對吃一向不知講究，能夠果腹活命，就感到是天恩浩蕩；雖不像王安石那樣專揀眼面前兩道菜猛攻，卻是有素吃素、有葷吃葷，隨遇而安，不知挑剔。

今天的孩子不知哪世修來的鴻福？可不是這樣容易伺候，一道菜若是連續兩天在飯桌上出現，就會皺眉頭、提抗議，責怪媽媽烹調技術不精，沒有克盡家庭「煮」婦的職責。

那天，當妻四度喜孜孜把一道三杯雞陶盆端上桌時，剛把盆蓋揭開，六道眸光互相打個照面，幾乎是同聲相應地說：

「又是三杯雞，也不怕我們倒胃口？」

妻一臉的喜悅立刻化作無邊陰霾，原以為會獲得孩子一陣歡呼，忙碌一下午的結果，得來的卻是這等不含心機的譴責。她尷尬地望望我，剛剛綻放的笑意即刻收斂了。

我瞭解今日家庭主婦的苦楚，她們挖空心思討好兒女的腸胃，從電視上學菜譜，向左右鄰居討教新菜做法，自己想點子創新，百般奉承，依然會遭到孩子們的責難。哪像我們做孩子時，只要能果腹活命，藜藿菜根、地瓜芋頭，一律視之為珍饈佳餚。

我一則看著妻子那份沮喪神情不忍，再則想到孩子們不知生計艱難，居然對飲食近乎苛刻地挑剔，不由氣湧心頭，重重把筷子一放說：

「你們想吃什麼？爸的心肝最好吃，叫你媽把爸爸殺了炒給你們吃好了。」

老子發威，孩子們不敢再放刁，三個人互瞄一眼，低下頭猛撥飯，三雙筷子一致不朝三杯雞裡下箸，冷戰和抗議。

*

窮困社會，「無米之炊」的主婦難幹；社會富足，雞鴨魚肉樣樣不缺，主婦照樣難當。

四十年前，多數的家庭主婦天天等米下鍋，有米下鍋，三餐無虞，一片鹹魚、醬瓜、蘿蔔乾，就能讓兒女津津有味連吃三大碗，絕對沒有挑剔的興趣。今日迴然不同了，經濟繁榮，家家富足，不但吃得飽、穿得暖，而且進一步要求提高生活品質，平衡營養。除了講究食品精雅美觀，可以引起食欲外，餐具、餐桌、燈光與用餐氣氛也在考究之列。吃飽穿暖是低層次生活；吃得好、富營養，才是中層次生活；如何將營養調配得恰到好處而不形成過剩，免於心臟血管系疾病發生，才是高層次生活。

從前是沒有東西吃，所以樣樣都吃，能下咽的就是佳餚美點；現在是吃的東西太多，供過於求，甜酸苦辣、滷炸煎炒，不愁沒得吃，精挑細選，吃膩了，反而沒有可供吃的。

這是上天好生之德、獨獨厚待於我們嗎？是真正的經濟奇蹟嗎？不是，這是我們全體國民一點一滴苦心創造出來的成果。

面對今日這份富足安康的生活環境，我們如何善自珍惜保護，是我們每一個國民應盡的責任。孩子不知先人創業艱辛，也不懂得上一代一步步踏過荊棘蓁莽、翻過峻嶺崇巒的苦楚，他們自認為有權利挑三揀四，他們卻不曉得假如不能善體先人的苦心，常保一份憂患意識，好好珍惜護持這份幸福，正如歷朝末代王孫，自以為天生成的貴胄帝裔命，奢侈淫逸、恣情享樂，最後把自己的尊榮富貴拱手讓了人，我們能不惕勵嗎？

*

由於三杯雞的風波，使我聯想到雞是什麼時候由野禽馴服為家禽呢？史無記載，難以考據。牠與人類相依為命的時日，恐怕在文字記載前就已存在了。

《韓詩外傳》說雞有五德：「首戴冠者，文也；足傅距者，武也；敵在前敢鬥者，勇也；得食相告者，仁也；守夜不失時者，信也。」雞既有這種五德，我們人類居然把這位德行佳妙的友人清燉、紅燒、白切、熏烤……分屍剖肉，大快朵頤，也真是愧對良朋佳友。

今天，孩子們吃雞吃膩了，儘管做媽媽的如何挖空心思變換口味討好他們，卻難避免孩子見雞蹙眉的回報。如果以我們做孩子時的生活做對照，真是天上、地下，差別太大。而且，同樣是生命，同樣有權享受富康自由的生活，非洲衣索比亞的兒童和大陸上同一代的中華兒女，得失、禍福之間，與我們的差別為何如此之大呢？

記得我們做孩子時，一年只有兩次吃雞的機會，一個是年二十四，一個是大年初一。

當年大陸，即使「魚米之鄉」的湖南，人畜的防疫工作依然做得不理想，每年死於霍亂、痢疾的老小生命不知凡幾！養雞飼鴨，更是把牠當作生產工具看待，惟恐瘟神光臨。

一個農家能飼養六隻母雞，就是一筆小財富，一隻母雞平均月產二十個雞蛋，一月就有百來隻雞蛋產量。農業經濟自然比工商業經濟疲竭，沒有生產就沒有收入，所以，大家省儉克己、勤勞樸實，即使自家母雞生蛋，輕易也不吃一隻，待積到相當數量後，便用竹籃提往市場出售，列為一筆正常的副業收入。

孵小雞是每個家庭的大事，自選蛋到替小雞挑母親，主婦們都是兢兢業業，煞費苦心。母雞貪玩，不能克盡母職；只有經驗豐富而又馴良的母雞，才能溫柔慈祥，克盡保育職責。小雞孵出來後，一天數次呼喚回家點數，既怕老鷹抓走，又怕狐狸叼走。老鷹翱翔蒼穹，伺機偷襲，發現目標，斂翼伸爪，轉瞬間，一隻無辜生命便成了牠的可口大餐。家鄉山高林密，鳥獸成群，狐狸本性譎詐，因為飢餓，常常擇肥而噬；牠們飽恣口腹之欲，可苦了農家白耗養雞苦心，母雞也慘遭失雛之慟。等雞長到半斤、一斤以上，若是疫癘掃過，一夜之間，一窩活潑生動的雞群全告倒斃，一場苦心，皆付東流。所以，農家吃雞是樁很奢侈的事。

那時候，一年兩次吃雞，絕不像今日大盤、大缽儘你吃個盡興為止；而且，調和鼎鼐，各具風味，樂得飽恣口腹之欲。母親炒雞，先煮一碗地瓜粉條墊底，然後用紅蘿蔔片炒十幾二十塊雞丁，再往粉條面上一蓋。兄弟姊妹每個人能吃到兩塊雞丁就算眼尖手快很幸運了，哪像今天孩子把吃雞當作生活上一種「虐待」！真是人在福中不知福。

＊

本省養雞事業蓬勃發展，大約始自五十年前後：先是一窩風養蘆花雞；蘆花雞羽毛黑白相間，裝扮時髦，行止從容，頗有大家風範，而且身體肥壯，雍容華貴，極富東加王國國民那種篤定富泰的體型。

其後，善於下蛋的來亨雞盛行；來亨雞品種引進來後，提高了蛋的供售率。過去，吃雞蛋謂之加營養，有了來亨雞這些功臣的大量「生產」，吃雞蛋就像吃青菜、蘿蔔般稀鬆平常了。肉雞引進來後，是養雞事業的一次大革命。由於飼養技術的進步，一隻肉雞自孵出到宰殺，只要三到四個月飼養時間就夠了。國民有福，有了肉雞這些功臣捨身捐軀，雞肉不再算是珍餚美饈，由往年的身價百倍淪而為大眾化食品了。

肉雞剛剛在國內推出時，國人崇洋黜土，一窩蜂以吃洋雞為樂。六十年前後，我在某單位當個小主管，如果加菜，就命屬下買兩隻肉雞白切，滿滿兩大盤，吃得人人笑逐顏開，袒胸揉腹。

物以稀為貴，一種物品如果供需失調的話，其價值便要相對降低。為了提升雞的價值觀念，一些美食專家便想法子在烹調方法上爭奇出勝，白切、紅燒、清蒸、粉蒸、烤、炸、辣子雞丁、鹽酥雞等等，不一而足。單是一種雞就可烹調出一桌上好酒席來。

洋雞當道，土雞吃癟，誰知道十年風水輪流轉，這一轉終於轉出土雞的好運道而重掌漢家江山。原因是土雞勤勞儉樸，不養尊處優、受人供奉，四處覓食，勤苦不休，養得一身結實肌肉，無畏風雨，不怯艱危，是種有擔當、有作為的好漢；不像洋雞那樣仰人鼻息，弱不禁風。結果，土雞恢復身價，依舊是饕餮盤中的寵兒。

＊

我們先聖先賢教人治國的原則是：「藏富於民。」看看今日我們國富民裕的社會，吃用穿著，不但重品質，而且講排場，說是空前，應不為過。

世間事很難有絕對的標準，貧窮社會給人帶來無邊憂苦，富足社會也會給人帶來無窮煩惱。過去，我們是能夠下咽就是好食品，沒有權利選擇；現在是可吃的物品太豐足，挑三揀四，反而不知吃什麼好。就以我這個中收入家庭來說，一個月吃了四次三杯雞，孩子就皺眉頭，當前我們國民的平均收入是三千餘美元，十年後，年所得平均為八千到一萬美元，到那時，科學增強農業，農業加速工業成長，物產豐足，應有盡有，現在我不免有些發愁，那時節，我們下一代將吃什麼呢？

（《中央日報‧副刊》民國七十五年二月二日）

二十八、巨擘

熊大春七挑八選撿到一戶邊間房子，住邊間的好處是多了一塊空地。在大量人口湧向都市的農村，由於勞動人口力不足，許多農地都荒置了，一塊空地算不了什麼；都市寸土寸金，不論空地大小，種菜養花，稍加經營，便是一處綠意盎然、生命充沛的處所，早晚澆水剪枝，漫步其間，挹清芬而得雅韻，極具怡情治性、寄懷養心的效果。

熊大春外表獷悍而內蘊精細，一塊二十多坪的空地，在他有計劃的利用下，居然形成好幾個專業區。

他把靠牆角的地方種植番石榴、荔枝、芒果、楊桃……他說等果樹長大成林，樹高垣短，牆內牆外，盡得蔭覆；蔥翠的果林裡掛滿纍纍果實，不但讓家人得享豐收喜悅，也讓鄰居孩子望果垂涎，忍不住會攀牆墜枝，製造幼年爬樹擷果的甜蜜回憶。

熊大春器量恢宏而富風趣，預先為孩子們釀造童年生活情趣，不以私產私得為意，多少含有「千年田地八百主」的無常意識。所以，才能勘破名利得失，自樂其樂。

靠屋牆那角，因為水源充足，土壤肥沃，他用杉木搭建一座棚架，栽種兩株果實碩長的絲瓜；

每當夏秋，花豔瓜壯，引得蜂迴蝶舞，既遮蔭又美化環境，招得一院幽涼。中間迴旋的空間大，安置一張石桌、四條石椅，一則果樹綠蔭翳人，再則瓜棚蔓藤疊葉，無須結亭張蓋，就能擁有一季涼爽的夏天。空地外沿除了栽種各類花卉外，並在每一種花卉間隙裡種株辣椒，花團錦簇中間以挺勁盤倔的辣椒，結實期間，紅豔可人，既供食用，復可觀賞，集花圃、菜圃、果園、公園於一處，一院數用，果然是繽紛燦爛，滿園芳菲。十年經營，大春終於得償宿願；大春胸中要不富有幾分藝術修養，對丘壑園林別有悟得，很難做這種經濟有效的安排而能獲享一份鋤蔬培果的生活樂趣。

我與大春交往二十幾年，相知極深。春冬風大雨紛，往還機會比較少；一到夏秋，不是大春招我，就是我主動造訪。單車一乘，沿著田間小徑緩馳徐行，禾疇蔥秀，蔬瓜豐盛，迎著習習涼風，吸取農畝清芬，那種恬適怡然之樂，足抵得一夜酣眠、半甕佳釀。雖是「采菊東籬下，悠然見南山」的陶潛，恐亦難以領略此份動態樂趣。

我與大春同遊二十分鐘單車路程，這二十分鐘時間，人車不喧，景色如畫，縱屬鐵馬一乘，卻有按轡徐行的快感；可惜少卻一片蹄聲「得得」的節奏與心靈快樂的音符相應和，要不然，那份詩情畫意應該更濃郁些。

夏日晝長，下班回家，我寬衣浣面後，便往熊家走；熊大嫂瞭然我倆的習性，早已泡好一壺釅茶擱在石桌相待；我跟大春不待寒暄，立刻持棋廝殺。大春棋藝高超，胸中藏有十萬甲兵，他一面高談闊論，一面任性落子，神閒氣定，泰然自若，看似無心，每逢險境窮途，卻能幡然改圖，稍作調遣，立刻扳回頹勢，穩掌勝局。

大春的棋藝，真像他的工作和處事態度，自表象看，他似大智也像愚騃；他的內蘊，卻能事事猛著先鞭，從困局中衝出新道路，也許這就是他獻身警政工作三十餘年而不感疲憊的原因。

大春自警察學校畢業後，一直在基層單位工作。那時候，他還是位精壯小子，一顆誠心，滿身幹勁，不知愁苦和憂慮，不懂艱危和險惡。他認為他的職責是維護社會治安，保障居民安全，天候不論晴雨，事情不管巨細，只要是他職責所在，立刻不顧生命安危去出力賣命。

當他調來我們這個地區時，我們看到他那副愣頭愣腦模樣，只覺得他當警察，實在有負警察機警、勇敢……的雅譽；相處日久，才瞭解這位樸實敦厚的年輕人，穩健踏實、精光內斂，是當警察的真正好材料。

有年冬夜，高氣壓滯留上空不去，寒風砭肌，細雨飛揚，鄰居徐家忽然聽見雞棚裡響起一片驚啼急叫的聲音，徐太太摸黑往後院察看，發現有人偷雞。三十年前，雞鴨是項副業收入，到了年尾歲始，家人除夕團圓、新正設宴饗客，這是一道極有分量的主菜。徐太太半年多來對雞噓寒問暖、晨昏定省，就是為了準備度舊歲、迎新年，如今遭竊，半歲心血，全付東流，內心既急且恚，便不由高聲大嚷：

「有小偷，有小偷。」

我住徐家隔壁，熊大春住巷尾。我聽徐太太驚叫，慌忙跑去問：「在哪兒？」

徐太太往後山一指說：「朝那邊跑了。」

我不管風大天黑，路途崎嶇，一股傻勁朝後山追趕。沒多久，只聽見身後也有急促的步履聲跟來，我以為自己超越了小偷，於是，悄悄躲在草叢裡，待他衝近，我用腳絆他一個狗搶食，正待拿捉，原來他是熊大春，彼此相顧失笑，互指著對方說：

「我以為你是小偷。」

正在此時，忽然聽見前面相思林裡有雞叫聲，我倆立刻包抄過去，終於逮住了小偷——很不幸，原來他是同村的周愚。

「走，跟我回派出所去。好事不幹，學做小偷，你有沒有出息？」

周愚雙膝一跪，忍不住抽抽搭搭哭了。

「怎麼回事？你說，做小偷還有理由嗎？」

「太太要生產，母親生病，年關近了，孩子要吃要穿……我一時想不出法子……」

周愚是個憨厚的年輕人，他說的是實話。人到窮途末路，往往會鋌而走險，顧不了廉恥道德、名節人格。

熊大春瞪他一眼，扛起裝雞蔴袋說：

「這次放過你，不能一錯再錯，毀了自己的一生。」

周愚走了。我默默跟在熊大春身後，將雞歸還徐太太。臨別時，大春握住我的手問：

「任真，用法律矯治一個人，或用教育教化一個人，哪一種效果積極？」

「當然是教育。」我肯定回答。

「救治一個人，或毀滅一個人，哪一種對國家社會更有效益？」

「我瞭解你的苦心，大春。」

「謝謝你。」他猛搖著我的手，好像我們兩顆心早已不言而鳴、不扣而應：「我知法犯法，實在不願毀了一個年輕人。明天，我要為周愚發起募捐。」

與大春相處日久，愈益覺得他的情操可以為師為友。

「犧牲享受，享受犧牲。」是最近幾年為人奉作圭臬的兩句名言。事實上，早在三十年前，熊大春就在身體力行了。

那年夏天，颱風一連四次掩襲本島，鄉下交通本就不便，復又遭遇颱風侵襲，風雨交作，流水漫漶，大春冒著風雨四處護送災民到高處避災。颱風自淩晨四時登陸，到晌午風勢愈熾，掀瓦摧牆、拔樹潰堰，似臨世界末日。就在此種惡劣時刻裡，黎家老三忽然腹痛如絞。村中具有醫學常識的人，有人說是胃穿孔，有人說是闌尾炎，有人說是膽結石，有人說是腎絞痛，人言言殊，各說各話，最終的結論是：不送院整治，後果不堪設想。

鄉村交通運輸，多賴獸力。平日，趕著牛車，蹄聲得得，緩行慢步，倒也優遊自得。當此風雨交織之際，牛隻雖然堅忍負重、不畏艱難，但牠那副緩急不置於心的德行，實在難以濟事。而且，外界樹傾牆塌、風狂雨急，危險因素太多。正當大家畏難卻顧之際，熊大春卻匆匆趕來黎家，他馱起黎家孩子就往外跑，撂下話說：

「我送他去醫院。」

在送院途中，他怎樣排除險阻、衝破困難的詳情我不瞭解，我只事後知道他的右小腿同時在醫院縫了五針。一個鐵打銅澆的漢子，因為感冒，整整在病床上躺了三天。

黎家孩子因為胃穿孔而及時送院才挽救了一條小生命。

三十年歲月流淌，大春東遷西調，他由基層警員積功升至一個單位小主管，累積大小案子的工作經驗，就是後學的一本典則。我也是處處為家，萍飄無常。十年前，我們終於又相聚一處，而且，往還頻繁，交情益深。這也許就是世間所謂「緣」字因由。

一日三餐，生活本來平淡無奇，若是不能從平淡生活中找出一點樂趣作為調劑，嚴格說，活著是份負擔。像我跟大春倒有自知之明，公餘之暇，浴著涼蔭，一壺釅茶、一局閒棋，平凡、平淡生活中倒也滋味綿長，其樂無窮。

過去，竊盜多為徒手作案，警察是正義的化身，見了警察，立刻三十六計，走為上策。近年，由於諸多因素的介入，不法份子公然使用現代化裝備犯案，當街搶劫，殺警奪槍，視公權力蔑如也。幸而警察訓練有素，跟軍人同樣不怕犧牲，只見一義，不見生死，接受任務，立刻奮勇向前，只有使命，沒有家室，只有國家社會，沒有個人安危。今天，我們社會在世亂日亟的情勢下，依然富康繁榮，安寧幸福，警察的奉獻最大、最多。

那天，我忽然接到熊大嫂的電話，她哭泣地告訴我：「熊大春負傷住院。」

我匆忙趕到省立醫院，恰好大春剛從手術室推出來，只見左大腿紗布塊沁出一片殷紅的血液。我緊捏著他的手問：「怎麼回事？」

「抓槍擊要犯挨了一槍。」

「嚴重嗎？」

「彈頭剛取出來，不礙事。」

我埋怨他：「凡事要小心才是。」

大春泰然平靜地笑笑說：「總會有犧牲。我們幹警察，一穿上警服就把命豁出去了，隨時可以犧牲。非法份子像野草，你拔他長，不能說因為他長我們就不拔，我們一定要拔，而且要拔光為止，好讓禾苗正常生長。」

我沒表示什麼，只是緊緊握住他的手。

大春出院那天，正好是他五十歲生日，我們幾位老友特地為他訂了一個蛋糕，另外鑄造一隻拇指高擎四指緊握的銅手，上書「巨擘」二字送他作為壽禮，並在他四園兼具的空地石桌上為他祝壽。

熊大春一生不做兒女態，這一次卻感動得直淌淚。他一生廉謹，生活簡樸，榮譽就是他的生命，操守就是他的事業，苦幹一生，惟一的財產，就是三個像他那樣腳踏實地的兒女，和一戶三十二坪兩樓房子。以他的作為，譽之為人生「巨擘」，他實可當之無愧。

（《中央日報・副刊》民國七十五年三月十九日）

二十九、老根新芽

人的壽命，雖只短短數十寒暑，期間順逆相尋、禍福相依，絕對不可能一生盡是順境，或者一生全是險道。遇順境，能夠加倍惕勵，以防閃失，遇逆境，以平常心接受經驗教訓，重新出發，這才是正確的人生態度。若是處順境趾高氣揚，不可一世，處逆境垂頭喪氣，有如面臨世界末日，那都是一種過與不及的行為。失之毫釐，難免謬以千里。

杜端行不曾學過建築工程，因為聰明好學，對建築實務多少有些粗淺知識，當建築業發皇飛騰那段日子，他以自己為主幹，組織幾位好友幹起建築工程來，結果，他賺得不少利潤。由於他不懂見好即收的哲理，用於建築投資愈來愈高，賺錢的胃納愈來愈大，於是，他又投資別墅營建，因為開發山坡地的龐大支出，加上銷售工作做得不好，房子才建到一半，資金難以為繼，結果「財旺」建築公司不得不宣告倒閉。杜端行由高峰慘跌到谷底，垮了。

一個人有事業、有理想，身體裡像是有股力量在膨脹，走起路來，昂頭挺胸，神采飛揚；一旦事業墮敗，人就像洩了氣的皮球，活著也像多餘。像杜端行就是這副德性，成天愁眉苦臉，惶惶不可終日，那神情，真是屍居餘氣而已。

＊

曾文正公家書中曾經告誡他的家人說：「有福不可享盡，有勢不可使盡。」這意思無非是教人做人做事要有分際，留條退路給別人走，留份餘福讓兒孫享。若是透支福份、使盡權勢，不說天理昭彰，報應不爽，就是養成自己無法饜足的欲望，對德業、名聲和心理平衡都是一種大戕害。

杜端行原來站在事業高峰時，生活上的闊綽，誰都望塵莫及；等他事業垮掉以後，突然要過一種量入為出的儉素生活，他像遍身布滿荊棘，怎麼也不舒服。使我不由想到曾文正公「由儉入奢易，由奢入儉難」這兩句平平易易的話，真是自人生千錘百鍊中鑄就出來的真理。

杜端行當年雖然有錢，也善於揮霍，好在言行並不十分誇誕，與人相處，依然保持往日平和易親的態度。垮了事業，左右鄰居仍然寄予無限同情，道他不是的倒不太多。

一個生活在失敗陰影下的人，永遠被陰影遮掩而黯然無光。像杜端行，早年沒有事業，沒有金錢，也就沒有愛情；等他擁有事業和金錢後，他又謬誤地以為愛情是種廉價商品，可以用金錢買到手，想要就買，隨心所欲。事實上，愛情是種精工細鏤的藝術品，高貴而精緻。他心目中的愛情，坦白說只是情欲罷了，即使朦朧中有些愛的影子，那純粹是金錢製造出來的假象；一旦沒有金錢溉育，便會愛死情枯，連情欲也買不到手。所以，杜端行沒有妻子鼓勵，也沒有兒女安慰，他只有獨個兒枯坐在屋子裡嚙蝕寂寞，品嘗失敗的滋味。

想到自己由無到有，再由有到無的那段歷程，他真像南柯一夢，一覺醒來，什麼都沒有了。

人的一生，究竟能真正擁有什麼呢？

杜端行參不透生命真諦，他只能從人生浮面看成敗，不能從深層想得失，一旦倒下去，他就失去了再生的勇氣。不能怪他，平凡的生命也要有佛家參禪的修持，道行淺薄，當然不能成正果。

*

小時候看母親養蠶，知道蠶要蛻掉三次皮，才能結成纚絲織縞的銀白色蠶繭。聽到蟬聲吟哦，看到彩蝶翩躚，那都是蛻化後的新生命。在蛻化過程中，必須經過一番大痛苦大掙扎，才能享受新生命的快樂。一個人如果要走出自己的心靈禁錮，邁進另一層人生境界，除了內在反省而大徹大悟外，外界事物的衝激，可能也是一份力量。

我不知道杜端行是什麼原因激醒他擺脫他失敗的陰影而走出痛苦的深淵？不過，我已經看到他走出屋子，專心調養他的花木。

杜端行本來就愛養花種樹，這是他獨身生活惟一的精神寄託。後來因為事業有成，天天忙著在工地進進出出，許多花草由於乏人照料而枯死了；剩下一些盆樹，本來古趣盎然、樸拙雅馴，亦因未予修剪，也顯得蔓枝駢梗、蓬首垢面，不成形狀。如果逢到杜端行興致好時，他會扭開水龍頭，接上皮管沒頭沒腦澆一陣水；倘若沒有閒空，就會聽任它自生自滅，再也不像以前對待嬌妻寵妾般輕言細語，百般體貼、萬般溫存了。

為賺錢而放棄自己一份雅好，金錢力量誘人之深可以想見。

最近，我忽然看到他早晚都在院子裡修剪盆栽的雜亂枝椏，用鐵絲固定樹形，剷除已經枯萎的花木，拔除雜草，整理新徑，整個庭院立刻顯現出一副蓬勃生氣。看他那專心一致的神情，我知道他已擺脫了失敗的枷鎖，走出自己心囚的天地，他已經得救了。

＊

有了精神寄託便有了新的希望，擺脫掉痛苦便會尋覓到快樂。

一個月後，我看到杜端行的庭院有了新的面貌，葉茂花秀，枝莖挺拔，一副生機鬱勃的神態。庭院小徑，本來雜草叢生，如今蓬蒿芟盡，不規則的青石塊凸出於蔥綠的韓國草地，儼然海中島嶼，別有一副傲岸屹立面貌。

過去，杜端行種樹養花時，我總愛過去跟他湊個熱鬧。那時，我最喜愛他的幾盆盆栽，一是老榆樹，龍蟠鳳起的老樹根，生長一棵蒼勁老邁的樹幹，高不及尺，細葉蔥翠如油，曲盡造物神妙態勢。另一盆是株古梅，枝幹扭曲，老根若病，幾根枝椏，交叉生長，極盡古拙蒼健之美，每屆冬臘，含苞吐蕾，花朵散綴在老幹上，生機盎然；新枝花事略繁，但繁而不亂，春未來而訊先至，頗富春意。宋朝隱士林逋以梅為妻、以鶴為子，此本古梅，高齡遐壽，簡直就是梅翁、梅祖了；很可惜因為長久缺乏水分潤澤，它不但失去光華，而且亦已枯萎。擺在客廳茶几上的是盆古松，同一根株長著五棵樹幹，具有五種不同形態，松針繁茂，極得樸拙奇巧之美；若是夏日，只要電風扇輕輕吹過，立聞風聲蕭蕭，大有優游林泉聽松濤萬壑的感受。另一盆是竹栽，幹呈金黃色，節短而壯，中虛表貞，疏而不陋，妙粹通靈，想必是百數十年產物，那份老而彌堅又不向生命低頭的倔強氣概，雖老梅、古榆亦不多讓，幾片竹葉，瀟灑地懸垂竿梢，各有姿形，各富妙趣，大有鄭板橋寫竹況味。

樹栽的價值，除了悠久歲月養成它一副強幹勁枝外，尤重生機暢旺、愈老愈精神的氣概。杜端行庭院裡的花草樹木，經過一番整理，終於重現曩日面貌，尤當綿綿春雨灑過，立見新葉萌綠，一副躍躍欲試姿態。我很為這些盆樹重獲生機慶幸，更為杜端行再生欣然。

*

人的一生，可能會失去許多東西，倘若失去某些東西就一蹶不振，再也不敢面對現實、檢討得失，另做突破，這種人原就是失敗的註腳。只有失敗而不氣餒、勝利而不自傲、失意而不頹靡、得意而不自大，才是人生職場的勇者和智者。

杜端行終於爬出自己的繭殼，重新面對人生。

不過，種樹養花，只能增進生活情趣，不能解決生活問題、從工作中找到生命真諦。一個人如果沒有工作，只是養花、看電視，莫說坐吃山空，單是身體健康，也會被自己消磨殆盡。

想到杜端行的工作問題，正好我們公司缺位交通車駕駛，老杜未發達前，曾經當過公車駕駛，憑他幾十年的經驗技術，正好駕輕就熟，才盡其用。

晚餐後，我特別跑到杜端行居處徵求他的意見。走進庭院，只見滿院新綠，一片洋溢生意；客廳裡也收拾得一塵不染，想到他重重跌了一跤仍然將生活處理得這般井然有序，可見他已經不再沉淪在怨艾咨嗟的自傷裡。

道明來意，杜端行毫無信心地問：

「我行嗎？」

「怎麼不行？當然行，只是不知道你願不願意幹？」

他趕忙堵我說：

「好漢不提當年勇，過去的事還提它幹什麼？人生本來就是浮浮沉沉，人也應該可高可低。有工作就有收入，表示自己還有價值，只要別人不嫌我就好。」

我高興地握住他的手鼓勵他：

「能聽到你這些話，表示你已不再沉湎過去，我非常高興；左右鄰居也會為你鼓掌。工作問題包在我身上。」

第二天，我帶他去見總經理。經過簡單交談後，總經理決定錄用他。當杜端行退出門外，總經理叫住我說：

「大丈夫能屈能伸，杜先生說話有分寸，行止有禮，可見他做事落實。不過，你要常常鼓勵他，叫他不要拿今日和以前比；只有承認失敗，重新出發，才能創造新事業。」

＊

杜端行非常忠實他的工作。接過車輛，先就徹底地刷洗一番，由裡到外，由座位到車體，擦拭得纖塵不染，讓人一眼就感到格外清爽。接著，他在空檔期間，便將車子的鏽垢全部清理乾淨，燒焊的燒焊，油漆的油漆，整輛車換成一副新面貌。

他不但駕駛技術好，養護經驗也豐富，引擎、氣缸、線路、電瓶……無一不在他精心檢修下保持正常運作。過去，常常進廠換零件、換冷媒的事，在他手上預作保養，居然半年沒花一毛錢。車齡雖已老邁，一旦發動，立刻鼓勇前進，氣不吁喘、面不改色，不輸新車性能。

由於他的敬業精神，加上為人隨和有禮，不但贏得公司上下的尊敬，董事長對他也極賞識，特別調用為座車駕駛，月薪由兩萬調高為兩萬五。

老杜有了工作，復又得到同事敬愛和董事長的器重，薪水也相對提高，整個人像是換了一副思想和觀念，他把過去的失意和得意全部拋掉，兢兢業業上班。下班後，除了自己把晚餐弄豐盛外，對庭院裡的花草樹木也格外多了一分照拂。

我跟老杜相距只五六戶房子，由於舊鄰居和新同事的雙重關係，我對他格外多份關注，逢到他養花剪枝，我就幫他澆水拔草；遇到晚餐時分，偶然也陪他喝上半盅、一盅酒。

杜端行有房子、有工作、有正常收入，家具齊全，惟一缺少的是位女主人。

「老杜，你的生活方式應該改變一下才對。」我勸他結婚成家。

「怎麼改變？」

「找位對象成家。」

老杜自嘲地笑道：「你真會開玩笑，我離棺材還有多遠？一個人受罪不夠，還要拖累一個女人？」

老杜剛過五十，早晨慢跑五千公尺從來沒有叫過累，論生理和心理年齡都屬中年，怎麼可以放棄成家的權利呢？

「找位年齡相當的，又不是叫你娶一個十八九歲的黃花大姑娘。」

「誰會要我？年輕時沒結婚，年老了還當新郎，不是叫人笑掉大牙。」

「你想不想成家嘛？」我節節逼問。

「哪有這種年齡相當的女人呢？」他幽幽一嘆。「算了，不要自尋煩惱，我們喝酒吧！」

聽他的口氣，顯然是年老寂寞，沒有愛的伴侶，訴說苦樂都沒對象，有意成家，只是苦於沒有適當對象罷了。

當晚回去跟妻子聊起這樁事，妻子興奮地說：

「表姊很合適，年輕時她高不成低不就，一誤誤到四十三。老杜經過這次挫折後，做人、做事全落實了，是很好的一對嘛！」

為了促成這件美事，我臺北、蘇澳兩地跑做說客。他倆見面後，居然談得很投緣，感情進展非常順利。一個曠男，一位怨女，分別在兩地苦苦相待了幾十年，只在專等我這根紅線一牽，終於，他們雙雙進了洞房。

杜端行多了一位女人，他再也不感到落寞無依，除了更加盡忠職守外，下班回家總是大包小包往家帶。老大成家，夫婦間有說不盡的濃情蜜意。庭院裡經常聽見他爽朗的笑聲和忙碌的身影。表姊也不像以前那樣暮氣沉沉，一副未老先衰的樣子。

婚前，兩個人都擔心不能生育，殊料春回大地，萬物回甦，表姊居然懷了身孕，而且一舉得男。老根新芽，真是天大的喜訊。

我不知道人與物之間是否相通相感？當老杜的兒子生下來後，那株本來枯槁的老梅，居然在春風春雨的化育下回復生機，一粒粒小芽苞綴在樹梢上，接著芽苞壯大成蕾，花也放了，葉也張了，天人相感，人樹聲氣相通，造物奇妙的力量真令人不可思議。

（《臺灣日報・副刊》民國七十六年五月二日）

三十、聚散依依

中正機場，人潮洶湧，他跟她黯然相對，內心像是揣著一團亂麻，許多話都被裹在這團亂麻裡，想說，卻找不出端緒。

出境室的旅客，一個個跟送行人擁別後，依依不捨走向機場。離別就在眼前，她忽然像隻乳燕般輕翼微斂，投入他的懷抱，用著不純正的國語說：

「表哥，我會想念你……」「再見」二字在哽咽聲中吞沒了。

兩行清淚掛在她紅潤白皙的臉上。他想哭，不敢。愛雖在心底萌芽，衡量過主客觀環境後，他知道這份愛遲早見不到陽光而萎頓消失，他忍著即將迸出的眼淚，拍撫她的背叮嚀說：

「多寫信。」

終於，姨媽和表妹的背影消失在人群中，未久，飛機起飛的聲音震得耳朵發麻，然後沖天而去，消失在藍天白雲裡。

這時候，他才真切感受到心在搐搦，抽痛。

＊

他知道他有一位中美混血種表妹，卻始終未曾晤面。多數混血種兒女，經過血統融合後，兩種優秀遺傳因子各擅所長，兒女都長得體面標致，但他絕對想不到他家表妹長得這般豔光四射，婉麗動人。當他第一眼看到她時，幾乎弄得自己手足無措，話也說不清楚。直到姨媽替他介紹說：

「小傑，這是你表妹。」然後轉過身以英文給女兒說了一大堆介紹話。

表妹身體裡雖有一半中國血統，畢竟成長歷程和生活背景在美國，舉止言談不像本國女孩保守拘謹，雖有幾分怯雨羞雲情意，仍舊大方自然，不稍矯飾。而且血緣相近，在心境上已無感情阻隔，新晤卻如舊識。結果，她落落大方地擁抱他來了一個貼面禮；這舉措太突然，使他一時措應不及，窘得他既不好自然反應，又不能像小孩般掙脫掉，勉勉強強地把場面應付過去後，羞得他臉上紅一陣、白一陣，像似新雨過後的晚霞初現。幾位姨媽瞧他這副尷尬表情，樂得在旁轟笑不止。尤其是表妹的媽媽，習慣了美國生活方式，更在一旁笑謔著說：

「我原想把黛麗許給小傑，你們看小傑這副痛苦表情，一定是嫌黛麗不漂亮。」

正話反說，羞得他愈加無地自容。

＊

媽跟三位阿姨是跟大舅一塊來臺灣的。

四十年前，外祖母過世，外祖父續絃，繼外祖母性格悍急，幾位兒女無法接納她，她也拒絕接納兒女，結果，齟齬時生，造成家庭間的風暴迭起；大舅不忍妹妹挨打受罵，一氣之下，把四個妹妹一條船同時帶來了臺灣。

媽和二、三姨分別結婚後，小姨也找到如意郎君，可惜姨爹並不如意，吃喝嫖賭樣樣精，就是不精於創業和養家，結果，小姨生下表哥、表姊後，只有宣告仳離，各飛東西。

小姨帶著兩個孩子要吃要穿，生活的鞭子箠楚得她走投無路，幸而大舅替她在美軍顧問團找到一份工作，才免於母子三人凍餓之苦。

小姨剛剛仳離，心境空虛，愁緒像散霧，才上心頭，便攢眉頭，愁悽中也饒幾分成熟風韻。結果，一位美軍中校對小姨格外欣賞，經過幾度約會，不久便雙雙墜入愛河。結婚後，等老美姨爹奉命退伍，夫婦倆便一塊去美定居。沒多久，傳來表妹、表弟相繼出生的消息。這期間，小姨雖曾多次回臺探望親人，卻始終未與兒女成行。等表妹哈佛大學畢業，長成一位標致姑娘後，小姨這才驕傲地帶著亮麗的女兒回國展現成果。

乍見之下，叫人難以相信這樣一位漂亮妞兒是出身高頭大馬小姨的孕育。不過，一位農牧專家對遺傳理論給過他一些解釋，他說：

「要有好作物，最重要的是選篩品種；優秀人才的產生，揉合異國血統是方法之一。人與作物不同，選篩品種的意義沒有二致。」

表妹漂亮，異族聯姻是項重要因素。

*

這一個月來，他帶黛麗逛夜市、遊山水風光勝地。臺灣號稱「水果王國」，想吃什麼便有什麼，像蓮霧、番石榴、麻豆文旦，美國不曾看到這些品種，這兒既廉價又多產，吃得黛麗讚不絕口。

臺灣是海島，海島景色雖沒廣漠大陸開闊，但峰巒平地突起，瀕海綿邈，原也有它特殊的色彩和氣韻。黛麗擁有美國妞兒的開放，也富中國妞兒含蓄，她看到中國亭園式建築，典雅巧緻，層疊增飾，她感到比歐美粗獷高大的建築更富匠心巧思。

他的英文造詣不高，簡單會話勉強可以應付。黛麗跟母親多少學了一點簡單中文對話，因為詞義瞭解不深，經常張冠李戴，詞不達意。

因之，他們間的溝通，必須中英文並用，即使加上手勢和眉眼間表情，仍然有些溝通障礙；好在愛情就是無聲的語言、心靈的津梁，不須太多的詞語表達，也能激起雙方的心湖盪漾，情感共鳴。

當他帶黛麗逛百貨商場時，總會招來許多豔羨的眼光投向他。也許在旁觀人的眼裡——一個瘦黑的中國青年胳臂裡，居然挽著手姿綽約的洋妞，令人感到不太相稱。

中國女孩愛漂亮，趕新潮。他會以徵詢的口吻問她：

「她們漂亮嗎？黛麗，臺灣富裕，女孩穿著也最敏感。」

黛麗對美有她自己的詮釋，她說：

「美要大方自然，不能扭曲偽裝。服裝是為凸顯美而設計，所以，服裝必須配合身材和儀容。身體儀態是主，服裝飾物是從，不是要我們的胴體和儀容去遷就服裝。許多女孩本末倒置，不管自己身材高矮胖瘦、臉型長短寬窄，只要時新就認為是美。不過，我很喜歡臺北小姐。」

「為什麼？」

「臺北小姐純樸，像一片未曾開發的土地，只要好好開發出來，不管種作物、當公園，或蓋高樓大廈、充商場，潛力無限，都行。」

畢竟接受過高等教育，去過文化深厚、時潮前端的歐洲旅遊，學養與見聞就是她對美的衡定標準。

當他回視黛麗大方自然的穿著時，立即發現她的一絲一縷都凸顯出她的儀態和胴體美，印證了她美的詮釋理論。

「黛麗，你還要不要來臺灣？」

「來，當然要來。」

「是不是因為這兒的水果品種多又價格便宜？」

「不，因為這裡有我阿姨和你。」

他內心有些激動，想表示什麼，卻不知從何說起。

黛麗不待他出聲，直接訴出她自己的心聲，她說：

「可惜我們是表兄妹，要不然，我會把你當作男朋友。」

他有這份希望，但他不敢；即使可能，他也沒有勇氣接納。養一位漂亮洋妞，自己沒有優異的條件，哪能讓她像廣池大陂的魚一樣，可以自由自在地載浮載沉呢？

「表哥，我要參加美國小姐選拔。」

「我有信心，你一定可以當選。」

「你猜為什麼？」

「每一位漂亮小姐都喜歡戴上這頂榮冠。」

「我並不這樣虛榮，你知道嗎？假如我當選美國小姐後，我就可以來臺灣訪問，與我親愛的表哥見面。這一個月來，我一直在想，假如你不是我表哥多好。」

「黛麗，你的話很使我感動，我更感激你。」

「等我進入社會建立良好的人際關係後，我要競選眾議員或參議員。」

「從政可以發揮自己的領導才能。」

「我要利用我的特殊身份改善中美關係，為我父親的美國和母親的中國盡分心力，不要讓臺灣老在三〇一條款的陰影下壓抑得動彈不得。」

*

別離前夕，他請她去茶館飲茶。

茶館布置和氣氛，典型的中國化。

兩個人對坐著，中間隔著一張茶几，心靈貼著，形體卻像遠隔了十萬八千里。

茶液潤過喉嚨，有一種苦澀後的馨甜。這對異國心靈上的情侶，卻只有重重的苦澀。

離別像是低氣壓，悶鬱而燥熱。兩人沒有歡快的情緒交談，只是默默地坐到十一點多鐘，他才無限流連地起身說：

「我們回去吧！」

黛麗不同意，仍然賴在椅上不起身。「再坐二十分鐘好不好？」

他依順她再坐下來。二十分鐘時間到了，他把她拉起身，她卻突然投進他懷抱，仰起頭，像缺氧的魚浮上水面喋唼著空氣般仰視他。他猶豫片刻，無法拒絕她這份情愛，終於將火熱的嘴唇蓋上去，良久，她把他推開喟嘆說：

「假如你不是我表哥多好。」

*

熱吻烙印在他唇上，也烙印在他苦澀的心靈上。如今，那架巨大的「七四七」客機載走了他的夢。

他強裝著笑容，仍然不斷地向已經消失的飛機揮手。

（《青年日報·副刊》民國七十九年十一月一、二日）

三十一、擎天桂

農曆八月，正是桂花綻放時節，細密的花朵綴在樹幹，本來是花朵逞豔時刻，卻因為葉片寬綠，喧賓奪主，反而讓葉片領去風騷，本末倒置，哪見「好花亦須綠葉來扶持」的景象？好在桂花耐得住寂寞，它以濃濃的馨香投入人間，清新馥郁，遠在數里之外都能隱隱享得。

茉莉香濃，桃李香淡，梔子與茉莉堪為伯仲，薰人欲醉；芙蓉色豔卻少香味，就像姿色可人而儀態端重的女人，目不斜瞬，絕不假人顏色；只有蓮花和桂花，姿色清雅而香味清遠，雖不可褻玩，卻是言和色溫，極可親近。

本省桂樹很少見到巍巨衝霄，也未見數十本攢立叢倚成林的，是否因為氣候故？十年前，我在仁武山阪見到一棵高可數十丈、徑幾盈尺而又濃蔭蔽天的桂樹，傲峙勁拔，氣勢頗為不凡。那時正是九月涼秋，細花繁密，重重疊疊，雖然高雄空氣受到相當嚴重的工業汙染，每當涼風拂過，依然令人感到清香沁鼻，不由因這秋馥而為之精神一振。

八月叫「桂月」，是桂花綻放馨香紛溶的季節，我就不由懷念家鄉那片老桂圃來。

老桂圃是榮家的產業。榮家大屋建在田壠中央，一條河流自上游奔逐而來，流到榮家大屋，立刻分成兩股淌出去。榮家大屋就建在這三角形曠地上，遠處有崔巍山勢迤邐而來，嶄巖參差，極為巍峻。屋前澤流迴繞，茂林攢聚，果真是山靈水秀，人傑地靈。

據傳這兒原是漠漠水田，榮家祖先選在這塊水豐土沃的地方建屋，就是取其風水好的原因。財富勢位如水源，可以經年潺潺，溉育不絕。

榮家大屋正面好幾重，左右廂房也是層層疊疊，結棟跨宇，累棟覆簷。四周砌建高峻的圍牆，把屋宇、天井全抱護在牆懷裡。獨獨桂圃種植圍牆外，令人有些不解。

榮家累代為宦，富而多金。古話說：「富貴而不歸故鄉，有如衣錦夜行。」雖然有點俗氣，卻是天下人普遍一致的心理；榮家興建這廣屋大廈的心態，可以窺探得出。

桂圃的桂樹，多達數十株，最大一棵，樹圍大可兩人合抱。這棵樹的樹齡有多高？植於何時？無從稽考。榮家為何在屋外闢出偌大一片曠地種植桂樹？而且為數多達五十餘株，由於年代久遠，其因由何在，亦難稽考。

據老一輩人說，榮家最顯達的一位祖先，曾經出任過清朝皇帝的老師。當老師已不簡單，出任皇帝的老師，學問之大，尊榮之高，當然不在話下。不過，這位帝師生性恬淡，不求榮達，當他把皇帝由髫齡教到登基為帝後，他的年齡已老髦得不堪為官了，於是，他向皇帝告老還鄉。皇帝戀念老師教導恩深，除了賞賜他不少錢財外，並賞給他這塊地建屋養老。榮帝師便大興土木建成這片榮家大屋，並種植這塊蔭覆成林的桂圃。此後，兒孫依仗皇帝的恩寵引援，個個躋身廟堂，參與謀謨，迭代世宦，望重一方。

榮帝師上有皇帝庇蔭，下有兒孫顯宦崇位做依恃，歸隱之後，愈益沉醉經史，潛心著述。等桂樹成林結蔭之後，每日晨光、夕照中，他就在這片桂林下散步吟詩、養心怡性，享受他的晚年清福。

命如浪潮運如草，總是起伏不平，高低更迭；果真是盛衰相接，禍福相依。榮家在帝師手上興起，歷五代便告衰敗。一家家運的頹旺，也像歷史上的朝代遞嬗。新朝代舊朝，新宦替舊貴，等於時序更易，是項極其自然的現象。歷史上沒有長治久安的盛代，時序也未見春長在而夏不來的情事。

榮家衰落後，田產瓜分豆剖成了別人家的產業，只有房子和這片桂圃仍屬榮家產物。植物無知，儘管帝師當年曾經多方呵護，每一棵樹幹都留下他摩挲盤桓的手澤，榮家衰敗是榮家的事，桂樹不曾聲氣相通、靈氣相應而不由黯然神傷，它們依舊堅執挺拔，常年綠蔭匝地，枝條榮暢；每屆仲秋，桂花愈益開得繁密馥郁，香聞數里。

榮家運衰給榮家帶來不可言宣的傷感，卻給我們左鄰右舍帶來無際的方便。過去，榮家侯門如海，禁衛森嚴，內裡繁華，只有榮家親朋戚友目睹耳聞，窮鄉苦里不得而知；等榮家門衰祚薄後，我們隨時可以翻牆越垣，在他家大庭院裡追逐嬉戲，窺門探戶，看看他家景況究竟是何面貌。宦官之家，果真不同貧窶之戶，高堂敞廳、深宅大院、藻梲文棟、雕戶鏤門、陳設豪華、布置典雅，也許已無當年舊觀，但富貴之象依然炯炯逼人，哪是我們窮里鄰所能望其項背？

那片綠蔭如酲的桂圃，本來榮家輕易不許人進入，如今籬敗藩頹，成了我們童騃追逐吶喊的運動場。以前，人人都曉得桂圃畛域廣大，林木壯茂，進入其中，幽意撲人，綠氛醉心；因為大家尊重這是榮家的產業，不願輕越雷池一步，擅啟釁端，只在籬落間眺望而已；偶然覷空進入，也是行止匆匆，不敢多做流連，無法領略桂林聚蔭的幽雅況味。現在，榮家人丁單薄，管理乏人，我們便把牛犢趕進去吃草。村莊七月唱皮影戲、十月唱大戲，全在這塊桂圃中進行。五十多株樹攢聚叢倚，梗幹交錯，綠葉層疊，陽光不入，雨水不進，形同一床天然帷幕，有如一處神仙世界。

桂樹生性率直，不樂造作，直道而行，不自我扭曲本性，所以，每棵樹都有一種擎天撓雲氣勢，樹身畢挺，直衝雲霄，樹幹粗壯，葉片濃郁，把整個曠地遮掩得幽邃森然。尤其那棵巨桂，幹粗葉茂，老而彌堅，自下仰望，只見它一柱擎天；如果由圃外向裡瞧，也能察覺它傲岸卓犖，非同凡輩。整座桂圃有如覆瓦，自巨桂向四周傾斜，高低主從，氣勢顯明；也像一把綠色巨傘，徐緩下垂，非常美觀。每當仲秋時節，桂花盛開，濃郁的香味，隨風遠播，入鼻沁肺，拒之不得，不請自來，叫人非常受用。從此，家家戶戶製作桂花糖、桂花茶、桂花年糕的原料也不再匱乏了。

同樣一座園圃，為何單單這株巨桂長得如此粗壯？我想，八成是榮帝師在大興土木時就有這株桂樹在，房子落成後，正好僻居屋外曠地，加之河川水源充足，土壤肥沃，它得其所哉傲然生長；加之帝師獨獨鍾愛桂樹的清芬貞固，以後，陸續栽種培護，便形成這座繁茂濃蔭的桂圃。

榮家大屋建在河汊裡，我們鄰近幾所村莊則分踞在山陬水尾，對面就是一列齊天峰巒，尤其峭壁如削，具有一種開天闢地氣勢，每日推開門窗，就見山色排闥而來，峭壁頂和崖罅的樹木，虬蟠矯勁，極為蒼拙。環境愈險惡，樹木的生命力愈強勁，掙脫困厄，舒展它不怯不懦的生命意志，即使勁風狂雨交相摧逼，它卻抖擻精神相抗衡，待到雨過天青，依舊本來面目，愈見精神煥發，意態清新。反觀桂樹，它在平坦肥沃的土地生長，沒有環境制勒，不須力排困局，爭取生存空間，所以，它筆直壯碩，任性展枝舒梗；就像一個富家兒女，其不熟知家計艱難、世道艱險者，那是理所當然的事。樹尚如此，一個人年輕時不經鍛鍊，長大成人焉能擔當艱鉅，以卓見超識和強韌的毅力意志處理紛亂？其事功成就與一個人的生長環境有密切關係。

我們在榮家桂圃中享受了一段美好童年歲月後，忽然，桂樹在幾日之間被砍伐泰半。探聽因由，原來榮家把這塊地出售給了夏家，產權業已轉移，他們有權處裡自己的東西。但當我們看到一棵棵生命鬱勃的桂樹在俄頃間被戕殘死亡的情景時，心頭那份激動實在難以言宣，畢竟我們曾經朝夕與共過。而且，擎天桂也將淪於相同命運，左右鄰居立刻展開護桂運動。結果，所有桂樹都還是被戕伐了，只留下那株巨桂象徵性保存著。睹物懷往，讓我們倍增傷感。這正應驗了詞曲裡「眼見他起高樓，眼見他樓塌了」那句話。難道這就是世事靡常的說明？是歷史遞嬗的寫照？是盛衰榮枯的哲思嗎？

每天看到那棵撓雲抗日的巨桂，在夕照曉月下孤淒淒挺立著，歲月蒼涼，人事全非，它也許不自覺，旁觀的我們卻不免為它泫然淚下。好景不常，盛時不再，它像漢朝宮闕、唐代殿宇，頹垣殘磚，成了歷史的創痕。

（《臺灣日報・副刊》民國七十六年十月四日）

三十二、茶仙

老丁號稱「茶仙」。朋友拜訪，他必然招待喝茶。

喝茶喝成茶仙，當然茶道高人一等。

老丁自出娘胎就開始喝茶，茶齡數十年，就算是笨牛駑馬也該得道，何況一生與茶緣深情厚的老丁！

我說老丁一出娘胎就飲茶，不是聳人聽聞。因為老丁祖居中壢銅鑼圈，父祖數代全以製茶為業，老丁的母親早年不育，直到三十五六才開花結果，生下老丁時，他祖父業已年高六十八；髦年抱孫，內心格外歡喜，每次抱起這個寶貝孫子，只要飲茶，便用杯中餘瀝餵他。所以，老丁的茶經、茶史，卻真是家學淵源，其來有自。

有一段時間，我國茶葉外銷的業績特別好，老丁父親不但賺了不少錢，而且還把銅鑼圈許多未曾開發的荒地一夥收購進來；等老丁長到入學年齡時，立刻送他由小學到大學專攻農業。

老丁沒有辜負父親的期望，專門研究種茶、製茶技術。茶的知識遍及古今中外，所以，丁家推陳出新的茶葉品類，為臺灣在國際茶葉界打響相當高的知名度。

以前，老丁活在茶園裡，一心研究品種改良、採摘方式、焙製技術，推出新品種。喝起茶來，也是一個人在夕陽西沉之後，獨坐在大樹榕蔭下自斟自品；這種飲茶方式叫做「獨樂」。獨樂的好處是不受干擾，苦也自己，樂也自己；壞處則是沒有茶伴，不能講古論今，暢抒塊壘，倒真有些喝悶酒的味道。待到歸鳥投林，暗夜悄悄掩至，月朦朧，山朦朧，老丁內心那份快樂與寂寞也是朦朦朧朧。

兒女一個個長大，老丁肩上的重擔卸下來，於是，他把承自父祖手上那片大產業全部移交給三個兒女。他只有兩個條件：第一，不得出售祖產，敗毀家業；第二，兒女必須纂承家緒，繼續光大種茶、製茶事業。他自己則坐鎮臺北茶行，與人稱斤論兩，推展業務，閒下來便以喝茶為樂。

老丁這個人能放能收，守住祖業是他的歷史責任，把家業交給兒女是歷史傳承。他對自種、自製的茶葉，千方百計推介給朋輩享用，好友來訪，總會三斤、兩斤茶葉強迫送人。

老丁一生與茶葉結緣，他不但飲茶，而且專門養壺，一隻普普通通的陶壺，經過他的調養後，光澤瑩潔，像是有道君子，勁氣內斂而又風儀懾人。早在海峽兩岸未開放前，他就透過香港和泰國友人，輾轉自大陸進口數十把宜興茶壺。因為是出自名家製作，壺形特殊，形肖動物則栩栩如生，如果是塑鑄植物則又寫實逼真，巧拙之間，各具風貌。老丁鍾愛這些茶壺，專門闢間飲茶室，四周櫥櫃全部擺放這些為數百把以上有名、無名的茶壺，琳琅滿目，美不勝收。

老丁所交茶友，不是藝壇名流，就是像我這種懶慢疏狂的惰漢，官宦人物、商場忙人不與焉，因為他們沒有閒情把生命時間一滴滴注入茶盅消耗掉。藝壇名流與老丁飲茶是尋覓雅趣，我與老丁飲茶則是天南地北閒扯淡、殺時間。

以前，我一直覺得窮人也有窮的快樂與灑脫，比如：報所得稅不用煩惱填表；住家不管白晝或黑夜，可以敞門開戶酣睡，不愁樑上君子登堂入室；兒女上學或就業，不必擔心遭人綁票，反正榨不出油來；自己出門搭公車，高高在上，還可放心大膽假寐，不怕名貴轎車撞人或被人撞……反正是窮人有一大堆訴不完的自在……直到與老丁熟悉後，我才發覺有錢有許多好處，比如：穿著講究就是身份的標幟；進館子揀高級館進出，點菜不看價碼，付帳不皺眉頭……不像我偶然帶妻兒子女去飯館奢侈一下，不是限定每人一碗八十元的牛肉麵，就是進大眾化的川菜館；千元左右的消費，還得心疼到半夜才紓解。其他種種好處說也說不盡，就以住家來說吧：我家二十幾坪的三房兩廳，兩人對面走來，就得像窄巷錯車，必須互相減低車速，禮讓個你先我後，才可免除撞得鼻青臉腫的危險。

老丁的臺北住家比我家至少寬廣五六倍，前面店子，後面安置家人和店員，單是那塊二十多坪的空院庭，吊垂著中西蘭花，幽綠滿院，就叫我這個窮措大羨煞、愧煞。蘭花未開時，一片碧綠，氣氛寧靜，寧靜得令人心神兩醉；一到開花季節，滿院馨香，香得令人神智暈陶。

近日，蘭花盛開，尤其是他培植的晚放蝴蝶蘭，花事絢麗，豔色迷人，老丁專柬邀我們去喝茶。走進丁家後進客室，滿屋盡是茶道老友，其中有畫家、有作家、有書法家，只有我身份特殊，是臺北市街道的丈量家。因為我一向喜愛步行，訪友購物，多以走路為樂，臺北市幾條主要街道，都用我的雙足丈量過了，所以，我自詡為「都市街道丈量家」。

那天，老丁把茶桌擺在蘭院簷廊下，大家坐在花事正盛的蘭花叢裡，說東道西，講道論藝，侃侃而談，毫無顧忌，果真是舉座盡歡。

有幾位茶友飲茶像是品味名釀，淺斟慢嚐，喝進嘴裡，還得經過半晌涵泳後才緩緩嚥進去。斯斯文文，不愧為尚友古人，筆藻墨華的文人。據說如此飲法，才能一路甘潤無窮回味。我飲茶則像關西大漢唱戲，急管繁絃、鑼鼓鐃鈸一齊來，響亮的音樂，鼓動誇張的動作，唱也盡興，做也盡興。所以，老丁特別替我安置一隻大茶杯，其中盛滿各類茶葉，老丁謂之為「四海一家」。別人小盞淺飲，我則滿飲暢喝，由喉至胃，活溜無滯，痛快之至，不慣那種小盞淺飲情味。

飯後，茶仙留飯，六菜一湯，葷素皆備。他還奉上兩瓶法國名酒助興。當飯菜香滿餐室時。我想，喝茶既在蘭院簷廊，何不將飯菜一塊移到茶桌上，邊吃邊聊，豈不倍增情趣？我立刻建議說：

「茶仙，乾脆把飯菜移到簷廊來吃，不是更好嗎？」

茶仙想了片刻說：

「不行，蘭花幽貞，最討厭濁陋，酒肉臭會把雅靜的蘭花薰壞。」

「人總不能不吃飯菜呀！」

「人吃飯菜，蘭吃甘露白雲，雅俗本質不同嘛！」

雅俗有別，我想我應該算是一個濁物。於是，我滿飲一杯烈酒表示歉意，我說：

「我唐突了蘭花，我向蘭花道歉。」

茶友們鼓掌大笑，茶仙更是樂得像個孩子，他說：

「老侯是位雅濁各半的痛快人。」

雅濁之間，不只是言談，還有思想和行為。沒有我這個濁陋人，怎麼顯出茶仙的雅逸來呢？

老丁是位老可愛，他怕我難堪，趕忙回我一杯酒說：

「我就愛交老侯這種雅濁各半的真性情人物。」

茶仙畢竟不愧為茶仙，他做人也像品茶一樣，不但品出茶的真味，也辨別茶的精粗優劣，既能和而不同，也能立身高處，洞矚一切，所以，他交藝壇名流，也交我這個傖夫俗子。

（《青年日報・副刊》民國八十三年七月十七日）

三十三、無關風水

我那時只有二十五歲，一個離鄉背井漂泊在外的二十五歲年輕人，經過大陸動亂那段顛沛流離歲月後突然安定下來，靜極思動，對親情很飢渴，對愛情更飢渴。

那是民國四十四年，我隨部隊駐進成功嶺基地。

成功嶺，當時一片荒涼，道路紆曲，而且高低不平，榛莽遍地，數棟日式及美援魚鱗板營舍，處處罅隙，每當秋風起兮，立刻塵土飛揚，恍如置身高原，沙土蹈瑕抵隙，滿桌、滿床都是黃澄澄的泥塵。

成功嶺麓有三處緊鄰的村莊，那就是學田村、春社里和番社腳，人口蕃殖，少女的媚力，尤其引人躍躍欲試。

那時，我們都年輕，身體內都蘊含一股不甘蟄伏的年輕人銳氣。

每天除了整理環境、實施教育訓練，空下的時間，不是自我進修，就是追求小姐。

少男多情，少女懷春，那是人情之常，人性的自然流露，拜託讀者千萬別罵我「老不羞」。

自古至今，追求小姐的訣竅，不外乎一要錢，二要閒，三要纏，四要甜。

當時，官拜少尉，軍醫官科，每月除了拿少尉薪俸外，還多一份四十元的軍醫加給，湊起來，一個月亦只不過八十元臺幣左右；發薪以後，三五好友走路到臺中公園附近飯館吃兩頓四菜一湯家常飯，一月薪水就全部換了主人。

由於荷包不紮實，第一個條件就吃癟了；加上我們平時工作訓練忙，第二個條件也不算有利；惟一算得上優勢的條件，就是一個「纏」字。說到「纏」字功，膽敢昂頭挺胸說：「不含糊。」跟敵人、土匪拚纏廝鬥，從來沒皺一下眉頭；從平原打到高山，從高山打到海濱，愈戰愈勇，愈戰愈精，愈戰愈「油」，誰也不曾哼一聲。而且，大夥都來自天南地北的不同省份，經過苦難，同過生死，每日晚上，都會自動提報「追求」狀況，共商對策，再展開攻勢。這個「纏」字功夫可說是千錘百鍊，精工打造，貨真價實，絕不摻水；不過，說穿了，原不值一文錢，臉皮厚而已。至於「甜」字功呢？因人而異：有人出生北平，說起話來字正腔圓，連哄帶騙，高帽子加上迷糊湯，大有斬獲的人不在少數；南方人比較吃虧，說話像是短了半截舌頭，鄉音重，表達力不足，一句甜言蜜語，最後變成引信炸藥，惹得小姐冒火，哪還來的甜功夫呢？

攻城略地，先要選定戰爭目標，擬具作戰計劃，主攻、佯攻、迂迴、包圍、參謀團、先頭部隊、後勤支援，虛則實之、實則虛之，真真假假、假假真真，部署妥當，才能克敵致勝。追求小姐，與作戰部署大同小異，只是廝殺攻防之間，沒有屍橫遍野、血流成河的慘烈場面罷了。

中本紡織廠設在烏日，南屯、烏日兩鄉鎮的少女，小學畢業後，多數都是去那家工廠上班賺錢貼補家用；嗣後，王田毛紡廠成立，大肚、彰化、王田的少女，便成了王田毛紡廠的基本員工，解決許多就業問題。

我們單位駐地靠近南屯，因為地利之便，愛情戰線就只有向南屯一帶延展。愛情風像是四月薰風，颳得人醉醺醺、樂陶陶。有的朋友採取遠攻近交策略，每日黃昏時分，紛紛遠走南屯、烏日找戰爭目標。像我的好友邵浩如，就是在南屯打了一場有聲有色的勝仗，把一位賢慧端淑的小姐俘獲過來，首開風氣之先結婚成家；如今，三個兒女都在讀大學，成績優異，沒有辜負浩如當年不辭風雨跋涉、欲擒故縱的苦心。我的生死朋友翟作棟，則是採取遠交近攻策略，在春社里展開攻勢，苦戰不休。我與作棟情如手足，當然是參謀長兼郵差，外帶折衝樽俎的專使。嫂子女中豪傑，愛情專注，為了與作棟共譜鴛盟，挨過她二哥的毒打，和父母千方百計的抵制。作棟外無援軍，內無糧草，一直陷於苦戰。幸有我這個狗頭軍師替他打氣，他是累敗累戰；加上嫂子冷熱戰交相運用，經過一場艱苦的家庭革命後，終於雙雙走進結婚禮堂；如今，小姪女雅蘭，亦將於今年夏天跨出文化大學的門，大侄修文、二侄二典，亦都兢兢業業在社會中力爭上游，作棟算是收穫豐碩；只是苦了我這個參謀長，不知挨了他岳家大大小小多少白眼和唾沫星子。

其他如王子安、張治方，不是朝頂勝修發展，就是「就地取材」向電影院小姐獻殷勤；我替他們寫情詩，一寫一百五十行，洋洋灑灑，纏綿悱惻，星星月亮，酸甜苦辣，哀求帶勸諭，鼓勵兼開導，哄騙加誘拐，感天地而泣鬼神，張君瑞那一丁點兒才氣與熱情，比之我遜色多了。可惜小姐不欣賞，他們兩個都鎩羽而歸，不成氣候；我籌謀劃策的結果，只落得一個紙上談兵「狗頭軍師」的渾號。謀不定而擅動，對方性如木石、心似純鋼，哪能以情動之、以愛攻之呢？當然是無功而還。

雖然他倆以後各自成家，但不關成功嶺那段「荒唐」歲月。

我是男人，當然不甘專替別人當軍師、做師爺，於是，我也選中春社里周家三小姐作為進攻對象。

那時，周家新厝剛剛落成，居家環境較之其他民家爽潔寬敞，每天晚上，高朋滿座，嘉「兵」雲集，目的都是他家三位小姐。

周大小姐，年逾二十五，在烏日紡織廠工作，二小姐幫她兩位哥哥種田，三小姐國小畢業後，也在她大姊領導之下去紡織廠上班。

春社里的小姐去烏日上班，全走臺糖小鐵道。週六下午，她們春花招展般自烏日結群回家，週一清晨，又紛紛精神奕奕、笑語喧闐地趕去上班。

這段時分，小鐵道上候「駕」的革命夥伴特別「茂盛」，可說是五步一組，十步一群，早起晚歸，恭送如儀；像是佛家參禪、道家打坐，信道之篤、敬奉之誠，真是天日可表，惟此寸心。

由於粥少僧多，往往一位小姐成了數人爭奪的目標；「物」稀為貴，身價水漲船高，她們揀肥挑瘦，全沒把我們這群僅只二十郎當歲的小軍官放在眼裡。最遺憾的是荷包不爭氣，徒有滿腔熱情和纏功，部分小姐固然慈悲為懷，大受感動，可惱她們的父母兄嫂，卻都罵我們是「癩蛤蟆想吃天鵝肉」。有些年齡略大的小姐，智慧成熟，深於世故，她們考慮到愛情與麵包孰重的問題後，全都板著一張冷漠的面孔，以不變應萬變，芳心不動。我們追不到手，只有阿Q式地自我戲謔一番說：

「當兵三年，見了老母豬賽貂蟬。」

由於周家三小姐剛剛情竇初開，似懂非懂，又驚又怯，小小心靈只容得下她母親一張風霜滿布的臉、兩位哥哥四隻嚴厲的眼神，哪容得下我像黃河氾濫的愛情？結果，沒有善始，也就沒有善終。我這一生惟一一場轟轟烈烈的愛情聖戰，打得丟城失地，落荒而逃，無臉見江東父老。

一場苦澀的初戀劃了休止符，檢討失敗原因：第一，自己缺乏條件。第二，當年風氣未開，誰也沒有那隻斗膽敢把女兒嫁給無片瓦錐地的軍人當太太。第三，作戰對象選錯了，她太年輕，根本就不懂愛為何物。像捧著一隻熱山芋，不丟就會燙手，哪能有好的結局呢？

愛的追求結束後，心也冷了，雖不像遊魂，多少有些六神無主、徬徨不知終日的感受。每日在春社里、番社腳閒逛，既無所求，人也變得幾分理智，冷眼旁觀，這才清清楚楚看到當時民間生活的實況。

當時，兩個村莊全都是泥牆草頂房子，鄰村近厝，千篇一律格局；瓦屋比較稀少，除非是日據時代的土財主。一天三餐，乾、稀飯各半，桌上不是蘿蔔乾，就是醬瓜，或者鹹帶魚；比較講究一點的家庭，則有五花肉燉自製、自醃的醬瓜，一飯澆兩調羹湯，五花肉仍然讓它在碗裡充場面。

一般穿著，全為粗布，做客才穿黃卡其布；內褲多數利用麵粉袋自裝、自縫，屁股後面常常出現「中美合作」字樣，令人發笑；木拖板價廉實惠，冬夏一色，夏涼卻冬不暖，小姐上下班走過臺糖小鐵道，一路上「叮噹」響來，像是日月潭毛家的杵臼樂曲，親切但不悅耳，惟一可愛的是帶來一份令人振奮的訊息：她們下班了——有希望，但不一定有結果。

老百姓為了增加家庭收入，紛紛從事副業養豬，我們廚房的剩餘，一到飯後，就全由民家包月挑回家。

春社里全村一百餘人，沒有一個年輕人讀過中學，一位在南屯國小教書的陳接旺老師，還是日據時期就在該校任教，附近學田村、番社腳，情形也是大同小異。

時隔三十年，今年年初我偕內子走訪房東老太太阿青伯母，我發覺春社里的情形大變了。老一輩人多數還健在，尤其是阿青伯母，高齡九十，除了視力稍微衰減、聽覺有些遲鈍外，依然高門大嗓，步履矯健，見面之後，份外親切，我有遊子歸鄉的感受。他們住在經過改建的磚牆瓦房裡，戶戶豐衣足食，含飴弄孫，自得其樂。年輕一代，為了事業，多數遷居其他地方。當年，那些鼻子下懸著一副對聯、光著小腳丫的孩子們，個個擁有自己的事業和家庭，成為社會的中堅人物。最顯著的是教育上的豐收，其中有兩位出國留學，一位在美攻讀法學博士，一位在日攻讀醫學博士，四位已在國內研究所取得碩士學位，三位正就讀大學，一位在嘉義開業擔任醫師，高、國中畢業生，更是普遍得不及一提了。

我的那位小冤家周三小姐，耳聞也做了最年輕的祖母，住在南臺中，兒女個個有成。彼此不曾見面，要是能夠偶然聚首，回想當年趣事，如今各自兒女成群，薄有家業，也該開懷大笑一番。

有句話說：「三十年風水輪流轉。」誰料得到三十年後春社里的下一代，如此卓犖突出、人龍人鳳呢？一處不起眼的荒涼小村莊，居然人才輩出，誰敢輕侮小覷？

我說「風水輪流轉」，當時一個讀高中的女孩毫不留情地駁斥我說：

「侯叔叔，你是無稽之談，這不關乎風水，而是政府教育投資的結果。」

我欣然點頭，覺得現在的年輕人果真是一代勝過一代。

白頭宮女述往事，有感慨也有甜蜜，想到當年「倜儻」不羈的年輕歲月，再看看春社里老老少少志得意滿的神情，我要為我們這三十多年的有成歲月作見證。

（《新生報・副刊》民國七十四年七月二十日）

三十四、明明德

宋朝大儒程明道先生註釋「明明德」說：

大學者，大人之學也；明，明明也；明德者，人之所得乎天，而虛靈不昧，以具眾理而應萬事者也；但為氣稟所拘，人欲所蔽，則有時而昏，然其本體之明，則有未嘗息者，故學者當因其所發而遂明之，以復其初也。新者，革其舊之謂也；言既自明其明德，又當推以及人，使其亦有以去舊染之汙也……

韓愈分性為三品：上焉者，善焉而已；中焉者，可導而上下也；下焉者，惡焉而已。他批評孟子性善、荀子性惡、楊子善惡混，都是舉其中而遺其上下，得其一而失其二。所以，他反問：性之上下者終不可移乎？是以上之性就學而愈明，下之性畏威而寡罪；故上者可教，而下者可制也。

依據韓愈的說法，一個人為善去惡、制惡向善，教化蘊有雄厚的力量。

我生性愚魯，對先賢的見解不敢評非論是，但卻篤信人的天性原本明淨，因為受氣稟所拘、人欲所蔽，才如明鏡蒙塵，黯然無光；只要在一種允洽的環境裡教化濡染，使本來的明德湛然透亮。為善為惡，全因教化而轉移；為善去惡，也因教化而蘊育。

基於這種看法，當我奉調某某山莊服務時，我幾乎是懷著一份雀躍的心情去報到。

*

那天，春剛過而夏始來，桃李枝頭猶有未盡凋落的豔紅、粉白花瓣眷戀不去；柳條裊娜，舞醉春風步履闌珊；微溫中略帶一分燠熱的陽光，照在身上，感到每隻汗毛孔都是春的暖融。這種怡人的天氣，就像我此刻怡暢爽然的心境。

抵達某某山莊，首先映入眼簾的是一座巍峨的門第和兩扇冰冷的鐵柵門。道明來意，衛兵很不客氣把我的皮箱翻了一個上窮碧落下黃泉。

我不瞭解我為什麼要受到這種不信任的待遇，後來我才知道這是規定。

經過若干時日適應，我深愛著這處環境。我以為人生就是奉獻，不管我能奉獻多少，至少我擁有一份奉獻的誠心，讓我生命的熱和光多多少少能照亮別人一份前程。儘管這兒聚集許多三山五嶽般人物，和一些令人不快的規定，追根究柢，無非是為了防微杜漸，讓人類本來湛然明亮的本性，不因一時迷失而加深罪惡，蒙塵翳垢。

一個人的性善性惡？任何人沒有權賦定，孟、荀、楊、韓昌黎，都是就人的普遍性而歸納出結論。這種結論，數千年來，依然各說各話，難定一尊。儘管他們的見解各異，他們也沒強迫界定某人性善、某人性惡。我在某某山莊工作不到兩週，結果，被監獄長誤認我是屬於性惡這類人物；原因是我帶了兩瓶金門高粱酒準備贈送一位住在新店的老友，帶到營區時被警衛扣留。監獄長疑我涉嫌圖利犯人，次日早餐時分，特別瞪我幾眼以示明察秋毫。至今我猶感到心有餘痛。幸而我澄亮的本性、良好的家庭教養，以及不甘愚昧的求知欲望，終始如一的善良素行，否定了監獄長的武斷認定，並讓他以後一再當眾誇獎我「品端行優，工作努力」以資彌補。

一個人的蓋棺論定，是綜其一生行為而做結論，是則為是，非則為非，不能以一是定人品優劣，以一非定功過高下。論事、論人，本就很難概括認定，即使舉證確鑿，也因出發點不同而有相異的結果，所以，失之毫釐謬以千里的事常常在所難免——放縱了許多壞人，冤枉了不少好人。

監獄是種特殊環境，是非錯對與外界有不同的衡量標準。即以抽菸、飲酒為例，外界是建立人我關係的媒介；這兒便是絕對的違禁品。我剛來工作，對監獄規定茫然無知，也沒人告訴我如何遵是而遠非，無心犯錯，罪豈在我？

我有一位長官因為一件小案子而判刑繫獄，儘管同事部屬在開偵察庭時為了逃避刑責而把一切過錯推在他身上，他仍然認為人之初性本善，普天下沒有壞人，就是那些不利於他的同事、部屬，他也認為他們原是為了自保，不能怪怨，值得原諒。他時時為別人著想，處處推己及人。使我想到孟、荀二家學說，在這兩位長官認事上做了不同的說明。

性善、性惡，只是一種哲學觀念，觀念影響人的看法和行為，一些人的行為，往往又為觀念做了印證。究竟哲學指導人類行為？抑是人類行為構成哲學？我不免有些迷惘。

＊

刑罰的產生，歷史悠久，消極的作用是為了懲惡；積極的作用，則是為了多數善良百姓的生活安寧而不受危害。我國刑罰，唐虞便有流、贖、鞭、朴、圜土等五種差別。因為周穆王命呂侯作刑，號為「呂刑」，計有墨、劓、剕、宮、大辟五種，較之《舜典》所載的「唐虞五刑」，對身體刑不但漸趨酷烈，而且增加了一項生命刑「大辟」。秦商鞅宗李悝《法經》而創鑿頂、抽脅、鑊烹、車裂等，對身體刑更多一種傷害。漢代秦而有天下，開國之初，一切皆無章制，蕭何襲秦法而定漢律，除夷三族、梟首、腰斬、棄市、宮、刖、劓、黥等身體刑和生命刑外，更增加城旦、鬼薪兩種勞役刑。魏晉至隋唐，增刪有差。到了唐朝仍參照漢律，經過整理而成為定制的唐律，分為配、流、徒、杖、笞五種，死刑則分絞、斬兩等，贖銅一百二十斤；餘皆可以銅相贖。除了死刑為生命刑外；流、杖、笞為身體刑；徒則屬於自由刑。此後，宋、明、清均沿襲唐律而趨於簡略，對身體傷害，不如秦、漢、唐律之酷。到了清末，參照各國律法而改用新律，分為死刑、無期徒刑、有期徒刑、拘役、罰金五種。除罪案太重，不容於社會，必須判處死刑外，對身體傷害刑則全部廢除了。

過去，監獄行刑的目的，是使其隔離社會，予受刑人以懲罰，讓社會人士的憤懣情緒獲得宣洩、平復。現在，則是使受刑人改過遷善，恢復自信，學得技能，刑滿出獄，不但能夠適應社會生活，並以平衡正常的心理和行為產生正常的人際關係，成為社會有用的一份子。

正因為現代刑罰的意義是在通過教化而收改過遷善、刑期於無刑的目的，所以，對受刑人的處遇，飲食、居住、教育、休閒、娛樂，無不讓他們過得合理而溫暖、現代而舒適。

我國是個民主自由國家，早於清末民初就與世界刑律新潮步趨一致。某某山莊屬於現代監獄的一環，建監之始，限於財力，監舍全為木造，經過多年使用，早已陳舊漫漶。自從李景順將軍出任監獄長後，他除了在管教方法上做大幅度革新外，並以自營自建方式改建監舍，改善伙食，讓受刑弟兄除了自由受限制外，在生活、心理上就像大家庭般寧貼而合理。

李景順將軍，東北人，個性沉毅，宅心仁慈，他對幹部沒有輕重之別和手掌、手背之分。在受刑弟兄的心理上，他是家庭的大家長，是工廠廠長，是學校校長，是管與被管之間的橋樑。他苦口婆心教導受刑人向上、向善，以身教、言教勗勉幹部視監獄為一家。他以愛心化除管與被管間的對立心理，讓受刑人隨時傾吐衷曲，提出問題，然後按問題輕重緩急一一解決。他提出監獄學校化、家庭化、工廠化；嚴禁打罵，尊重受刑人的人格尊嚴。結果，整座監獄早晚充滿了歌聲，出操報數聲、運動吶喊聲。

當時擔任第二科科長的趙文光，是一位任勞任怨、為達成任務而不知晝夜疲勞的鐵漢，由於他的輔翼，使整座監獄紀律嚴明而又溫情洋溢；他成天領導弟兄整建監舍，自己脫掉上衣一塊幹活。當第一棟監舍竣工後，雅白外牆、淺綠磁磚、水泥地磚、沖水式廁所、抽風機、褐色油漆木床……一切都是現代化設計，高敞寬闊，道出人性理性的現代化創制。

接著，高、國中補習班奉核定成立。我由於平時喜愛爬格子以宣心渠，有幸忝任國中國文教員，而且，一直教到他們畢業為止。

當李景順將軍出任新職後，我在一篇送別文中寫道：「來如清風，去若清風；樹立清聲，贏得清譽；益勵清操，留下清範；政風清明，官箴不汙……」

清譽、清聲，豈可儻得？要不清廉有守，焉得一清如水？

＊

繼任監獄長為三湘子弟張鼎華先生。張監獄長有標準湖南人寧折不撓的性格，凡事實幹、苦幹，重實踐而不好空言；他以良知為準據，以人性為衡量是非善惡的標準，詳其果亦究其因；他沿襲上任的良風美習而發揚光大，除了繼續改建監舍、改善受刑人的生活實施外，並逐月舉辦慶生會，邀請受刑壽星親屬參加，藉以溝通觀念，增進瞭解，期收監獄與家庭同時輔教的效果。

受刑弟兄閱兵分列是李將軍的創舉，張監獄長繼起有為，不曾罷止，養成他們的團隊精神和強烈的榮譽心。而且，逢年過節還舉辦舞獅、演劇、球、棋類比賽，讓受刑人雖然暫時失去自由，卻在眾樂樂中同樣享有溫暖輕鬆的生活面。

凡在某某山莊服務的幹部，每一個人都是教誨師。我的工作負責醫療，卻與黃埔老將勞建白牧師一樣為受刑弟兄拾回人性尊嚴、重振奮鬥信心、爭取生命的第二春而做了極大的努力。

張試明、李積厚二位科長，是當時的兩大支柱，他倆以理性為基礎，以情感做橋樑，與受刑弟兄建立父子家人般的親密關係；凡事知無不言、言無不盡，化暴戾之氣為駘蕩春風，易暗鬥明爭為坦承勸諫與互勉，讓受刑弟兄的心裡充滿希望，安心服完刑期欣然出獄。

我是一個平凡人。我勉勵自己工作第一、病患第一，走進監房，接近群眾，二十四小時服務。抱持與人為善的態度，克盡鼓勵勸導的責任。

站在講臺上，我是老師。為了引起他們的學習興趣，我用各種方法增加教學材料，並以《菜根譚》類修身養性書籍為輔導教材，藉以消融他們暴戾之氣、恢宏胸襟而能容人容物。學生中年長的是五十六歲，年輕的只二十一歲，他們有不同的生活經驗和生命創傷，平時我把他們當作朋友，在教室裡彼此間的情感更融洽、更溝通。我告訴他們：

「犯罪如同衣服沾了汙泥，入監受刑，只是為把泥汙衣服洗乾淨，等汙淨衣乾，走出去仍然是個容光煥發的新人。」

監獄有份小型報紙，平常稿源不足，自從隨營補習班成立後，國中班作文便是這張報紙的稿庫。每月一篇作文，我耐下性子詳批細改，然後選優發表，不合發表的每篇都有評語，期望殷切，鼓勵有加。

人的榮譽心是自有生而俱來，學生中除了因刑滿不得不中途退學外，多數都能堅持到底，取得畢業證書，帶著一份成就感快然出獄。尤其那張小型報紙，即使只有三五百字的文稿刊出，當白紙印成黑字後，在他們的心理常會產生一股莫大的鼓舞和自信力量。

七十一年調職後，我仍與幾個學生保持聯繫，尤其南部有個學生，他不但在監獄工廠學得一份科學管理方法，而且，天性有為，敬業樂群；獲得自由後，便謀得一份高薪職位；結婚成家，並義務參加南部生命線工作。他告訴我，過去他少不更事，對社會人群有份虧欠，現在，他要加倍回饋，讓後半生生命發光發熱。

我對他只有三句話代表我的心願：「我對你有百分之百的信心，你不會令我失望，也不能令我失望。」

去年，我回山莊訪友，我發現整個山莊整齊清爽，美輪美奐，純白色建築，暗含一種滌垢去汙的作用，就像一所現代化社區；工廠外牆繪製一幅仿張大千先生的「長江萬里圖」，氣勢磅礡，美不勝收；駐足而觀，令人凜然感到生命如不像黃河、長江一瀉千里，溉養億萬生靈，那就有負父母、天地賜給自己的生命了。

我的一位受刑老友，他領導一所工廠，素來績效卓著，與受刑弟兄相處和諧融洽，他們敬他愛他如父兄，他愛他護他們如子弟。他待人處世的訣竅無他，就是愛心、耐心與誠心。

當我們晤面後，他緊抓住我的手說：

「老朋友，你教過的學生，沒有一個再回來。」

不說再見，是出獄人的相同心理，除舊佈新，誰也不願舊地重遊，再次相見。

聽完老友的話，我的內心像是淌過一泓暖流般溫暖舒暢。

教誨教育的成功，每個人都盡了力，我不敢厚顏居功，但我卻驕傲自己曾像一位園丁，對那些先天生長在瘠土中的花樹澆過水、施過肥、拔過草、除過蟲。現在，他們欣欣向榮，高大碩壯，就是給予我們最好的回報。

內心一陣欣然，我不期然而然默誦著程子對「明明德」的解釋。正如韓文公所說：「性之上下，終可移易。上之性就學而愈明，下之性畏威而寡罪，故上者可教，而下者可制也……」

（《大眾日報・副刊》民國七十五年八月十四日）

三十五、平庸也是福

我很卑微，卑微得自己也看不起自己。有時，我想到世界上卑微的人多，卓傑拔萃的人畢竟是少數，平日，眼所見、耳所聞、心所感，都是卑微人製造出來的種種切切，因而覺得做一個卑微的人也就心安理得，並不感到是件什麼丟人現眼的事。

要使自己不卑微，必須超越自己。一個人的智慧、體能有一定的極限，要想超越，只有在極限範圍內行之；企圖超越極限，等於爬上喜馬拉雅山巔還想登天一樣不可能。這些話是指我自己而言，事實上登陸月球已不是夢想。

我曾經想著許多法子超越自己，比如：我在二十歲前體重不到四十公斤，於是，我練跑步，我練仰臥起坐，練科學內功，舉啞鈴；那時，社會生活普遍清苦，我每天早晨沖隻鴨蛋加營養，對自己非常優厚；結果法子想盡、用盡，我的體重仍然不到四十公斤。人屆中年，對體重浮沉根本不在意，卻奇蹟似地直躍至五十四公斤。這十幾公斤是怎麼增加的？我始終弄不清楚。想要它它不來，不指望它時卻體重增加了，這叫做「無心插柳柳成蔭」，真邪門。

一個人增加十幾二十公斤體重，並不表示自己不再卑微。今日，生活富裕，中西餐館全都門庭若市，因而養得社會都是挺胸腆肚的胖哥胖妹，不一定個個都不庸常，但也並不表示此中沒有特出奇能之士。大體上說，胖瘦跟一個人的學識、能力無干。

身體瘦弱，只見骨頭不見肉，說雅馴點是清癯飄逸，說難聽一點，臉無四兩肉，仙風道骨跟一具活骷髏沒有差別，自己看著噁心，女孩子眼裡更覺不是大富大貴相。那時候，待遇菲薄，單身當偶的男子多，女性求過於供，中下等姿色的女性也像西施、貂蟬般奇貨可居，她們非英俊瀟灑、倜儻風流的男性不肯輕易垂青示好。媒婆行業應時而興。像我這種其貌不揚、骨瘦如柴的男人，哪能討得女孩子歡心？體型富泰，面團團往往給人一種篤重感，不笑也叫人留下一份好印象。可惜我怎麼挖空心思也胖不起來，只有退而追求才藝方面的超越。

四十年前駐守金門。當時的金門，觸目盡是黃土瘦石，秋風乍起，輒見黃沙漫漫，瀰天蓋地，恍若置身西北黃土高原。太武山像位個性孤傲怪癖的漢子，上無寸縷，抱胸而立，極少一分和善可親相；只見巨石猙獰，絕對看不出美的所在。至於物質生活方面，民眾苦，軍人也苦，沒有好壞比較，也就令人不曾感到苦的深重程度。金門城沒有一家像樣的書店，沒有一家可堪果腹的餐館。因為收入不高，買支「偉佛」牌鋼筆就要一個月薪水，薪俸不厚，自然沒有餘錢買書、上館子。當時，金門惟一的康樂活動就是「粵華」和「百韶」兩家劇團的演出。粵華劇團有小劉玉琴兄妹做臺柱；百韶劇團有哪些名角？因為我沒接觸不清楚。這兩支劇團各有強弱，各有優點，難分軒輊；演起戲來，個個竭盡所能搬出看家本領。記得小劉玉琴演的《紅娘》和《三娘教子》等等好戲，風靡了當時的大小金門。由於這兩支劇團的啟迪，拉胡琴、學平劇的風氣亦極盛行。我不知哪根筋不對勁，當時居然對拉胡琴產生了濃厚的興趣。

學琴先要有把琴。很幸運，我自一位朋友手中獲得一把音響效果極好的胡琴；沒錢買琴絃，只有剪一截軍用電話線，剝掉膠皮，抽出細鐵絲當琴絃；先自音階摸起，然後拉小調，再拉平劇中的西皮、二黃、四平調、反二黃等。沒有老師指點，完全憑自己一股傻勁「自摸」，這種想憑「自力救濟」的方式超越自己，怎麼可能呢？結果，音階高低疾徐有個譜，彈、按、撚……等技巧就是過不了關。月白風清的夜晚，除了海浪咆哮、風聲吟唱外，更多我這把琴聲噪聒，給一個大好幽靜夜晚製造令人不堪忍受的噪音。當時覺得浪漫，現在想來，不免有些幼稚可笑。在估量無法超越自己的情況下，心一横，算了，我與胡琴擺擺，不再學琴。

習琴雖非大技，但要出類拔萃，總得全心投入，以長時間磨練領悟，然後該簡則簡，當繁則繁，精湛技法，幻出新調。若是一日曝之，十日寒之，復又指望計日有功，哪能有此僥倖事呢！

古人說：「人而無恆，不可以做巫醫。」我就是這塊材料，巫醫尚不可為，哪能超越自己而登德藝皆雅的境界？

先父端莊公是位讀書人，經史子集的修養極深，可惜自己不肖，不能承受老人家那份學問。父親學問雖好，藝術細胞卻甚闕如。古時候的讀書人以專擅琴棋書畫為蘊藉風流，父親的書法，行、草、篆、隸都很精雅，對琴、棋、畫則一竅不通。

我由小學到師範。曾經熱中繪畫，每天搬出《芥子園畫譜》臨摹。小時候就有這份性向，若是父母善加引導，再不肖，也可躋身畫壇獨成一家；可惜，家鄉缺少這方面的老師，父親有心卻也難為籌謀劃策，結果，剛剛萌芽的繪畫興趣，一露土就因時地不宜而乾枯萎頓。

政戰學校第一期招生時，我就有意投考專科班的美術組，可惱自己一則擔心英文、數學不沾邊，再則，主官不樂「楚材晉用」，堅不放行，如此一念之差、一著之錯，意念因循，歲月磋跎，結果，冀望步入畫壇的夢境，一生不得實現，誤了一生。

自小就萌芽的繪畫興趣，到老不曾如願，每一思及，總不免有些耿耿於懷。自臺中徙居臺北後，參觀畫展的機會多了，每當得知畫展消息時，總會千方百計摒當公務前往觀賞，看著別人把萬里河山縮於尺幅紙內，把花的妍麗、鳥的靈動……在紙筆之下栩栩傳神寫來，內心那股躍動便難於自已。有一段時間，我曾廢寢忘餐醉心畫作，花卉、山水、翎毛……成績呢？有的朋友說：「頗有可觀。」有的朋友說：「缺少靈氣。」經過自己檢討，其所以畫作不能登大雅之堂，錯在沒有師傳。無師傳，用筆、用墨、用彩就很難把握住分寸，不是過濃，就是過淡；線條不是過剛，就是過柔；不能將造物捏拿在寸楮墨瀋中，而用妥貼擦皴法恰如其份表現出來，哪能使畫作靈氣生動，而讓人流連駐足、擊節稱嘆呢？

要把畫畫好，一是從師，次則靠自己幾分靈性和慧心去揣摩。從師的好處是自老師的經驗中承受技法，有徑可循，費力少而功效大。自己揣摩，自用筆用墨到構圖，一草一木、一石一土，都得靠摸索才悟得一點一滴技法。而且，這份悟得，不是一兩次就有成效，必須要浪費許多筆紙和時間才有些微的成績，事倍而功半，效果自然不彰。

愛美出自天性，尤其當我們由清貧進而到豐衣足食，再進而講求生活品質，富而好禮時，家家戶戶的客廳、臥室都由物質上的富裕進而追求精神生活的富裕。於是，書櫃裡添購了大量圖書，牆上懸掛著中西名畫複製品；不願花錢的，便只有向繪畫朋友索畫。我畫得不好，照樣有朋友欲擒故縱向我討畫。

「送幅畫怎麼樣？賣不值錢，我給你裝裱好，兩三百年後，所有古畫、名畫、今畫全未流傳，只有你的畫在，雖然爛也能代表一個時代，傳名千古，也不算你枉自活了一生。」

嘲弄帶挖苦，必然是好朋友；我在飄飄欲仙的情景下，自己居然不自量力地為索畫朋友鞠躬盡瘁作畫。無如沒有畫室、畫桌供自己心情好時逞筆馳墨，古話說：「工欲善其事，必先利其器。」畫家們都有畫室設置，一則不受干擾，全心全意作畫；再則當自己靈感飛動、畫興高昂時，可以立即握管蘸墨作畫，待身疲興盡，也許一幅名作便已完成。

我沒有能力辦此，每當畫興萌動，立刻裁紙搬桌，等一切安置停當，畫興又告索然。加之畫技不精、經驗不足，常常在好幾幅畫中才能選出一幅送人。這樣一折騰，耗了精神、花了錢、浪費了時間，卻是一無可取。想拜師學藝嘛，無奈工作忙碌，連晚上的時間都被瓜分了。在衡估自己無法超越的情景下，罷！罷！罷！只有讓畫筆枯困在筆筒中嘆氣。

天生成的醜小鴨，哪配飛上枝頭做鳳凰。

我國書法是一種文字藝術，可供記述，亦可當藝術品欣賞，懸諸壁間，不僅可增雅氣，猶可賞心悅目、啟迪智慧、敦勵品德，功能多而效用大。自甲骨、金文、大小篆、漢隸、八分、章草、今草、狂草、正書、行書，孳乳浸多，推陳出新，由前一形式蛻變出後一形式，後一書體承繼前一書體的骨肉精神另闢新徑、另創格局，把原本只具記述功能的符號，進而成為藝的表徵。環盱世界各國文字，能當藝術品欣賞的，除我國外，可說是絕無僅有。

我自發蒙描紅開始，老父親一直督導我練字。老家湖南攸縣，雖然偏處湘東，交通閉塞，但文化風氣極盛興，村村有塾，鄉鄉有校，諸家子弟，不讀新校就讀村塾。新校老師除了具有現代智識外，更富國學修養，對書法要求，亦不廢弛；同學間書法研究觀摩，更視為正課外的大事。鄉塾老師多為飽學之士，除了教授經書外，對書法要求尤為嚴格。不論新校或村塾，因無其他娛樂活動，大家便把臨帖練字當作修心養性的功課、怡情悅性的娛樂，這種風氣，更有助於書法學的發揚。

有句話說：「字無百日功。」所謂「無百日功」，並非說百日就可把字寫好，而是說一個人只要勤於臨池，百日工夫便會有些進境。

書法的要訣固在一個「勤」字，捨此途徑，別無法門；但天資卻也重要。常見許多朋友臨顏似顏，臨柳肖柳，無論金文、甲骨、篆、隸、行、草，心維手摹，輒有八分神似；獨闢蹊徑，更能自成格局，這就是天資使然。很愧恨的是獨我缺少這份天賦。

我們國人的一般說法是——「字是一個人的門面」，這是以商況字。一家店面，不管貨色是否齊全，只要門面光鮮、裝潢雅致，顧客進門，先就產生一份好感，等美好印象建立後，縱使貨色不齊，或著品質較差，往往也能成功一筆交易。我就自知腹笥有限，才希望在門面上多下一番裝修功夫。無如自己缺少這種天賦，加之見異思遷，用心不專，基礎功夫不夠，顏真卿、柳公權、歐陽洵、褚遂良、漢隸、魏碑，上溯至甲骨、金文、大小篆，以至米芾、黃庭堅的字體都臨過，結果，貌近而神不似，形相契而韻不類。為什麼功夫用了而結果迥異呢？仔細檢討，才曉得原為基礎沒有打好，等於屋宇的結構不牢固，房子雖然造成，一則外貌顯得不雅，不能給人好感；再則一旦遇到颱風、地震，立刻左右搖晃，門窗脫落。而且，不能專宗一家，待得其神髓後再換臨另一家，有如學拳術，這家學學，那派學學，一家嫡傳也沒學得，哪能入乎其內、出乎其外而獨成一家呢？所以，我的字體至今猶像嬰兒舉步，蹣跚趦趄、不得穩當。門面糟到如此地步，加之，學無專精、技無專業，等於店內貨色不齊、品質不佳，一生不得售，自然是理所當然的事。超越、超越，哪能妄圖再做超越呢？

琴藝、畫藝、書藝，這三條路都走不通，於是，我冀望在寫作上能夠僥倖於萬一而突破人生。

寫作、寫作，別人在稿格上創建了聲名和家業，我呢？卻因寫作誤了一生。如以科學時代的功名做比喻，我在寫作途上依然是個白丁。悔恨嗎？已經耽於此好，有如吸毒者上癮，戒絕不掉，擺脫不得，可說是至死不悔。真的毫無怨艾嗎？也不見得。從頭想起，卻是一言難盡。

怎麼會走上寫作這條路呢？可能有兩大原因。

一是先父的國學造詣好，自少看他舞文弄墨、吟風弄月，頗能自得其樂，內心極為嚮往。寒暑假父親教我經史時，又格外重視文章作法，舉凡作詩、作對、作文，皆就目見、耳聞、心感的事事物物命題，我偶然得一佳句，由於愛子心切，父親總不免多方勉勵獎譽；若是用功不勤，意圖敷衍，老父道行已高，文詞裡一眼就能洞穿底蘊，在恨鐵不成鋼的心情下，便不免一番免費箠楚。因為情勢所逼，幾可說是打著鴨子上架，自然而然對寫文章這檔子事便多了幾分期許。

其次，我的數理科很不上道，在學校，豈止成績平平，簡直是不堪聞問。數理不好，足以說明一項事實，那就是此人迂腐謹嚴，凡事不能通權達變。對數字沒有概念，大事糊塗，小事也不清楚，走科學路子沒有門；做生意嘛，頭腦不敏銳，眼光不遠矚，搶不到先機，理不清財貨，不會精打細算，哪能在詭詐多變的商場較一勝負？在無路可走的情形下，只有寫寫文章，為自己在富貴路上無緣找個藉口。

我的第一篇稿子在四十年發表於金門《正氣中華報》上，三百多個字，稿費十元，箋箋之數，是自己首次鬻文獲得的報酬。以後寫寫退退、退退寫寫，就像拉縴過險灘，過了一灘又一灘，從未順當過。

寫作一則靠天份，其次靠才情，再次靠個人一點慧心和悟得。別人告訴你的寫作方法是死的，只有自己把天份、才情、慧心和悟得加起來才是活的。

這幾項我都先天不足，惟一可資稱道的就是對寫作具有一股傻勁。傻勁，就是明知不可為而為之的愚昧。單靠這點傻勁，哪能在寫作途程上闖出道來？

三十多年的安定歲月和教育普及，培植了不少優秀人才，今日，諸多卓犖不群人士，都是教育普及的見證，政治、經濟、文教、科技，各方面都是人才濟濟。有人批評政府未曾為老百姓做些什麼，別的不說，單就人才培育來說，哪一位不是經過教育陶鎔才有今天這副局面？怎可昧著良心一筆抹煞政府的貢獻呢？

古話說：「十年樹木，百年樹人。」優良的教育制度、有計劃的培育構想，和不斷起用才俊加以歷練，數十年就見功效，何須百年？

由於教育普及和品質的提升，文藝人才也是青出於藍，一代勝過一代。古人吟詩，常謂：「吟出一個字，撚斷十根鬚。」今天，大家不留髯鬚，一篇洋洋灑灑的文章，由於積學和見識，往往立揮而就，何須自苦撚斷十根鬚？

「江山代有才人出，各領風騷五百年。」今日年輕人的作品，較老年人的作品尤多幾分恣肆、豪放，筆尖所至，觸處成春，不再有老一輩作家那份謹獨嚴慎作風，通篇讀來，總覺另有風貌；不過，年輕作家也許洋書讀得不少，我國古籍多數是讀得不多，在修辭上就難免有些牽蘿補屋的感覺，堆砌文辭，俚而不雅，像梁實秋先生那種雅實兼重、華文兼質的文章，隨著梁先生而死亡了。而且文章一大塊，很難令人捉到重心。我自己寫作，也患過這種毛病，既恨天賦不高、才華不足，又怨生性魯鈍，悟力不夠，塗塗寫寫數十年，一直沒有滿意的作品出現。惟一可以自慰的是那篇〈復興來去〉被選入國中國文第六冊，如果這算是成績，可能這就是我惟一的一點成績。很不幸，產品又下架了。

因為自己一生在流浪歲月中度過，自少至長，少有老師指點，加之自勵的能力不足，年輕時雖跟先父讀了一些古書，終久是「小和尚唸經，有口無心」，掩下書卷便已渾忘。由於古書讀得不多，筆底便不免時有詞窮源竭的感覺。近年來希冀從古籍中吸收養分，補益德性，滋潤作品，很可惜年近衰邁，悟力夠了而記憶力銳減，耕耘多而收穫少，形之於作品中的深廣度便不夠，品質既未見得提高，企圖超越作品現狀的意願自然成了奢望。

俗語說：「七十二行，行行出狀元。」今天的行業已經不只七十二行，在這形形色色的行業中，我卻偏偏選擇寫作戀執不捨，莫說指望成狀元，秀才邊也沒攏上。假如我做水泥工、做木工，我當鐵工，我學汽車修護、電鍍、水電……三十幾年歲月的磨練，我都可能出類拔萃，由小康而小富，我卻自不量力地選了寫作，愚昧一世，清貧一生。

一生歲月快過盡了，我仍然平庸卑微。卑微就卑微吧！卑微原來也有卑微的好處，比如在大庭廣眾當中，絕對引不起人的騷動、比手畫腳、評頭論足；不必要到處趕場演講，一篇演講稿趕了幾十百把處地方仍然是那篇東西；也無須擔心自己一點小失，便要引起輿論譁然；沒有錢，更不用擔心宵小光顧；夜不閉戶，不必提防強梁朋友打劫；反正一架老掉牙的電視機、一座笨重電冰箱，要是宵小真進門，不願空手而歸，我很樂意替他當搬工，把這兩件礙眼的家具弄走；常常不扣門窗，安安穩穩一覺酣睡到天亮。這世界，卑微的人觸目皆是，中國人十億多人口，少說也有九億五千萬人口屬於卑微，多我一個又何害？既然無力超越，我倒是心甘情願安於卑微，知足常樂。卑微有何不好？

（《臺灣晚報・副刊》民國七十六年十二月二十九日）

三十六、前塵

錢是人賺來的，我卻不會賺錢。

有人白手起家，幾十年時間便累積一份大家業，富了自己不算，還創造出幾千幾萬個就業機會，讓別人養家活口，仰事俯畜，蔭庇多少人愉愉快快活著。有人早起晚睡，勞苦一生，即使如此，也只夠一家人溫飽。有人一生不酒不菸、不嫖不賭，勤勞不懈、省吃儉用的精神，不下於一位實業家，可是造化偏偏弄人，辛苦一生，有時連一日三餐都難混得服服貼貼。

人生際遇，為何乖泰不齊到這種程度？

有人說，這是命，這是天祿。命裡注定富，不富不行；命裡注定窮，想富也不可得；天祿注定給你多少，你就只能有多少。俗話說：「命裡注定八合米，走盡天下不滿升。」命定如此，強求不得。

一個人的窮通富泰，冥冥中難道真有天在主宰嗎？信它，太認命了；認命的結果，凡事委諸命數，自己頹廢萎靡，也能找到藉口，怎能為自己打出一條出路？不信嘛，芸芸眾生中就有許多人艱苦掙扎，永遠時乖命蹇，窮困以終。

我一生不信命、不信神，凡事直道而行，但求一個心安；走過幾十年人生歲月後，回首步步蹎躓的來時路，突然發現自己兢兢業業工作、謹謹慎慎做人，怎麼就不曾擺脫窮的牢籠、過一天揚眉吐氣日子？怎樣省吃儉用、計劃收支，也只給兒女三餐飽飯而已。

這裡面好像有種宿命因素在撥弄，一點點陰錯陽差，就錯差出別人幹出了一番大事業，汽車、洋房，面團團而意洋洋，自己只在溫飽邊緣掙扎。不信命這個邪門兒，還真不行。

記得自己二十歲左右，就能寫得一手頗為編輯欣賞的散文，由散文而小說，雖然未必篇篇投稿中的，卻也是朋輩眼中頗為得意的一個人物，令別人羨慕不已。朋友談戀愛，我是情書當然執筆人。寫情書雕蟲小技，不算什麼；寫情詩才出奇制勝，打得動小姐的芳心。情詩一寫一兩百行，洋洋灑灑，蔚然大觀，當時只有我開這個先例。可惜曲高和寡，朋友追求的對象頂多小學畢業，詩裡絃外之意，不曾發生攻破心防的效果，沒有一人戀愛成功，朋友封我為「拿破崙的參謀」。此真所謂：「萬方無罪，罪在朕躬。」

自己在文字上這一點點成就，頗令自己躊躇滿志。有些朋友求本務實，不稀罕我那一點道行，他們一步一腳印，一摑一掌血，笨人笨法子，死啃英文、數、理、化，等我在文字跟斗中一直翻不出如來佛的手掌心時，他們已自醫學院畢業。結果，幾十年看出高下：人家住別墅，開賓士，家當幾千萬。我呢？一戶三十坪的房子，屋裡塞滿破桌爛椅和兒女；自己妄尊是個讀書人，連張書桌都沒有，有時興來寫稿、讀書，只有搬著稿紙到處找空檔；從月初到月終，成日愁物價飛漲吃不消，愁突然而來的紅白帖子。

辛勤耕耘，歉嗇收穫。陰錯陽差是命，破繭難出也是命。

有句罵人話說：「小時候胖不算胖。」又說：「小時了了，大未必佳。」我小時候不曾胖過，也未了了。大未必佳，老亦不佳。可見生命的光輝只能照到自家頭頂，照不到別人同光。

說到工作，我沒有諸葛武侯「鞠躬盡瘁，死而後已」的精神，也沒有范文正公「先憂後樂」的懷抱，卻是腳踏實地，誠懇任事。也許父母少給我一顆鬥智弄巧的心，一張逢人迎笑的臉；凡事按規矩幹，超越了法度，沒有變通門徑，沒有取巧辦法，因之，一直沒長官賞識。上尉、少校兩階蹲了二十四年，不曾苦熬，卻是蹲得心安理得，泰然自若。等再升一階，我已垂垂老矣，拿到任官令，也拿到了退伍令，真是妙不可言。晉升一階不是因為我腳踏實地，誠懇任事；而是靠我那一點文字修養和一筆尚稱飄逸的書法。

一個人的成功，原有許多條件。主觀條件好，配合客觀條件別人拉一把，偃蹇的命運便會突然改觀；若是主觀條件不好，自己又無緣際遇客觀條件，甚至也少膽量去創造尋找客觀條件，自然永久坐黑屋，見不到皎日朗月。

人生像馬拉松競跑，同時出發的幾千幾萬，跑前三名的只有三位，其他人不是體力不繼，半途淘汰；就是毅力不足，自動放棄；多數人的平凡，才陪襯出少數人的傑出。誰都有跑前三名的抱負和基本條件，只因先天上的稟賦差異不同，後天的勤惰有別，成功者成功自然，失敗者失敗當然。平庸只有平庸，傑出的自然傑出。

富貴人人都想，不是個個可以遂心。孔子尚且說：「富貴如可求，雖執鞭之士吾亦為之。」以孔子的道德、學問，依然絕糧於陳、蔡，奔走列國以求售。歷史上其他雄才大略、胸羅錦繡，結果老死牖垣，不得大展鴻猷，自然是無足稱怪啦！只有極少數不甘委瑣卑怯一生的雄傑之士，才敢奮而與人競爭攘奪，打天下、奪天下，佔皇帝寶座過癮；中焉者，通過考試、奮發圖強，向皇帝討一份榮華富貴，妻財子祿；已躋身權力中心而又缺少才學、道德令他有所作為的人，只有夤緣權貴，奔走豪門，營營苟苟，固位保祿，以走旁門歪道方式據高位、掌特權。無特殊才能又沒優異條件與人一較長短的人，守份的窩在鄉下教書當孩子王；不守分的則稱霸一方，魚肉鄉里，也要爭個出頭天。一般百姓，除了日出而作，日入而息，平平凡凡當農耕漁樵外，還能爬上三十三重天給玉皇大帝蓋瓦嗎？

大體說，每個人都不甘平庸，都想有番作為，免得空過了一生歲月。

做人、做事必須量力而為，辦不到的事猛衝猛撞，辦得到的事反而踟躕不前，許多人撞得鼻青臉腫、滿頭是包，就是自己強不能以為能的原因。份內事要盡力而為；分外事，義之所在，也要有千萬人吾往矣的勇氣。非份之財莫妄得，份內財也當在取捨之間有個計較，如此才能保得一生清平，天天春風駘蕩。

上下五千年，橫跨千萬里，大千世界中，畢竟卓傑的人少，平庸的人居多；而且各人頭上一片天，有人得祖宗庇蔭，呱呱墜地就席豐履厚到白頭；有人勞苦一生，成日為三餐奔徙不遑；有人安於寒素，有人清簡自樂，有人耕稼如牛如馬，有人吹打彈唱，天天優遊自在。人生命運不齊有如十指長短不一。是人才多做一點，成就大一點；有福份多享受一點，安逸一點；不是人才，也莫自甘鄙陋，放棄自己；缺少那份受用，只有節省一點，勤勞一點；個個都想齊頭並進，都得第一，人生沒有這種寬廣道路可走，也顯不出人世間的絢麗多姿。

我自己掂過自己的斤兩、八字排定不是一個可富可貴的人物。就像走路，別人飛車疾駛，我則不問寒暑風雪，依舊一步步前邁，反正心中無風浪，也不追趕什麼，走得平穩，走得安適，也是一種福份。何須眾人簇擁著走得昂首闊步呢？

人世最現實，當權時，多少人趨奉前後，風光無比；一旦失勢，迎面相見，難保不視同陌路；以平常心看破紅塵這些嘴臉，也就覺得貴並不可羨，省掉心中多少冷暖感觸。富也非萬世一系，窮不過三代，富不過三代，鹹魚也有翻身的日子。

年齡老邁，飽經風霜，內裡已無太多窒礙，看開了生死便不怕死，看破了名利，就不妄干名利。天天有三餐飽飯好吃，晚上有個安穩覺好睡，也就快然自足，鼓腹而歌。

每個人都有許多冀求，冀求自己不能償願的事也是白求，頂多做個白日夢，當個精神上的富翁。

做人應當灑脫一點。把人生際遇、夫妻情份、兒女親情，全看作是偶然相遇，緣起便在一個屋簷下過日子，事事順心如願，房屋、財富，只是暫時枝棲、權且借用，一旦緣終，也就各自散的散、走的走，億萬家財和權勢全都拱手讓人。這種想法或許過於消極，實際上生命未始不是如此，想得開、看得透，也就心境恬然自安。心裡全天揣團炸藥，那是庸人自擾。富與貴原為身外物，黃粱夢醒，都成虛空。也許有人笑為酸葡萄作用，是阿Q心理。阿Q就阿Q吧！反正自家心境恬適就好。

（《臺灣晚報・副刊》民國八十年八月十六日）

三十七、情似曲巷溫馨多

這是一條不能一眼看到底的長巷，且有幾度彎曲；凡是走過這條巷子的人，都有「山窮水盡疑無路，柳暗花明又一村」的感覺。

到這裡造訪的親朋戚友，多被這條巷子愚弄過。踏入巷口，還沒走幾步，就看見一堵灰撲撲水泥牆擋在前面，內心正在疑懼：「前無去路？」試探著再走幾步，忽然一個轉折，喲！前面又是一片綠樹紅花自兩牆探首而出的美景；於是，放開步履繼續前進，有了剛才的經驗，不再擔心水泥牆擋住去路，因為還有兩個轉折，才能直達巷底。

這條巷子住了將近三十戶人家，巷口低，巷尾高居山坡，有兩處地方砌著石階，一路行去，步步高升，踏著石階，履聲橐橐作響，產生一種有餘不盡的韻味；像音樂餘音迴旋空中，歷久不絕。

巷面雖然狹窄，多數住戶都保有一所寬大的庭院，當院門偶然打開，行人就可看見茂綠的樹、繁麗的花、糾結的葡萄架，各自佔著院落一角欣榮生長。

有些房子係日式建築，雖然多屆拆建年齡，但因木料未遭蟲蝕，加之屋主年年保養，仍然有一份老舊的樸質美；經過改建的房子，不是西式，就是中國的四合院式，格調不同，各有特色，含有中華文化兼容並蓄的意味。

人口眾多人家，為擴大居住面積，便朝空中發展，有的增高達四五層樓房。不管居家大小或高低，風氣所至，每家屋前都留下一處空地供家人養花種樹的迴旋場所。

窗戶是房子明亮的眼睛，每一扇窗戶都垂著顏色、花形不同的窗幔，像是一幅幅風景畫，不管自窗內向外望，或自窗外向裡望，都令人產生另一世界的玄祕感。

當我成為這條巷子的居民時，那是十五年前的事，那時節，經濟正蓬勃發展，各行各業都滾進大批財富，買自用轎車的風氣正當風潮頭上，這條巷子巷面狹窄，車輛不能進出，莫說可以自由停車了；先天條件不好，租買的人不免望而卻步。由於房子挨肩擦背，一旦失火，火舌便可由東邊捲到西邊，片刻之間，便能將巷子兩面房屋夷為平地，因之，房價相對地低落。我沒有這些顧慮，既無車輛可資代步，即使失火，只要捲成兩隻包袱，便能輕鬆自在行動，毫無牽絆顧慮，所以，我便成了這條巷弄的居民。

搬家當天，我就感受到這是一條溫暖的巷子，人情味像是純蜜，既甜膩又芳香。

因為內子貪圖搬家公司順車價格便宜，所以才選在下午搬家；當搬運貨車抵達巷口時，正巧是下班時刻，貨車堵住巷口，大件家具無法順順當當往屋裡搬，巷口擠塞著回家晚餐的男女，他們問清楚我的門牌號碼後，年輕男人紛紛把皮包擱在巷口，挽起衣袖，替我搬沙發，抬衣櫥，小姐們也不樂意閒著，拎皮箱的拎皮箱，提電扇的提電扇，片刻間就把貨運車的東西搬得乾乾淨淨。我頻頻向他們道謝，他們卻友善地回道：

「大家都是鄰居嘛！」

人與人之間的情感建立，原是由相識而相助，然後禍福相依，休戚相共。親戚雖親，畢竟路途迢遞，平日音訊不通，當然產生不了危安共仗的情感。只有鄰居，朝夕見面，噓寒問暖，生活的步調全在一個節奏上共鳴，自然是近鄰勝過遠親。

我租住的房子靠在巷牆，孩子們怕行人腳步聲擾亂讀書心境和睡眠，紛紛抗住靠牆間的房子，我別無選擇，只有義無反顧地住進去。

為了採光，房東把窗子開在巷牆這邊，因之，自早至晚，我與巷內行人同樣分享著他們的腳步聲和笑語聲。

窗子不大，光線卻能大量湧入，為了便於讀書、寫作，我用兩塊厚絨布當窗簾，入夜後，便把窗簾拉成不露罅隙，稍稍阻擋巷外的聲音往房裡侵襲。

時間日久，左右鄰居都甚熟悉。都市人口眾多，龍蛇雜處，為了保護自己，每個人不得不鎖藏熱情，板出一張冷漠無情的臉。我們這條巷子的鄰居，卻不如此，直接相識的固然相處如兄弟妯娌，間接認識的，交談數次，一見面就老遠打招呼；上市場買菜，各家主婦互相串連，結合成一支採購團，你提我推，說說笑笑，成為開啟一天歡笑的序幕。每次開里民大會，徐里長家房大院寬是當然會場，把主要議題做過溝通後，結果，討論正題的時間少，閒話家常反而成了會場的主題。因為彼此情感融洽，沒有利害衝突，雖然里民大會成了談話會，絕對見不到劍拔弩張、火藥味濃烈的緊張場面。

這裡也有收入高低的差距，也有工作職位尊卑的差別，這些全是後天努力的成果，令人欣喜的是富厚人家並不盛氣凌人，目無餘子；生活條件略遜一籌的家庭，也不卑怯萎頓，縮手縮足。因為，這原是人生歷程的必然現象，有些人早已走過坎坷，踏入富康；有些人正在通過荊棘，即將踏入坦途，彼此間靠愛心、關懷、尊重和謙虛，填平彼此心理上的崎嶇。

命運並不玄奇，也不難有效掌握，問題在自己有沒有篤實踐履地開創自己。若是步步踏實，不妄圖僥倖，也不越次躐等，走過坎坷山路自然便是康莊大道。若是希圖命運賜寵，不付出辛勤，只奢望收穫，哪能期望有成？像巷裡的徐、王、廖諸家，男女老少，個個勤快奮發，所以，他們比別家早走上富康，建立相當好的社會地位。楷模在前，終於帶動整條巷子的人亦步亦趨，各自執著而勤奮地追求理想。

由於彼此都已熟稔，平常不見面，只要聽到話音、履聲，就能斷定是張三或是李四。尤其是我，窗子面向巷牆，白天黑夜，履聲不斷，使我的辨別力更加增強。為了證實自己的判斷是否正確，我常常掀開窗簾一角往外探個究竟；果然八九不離十，辨識往往不太離譜。

我在巷內住了將近十二年，其中有三種步履聲令我終生難忘：第一次是徐家起火。那天半夜，忽然聽見有人高喊：「火燒房子。」這一叫非同小可，只聽見左右鄰居步伐凌亂地打開院門往外探個究竟，直到看見徐家冒煙，於是，家家戶戶只要能夠出力的男女，全都以接力方式用桶子、臉盆盛滿水往深處遞，不到半個小時，終把火災熄滅；檢查損失，只燒了徐家一間廚房。次日清晨，各家各戶到巷內找盛水容器，只見紅白綠黃、高矮大小的盆桶，行列整齊地排在牆腳，形成一幅急難相助的可愛畫面。

另一次是張先生車禍過世。張家本就是低收入戶，加之兒女幼小，平日全靠張先生做泥水工維持一家生活。張先生突然撒手西歸，等於全家失去了指望，張嫂遭此打擊，整個人都崩潰了。幸好鄰居一向富有急人之急的精神，大家出錢的出錢，出力的出力，幫著把張先生的後事料理完畢，再湊些錢給張嫂在巷口擺隻麵攤。為了增加張嫂的收入，每到睡前，鄰居們總會三三兩兩去張嫂攤子吃碗麵。張嫂有了生活依靠和精神寄託，她化悲慟為力量，終於重拾生活勇氣。

當張先生剛過世時，我聽出張嫂的步履沉重而滯緩，像是拖著千斤鐐銬，非常不穩定；當她擺麵攤時，她的步子急促而忙迫，凸顯出工作忙碌、不得不爾的況味；當她的生活和生命雙雙有了轉機後，每到午夜，我聽見張嫂推著麵攤車轔轔走過窗前，一路上跟兒女說東話西，不時有吃吃笑聲迸出，像鐵砧上冒出的火花，灼亮耀眼。她有了希望，尋覓到了光明的前景。

八年前，我遷離了那條溫馨的巷子，離別兄弟情誼般的鄰居。每次去臺中，我總不忘去看看那張張熟稔而善良的面孔。任何一家辦喜事，我們夫婦不管如何忙碌，一定趕去參加，不為別的，只因為割捨不斷那段情感。

上個月張嫂的大兒子結婚，到達張家，我看見張家房子翻修成三層樓房，前面騰出一大片空地養花種地；酒席由底樓擺到三樓層頂，整條巷子的男女老幼全都參與這場盛會，筵開三十桌，張嫂春風滿面地忙進忙出；鄰居見面，寒暄擁抱，道不盡的真情摯意。

世局在變，社會現象也是光怪陸離，我們鄰居情感依然純樸真誠，數十年不曾變質走樣。

看著張嫂那隻被暫時推在牆腳下的麵攤，我想到鄰居們給了張嫂溫暖和力量。張嫂爭氣，終於帶領三個兒女通過貧窮，走向了富康的坦途。

（《青年日報・副刊》民國七十七年十二月三十一日）

三十八、萬物靜觀皆自得

據一般非正式性統計：凡是O型血液的人，失眠機會不多，登上床，便能一覺酣夢到天亮；B型血液者卻沒有這種福份，經常跟失眠症糾纏不清，輾轉反側眠不得的痛苦他們領受獨深。

我是O型血液，不敢自詡心懷坦蕩，凡事提得起放得下，也許說是天性懵懂、心靈麻木更為貼切。所以，我是夜夜享有香甜的睡眠，鼾聲綿綿，不知東方之既白。

每個人有每個人的生活癖性，這種癖性無法修正，也難委曲求全，就以我來說吧！睡覺必須在寧靜的環境裡，和無光不擾的夜色中，躺在自家床上才能快然入夢。若是在上下班交通車上，耳朵充塞著轔轔車聲，人像躺在飄盪的船上，眼見男女同事們個個如老僧入定般走進夢鄉，我怎麼勉強自己闔上眼皮，希冀與周公享有片刻間歡敘，卻就是一副毫不妥協的神態，心明眼亮、精神亢奮而難以入寐。

乘車不瞌睡的好處是可以暢快地飽覽一路景色。

坐辦公桌的人，天生成一份敬業奉公精神，如非公差，通常很少有機會與風景名勝結緣；即使內心一直渴望放鬆心情去觀光勝地做一番洗心滌肺旅遊，因為放不下公務，勻不出時間，也就只有效南朝宋宗炳一樣以臥遊聊償心願了。一旦獲有機會外出，便不由縱目四野，貪婪地以景色療飢止渴。

臺灣屬於亞熱帶地區，節序變換不太明顯，現在已經是季冬，本來只有深秋才含芳吐豔的菊花，由於人工改良，幾乎是四季常開；即使是自然生長的菊花，往往也不按牌理出牌在深秋葩蕾芳菲，到了冬盡依然大放異彩，光華不減。

過去，我在車上看一路景色只是一眼帶過。昨日，由龍潭坐車回臺北，因為陽光亮麗，氣候暖和，心境也分外暢朗；再看看車外景色，頓覺比平日所見另有一副不同面貌。

往日賞景，有如看潑墨畫，只覺得大筆揮灑，山色秀麗，原野平曠，雲氣氤氳，甚為和諧怡情。如今賞景，則如觀賞工筆仕女，衣袂飄拂，螺髻輕捲，褶帶顯然，連眉眼間那份輕愁也似乎隱約可見。這才感到一物之細、一草之微，都有它獨立不倚的世界。仔細體察，深入辨識，便能勘悟出物各有性、事各有理，雖不連屬，卻是一個和諧而美麗的宇宙。

農家三合院房子，門前都有一塊打穀場，短籬蔥鬱，圍著一家的溫馨。聖誕紅總是趕在聖誕節前豪放地綻出紅葉，雖非花朵，卻是滿樹豔麗。

自龍潭到中壢這段路程，農村景色依然濃郁，即使是街戶居家，也有許多人家在門口栽種一叢菊花或橡膠樹以資美化。農家院牆外，因為享有農田豐富的養料供應，菊花開得格外茂盛：黃菊黃得耀眼，那份放浪形骸，恣情任性，使人有置身熱帶女郎中的錯覺；紫菊雖然叢叢簇簇、成堆成串，熱情奔放不減於黃菊。在我的印象裡，總感覺紫菊蘊藉斂持，有小家碧玉那種羞澀，也有巨室千金那份雍穆。

自然的律則是春花秋實，許多事物往往又不受這項律則所規範，也許是各項生物的律則並不全然相同，殊途同歸，只求整個宇宙的和諧美麗。像扁豆、絲瓜，要是在大陸性氣候下，早就葉殘藤萎，在這裡卻依然強打精神在開花結實。尤其是扁豆狀如飛蝶般的紫色花朵，格外精神。絲瓜當然沒有盛夏時節那般光華奪目，卻也有半老徐娘的風韻，姿色不衰，風華猶在。應該不在冬深開花的芥藍菜，儼若早熟的少女，搔首弄姿，逞媚鬥豔，過早施展她的誘人芳華。

古人說：「萬物靜觀皆自得。」一仔細體察，果真是萬物自得。平常我們忽略了的小草，固然是在春光剛至時大展姿容，即使是冬深時節，它們也都是該花時花，該實時實，毫不因為人世的擾攘不安而改變自己生存的律則。

在我們人類的感覺裡，認為植物無知：若是自植物的觀點看人類，也許它們早就在為我們人類的愚蠢自殘而慨嘆訕笑了。假如人性不自私、不多欲，像植物一樣在陽光公平的照射下各自欣欣向榮，人類的心田不是也像原野般一片濃綠，滿眼百花競放嗎？

自中壢到臺北走的是高速公路，因為車行太速，無法看清楚路旁的花花草草，卻發現夾竹桃不時冒出一兩粒紅蕾來，似在探詢春的訊息。許多池塘業已乾涸，鷺鷥失去了水鄉澤國，只有躑躅在收割後的田畝裡覓食，徐行緩步，仍然保持一副紳士風度，沒有「長鋏歸來兮，食無魚」的慨嘆。

遠處岡陵起伏，綿邈不盡，雖乏峭壁懸崖、峰巒突兀的雄拔姿態，平凡的風貌中，也能給人一份甘於平凡的人生啟示。

許多人希望生命要像巨津奇峰，不是飛瀑巨浪，就是巍嶺峻崖；我卻覺得人世間倘若都是這種地形、地貌，不但失卻一份配合後的和諧，人們也會視之為畏途險灘，哪裡還有欣賞的雅興？正因為萬事萬物各以不同面貌做恰如其份的配合，才顯出這個世界的多采多姿，處處誘人。實則人人突出，反而看不出突出。不甘平凡是向上心理的自然表現，由於各人才智的長短不同、際遇和抱負發展不同，因而成就也有顯著的差異。只要人人各盡其份，各盡其心，平凡就是不平凡，一個甘於平凡的人，他的德行修持，較之事功突兀崢嶸的人也許更富一分可取可法的地方。

愈近都市，自然的景色愈遭破壞。這是人為的改變，也是一種自然趨勢，無法遏止，也不可能代替，幾千年的人類歷史已然如此，未來是種什麼情況，無法逆料。也許我們兒孫在吸取寶貴經驗後，能夠想出一種既適人類聚居又能不使自然遭受破壞兩全其美的辦法。

一個人的喜怒哀樂，客觀事實是項誘發因素，主觀觀念往往可以改變客觀事實的刺激，使哀怒淡化、喜樂稍受節制，執兩用中，恰到好處。人類畢竟是種感情動物，情隨事遷的結果，就不免陷於自己情感的網羅中而自苦自哀，除非哲學修養達到老莊那種境界，仍不免有老子非騎青牛不能過關的物累，和莊周夢蝶的哀感。勘破生死、榮辱原是一樁難事，若能從日常生活中做少許超脫，從凡事凡物中去靜觀體察，認知一切都是自然，都是自造，確也能找出許多生趣來。一朵花、一株草，尚且有它的自在世界，我們何嘗不可以從它們的紛繁生命中，為自己營造一個生趣有味的樂境呢？

一個人不能超然物外，俯瞰生死、榮辱，擴大胸襟，包容萬有，在有限的人生歲月裡有所作為，徒然為個人的名利、榮辱而爭攘不休，這種生活過得真是相當辛苦。

以前讀《論語》，只覺得孔子那些語錄，實在枯燥無味。時間距離如此漫長，生活情形如此殊異，孔子當時的生活情景哪能與今日節拍符合呢？他的形象也被定死在「道貌巍然」之上。待讀張其昀先生《中華五千年史》中的孔子，他以時間為經，以孔子的生活行履為緯，再道出孔子當時說出此番話的意義何在，這才認識孔子並不道貌巍然，也不曾常常擺出一副冷峻面孔訓誡門人。他有喜怒、有情趣，他熱愛生活和理想，是一位執著而又坦蕩的可愛老人，為中華文化奠定億萬年根基；因為我們不曾走入他的生活和心境，所以我們才對他感到陌生和疏遠。難怪孔子門牆下培育出如許多的傑出才士，他死後，子貢廬於塚上凡六年然後去。毛澤東費盡心機要打倒他，依然無法動他絲毫，這原因絕非偶然。今日，假如有一位藹然仁慈而又博大精深如孔子這種老師，真不知要風靡多少學生？

體察參悟是求知問學的不二門徑，生活何嘗不要體察參悟才能領略充盈的生活情趣呢？

（《臺灣日報・副刊》民國七十六年一月十五日）

三十九、走在文化的長廊裡

這是一條溯自遠古洪荒而又邁向未來不知止境的長廊，在這條長廊裡，散發著祖宗文化遺蹟的芬芳，輝煌炯晃，叫人驚嘆敬愛。也許他們原本是無所為而為，或著是有所為而為，結果，當經過數千年甚者更久遠年代的沉澱而留存下來時，便成了他們當年文化的見證，成了我們兒孫的驕傲。

這條長廊的璀璨，只是歷史匯流裡的一部分，史前的，甚者在已有文字年代裡的東西，不是沒有遺蹟可尋，就是因為災劫而毀滅了；至於遠自盤古開天闢地、燧人氏鑽木取火、有巢氏構木為巢……等的生活實施，更因年代久遠而無跡可尋。或許這都是神話，依據人類生活發展軌跡論，縱屬神話，亦合發展理則。

今日，我們每一個人都在為這條文化長廊加添一筆色彩，假如我們不妄自菲薄而又不曾辜負人生的話，當後代兒孫漫步長廊而逐一檢視祖先的成績時，那裡就有你我生命的光華。

我仰慕故宮文物，當我逐一觀賞故宮博物院古文物時，我有這份深沉而尖銳的感觸。

中華民族是一支最富創造力的民族，憑著智慧，利用環境，克服生存障礙，在文化上創造了輝煌的業績。我國領土廣大約三千餘萬平方公里，地跨寒溫二帶，地理環境之大，生活物質之豐，在全球五大洲中無出其右。由於地大物博，生活不虞匱乏，祖先在閒情、閒暇中的創制，自然豐碩無倫。可惜祖先創作的文化遺產，不是毀於戰火、水災、旱災，就是人為因素的無知而泯滅了；今日，留下來的令我們兒孫崇敬、驚嘆的，只是少數中的少數，就只這區區之數，便讓全世界人民感嘆中華文化的精深博大，歷史悠久綿長；讓兒孫驕傲榮寵。

故宮博物院的成立，一方面感激許多帝王運用其無限權力收藏，以及民間有識之士的鑑賞和保管，尤其是宮廷畫苑、瓷廠等的設立，更為藝術留下輝煌的成果。其次，清朝覆亡，內庫寶藏得以公諸於世，便成了今日故宮博物院典藏的基礎。假如清皇朝不亡，遜帝溥儀不出宮，這些寶藏便永遠屬於帝室的私產，我們老百姓哪有這份幸運得以瞻仰，而與古人同憂樂榮光。由於民十三年溥儀出宮，於是，這些寶藏由皇室私產變而為國家公產，誰也不能霸占或私相授受了。

*

歷史是條長流，時代遞遭，史頁翻過，每一個時代都有每一個時代的社會風氣、生活形態和製作，當這個時代結束、另一個時代興起時，那些製作便是歷史的見證，就是那個時代的文化訊息。

走過商周銅器展覽室，令人驚訝我國遠在四千年前就有青銅器製品！到了商周，因為商人尊神尚鬼，對鬼神的仰賴特深，因之，禮器的製作繁多而特出，比如祭典時盛放酒食的器皿如爵、鼎、尊、觚等，不一而足，形式別致，花紋古雅，是我國早期文化代表。周因於殷禮，政治制度有變異，儘管周公制禮作樂，與民更始，但禮法的變異並不太大，只是因舊創新形式定式而已。因之，周朝的禮器，承襲商朝形式與鑄造方法，依然是以祭祀為主。另一方面，卻以食器、酒器、水器區別使用者的身份，統統名之為禮器。

其他如春秋戰國以及漢代的銅器，都充分表現出各時代的精神和生活層面。青銅器是紅銅與錫的合金，數千年前，我國先人就有這種冶煉技術，可見當時的科技已有相當進步。由這種合金鑄造出來的製品，不怕腐蝕、不怕蟲蛀蟻嚙、不怕旱潦，它為我們保存了歷史，傳給我們商、周、春秋、戰國、漢……各個時代的生活訊息。

土地是無盡的寶藏，它供給我們棲居之所，供給我們生活資源，生生化化，變異不息；它為我們保存了數千年的祖先文物。這些銅器，就是自泥土裡取得元素，經過冶煉後製成器皿，又因時代變遷及歷史遞嬗又復歸於泥土——不是窖藏，就是自墓穴中發掘面世。讓我們觀賞這些禮器後而對祖先興起無限仰慕之思。

*

玉產自山林，未經琢磨的叫做「璞」，經過琢磨而顯出光澤的才叫做「玉」，琢磨成形而有它一定的用途才叫做「玉器」。

玉的歷史很長遠，自夏、商、周三代即有玉的工藝品製作，一直相沿到現在，玉由象徵身份的瑞器，和祭祀神明、祖先用的禮器、樂器，一變而為今日純粹表現個人思想、技術的工藝品。

自許多叢積簇攢的頑石中發掘晶瑩光澤部分，經過取捨、琢磨，賦予圖形、界定用途，它就成了禮器、瑞器、兵器，以及筆洗、印章、玩物等。

人的靈思和記憶可以化腐朽為神奇，變冥頑為靈慧，像我國廟宇的石雕楹柱，材料多為花崗石，一塊粗糙笨重的石材，經過雕鏤便變化而成為龍柱，張牙舞爪，騰驤奮躍，盤屈舒體，栩栩如生。其他人物故事，也在石材中一一呈現。這就是人類精思巧藝的表現。花崗石沒有靈魂，人類賦予它靈魂；沒有生命，人類重塑它生命。世界各地的建構，不因人種有別，同樣給了石材的重生。玉石何嘗有思想，人類賦予它表現思想的神韻和形態。

我國產玉的地點是在新疆和闐，而且藏量豐富，新疆由清朝列入版圖後，玉的材料來源不缺，因之，清朝的玉器產品豐富而卓然。其次是痕都斯坦玉，痕都斯坦就是印度北部琢成的玉器，其特色是質薄而花紋特殊，尤其是鑲花更為巧緻，表現出異族的特出風韻。其次則為雲南玉。

最純淨的玉叫做「羊脂白玉」。顧名思義，可知其純白如羊脂；若含各種金屬元素，則呈現青、碧、黃、褐、灰、黑等色。凡是翡紅、翠綠、淺紫等色者又叫「翡翠」。當我們佇足觀賞翠玉白菜、黃玉印章三方、白玉花薰、瑪瑙福壽筆洗時，叫人不能不驚嘆古人製作技藝之精、運思之巧。他們能把一塊不純淨的玉，利用顏色不同的缺點，稍作布置，個別賦予生命，立即成為一副價值不貲的藝術品。在純粹手工操作而無現代工具可資利用的情形下，創造了琢玉的歷史，留下了不朽的業績，也締造了一個時代的光輝。

任何藝術品，全都取決於當地出產的製作材料而定，產玉的地方，玉器製作必然精良；產白瓷土的地方，瓷器製作雅致……就地取材，竭盡巧思，這是理所當然的事。

*

我國漆產，以長江流域的四川、兩湖及浙江諸省最為豐富，所以，我國漆器亦以這幾處地區為最多，尤其是戰國時候的楚漆器，佔了相當重要的地位。

雕漆是專指一種在漆器上浮雕花紋、人物、山水的器物，與木雕不同。木雕不須造作胎型，只要就其原木鏤刻即可顯現花紋；雕漆則須先成胎型，然後一層層上漆，直到厚度呈堪用刀時才能刻鏤出胸臆裡的圖形。

自古以來，雕漆原是貴族把玩的貴重物品；唐以前，雕漆還屬王公貴族們的實用器物，自宋以後，由實用變而為裝飾品，更富一份藝術價值；因為製作費時而耗用大，民間不太風行，即使有，不是供應宮廷也是基因於個人藝術上的偏好。

人是一種最貪心的動物，生前榮華富貴、錦衣玉食猶感不足，死後，還要把一些心愛的物品帶進墳塚，這種現象叫做「陪葬」。考其因由，想必是一為死者生前授意，二是由於兒孫的孝心。風氣雖不良善，卻為我們保存了許多極有價值的文物，像故宮博物院的銅、瓷、漆器等，大多數是自坟塚中發掘而得。

我國遠在堯舜時代就知採漆、用漆，一代代相傳，累積經驗，改良技術，到了戰國末年，獨有楚漆器特放異彩，由抗戰期間自湖南長沙出土的漆器可資證明。可惜更早期的漆器無傳，無法讓我們輝煌以前的漆器歷史。降及兩漢、六朝、唐、宋、元、明、清，各個朝代都有其特殊的製作方法，表現出各個時代的藝術精神。

每次看到雕漆製品，人物鮮活、樹木叢簇、屋宇重疊，雕龍鏤鳳，活躍逼真，我幾疑心為木雕製品，可是這卻是如假包換的雕漆。流動稀薄的漆，經過乾燥凝結，也能雕鏤出立體的物象，這種雕漆藝術，惟有我國獨步中外，人類智慧的靈明，果真是生生化化，變無為有，化腐朽為神奇。

*

在世界瓷器的發展史上，我國瓷器發明最早，技藝最精，成品最多，地位最高，影響最大，是瓷器發展的主流。

世界各國的大博物館中，無不藏有我國瓷器；土耳其因為地當當年歐亞貿易交通孔道，所以，藏有我國青花瓷器數千件；荷蘭瓷器，就是因為模仿我國青花瓷器而創造出荷蘭瓷的特色。

文化是因為人類生活需要而產生，陶器製作，原本基於實用，嗣後，由於坏質選擇、燒煅技術改良、釉彩的研究發展、繪畫上的求精求美、器形上的變化創新、用途上的多樣化，因而由實用兼而具有藝術的雙重價值。

任何產品的先決條件是受產地材料所左右，陶器的質坏是黏土，瓷器則必須用含石質的泥坏，因為製作材料的不同，才有陶瓷的差別。由陶器進而為瓷器，其間當然經過一段相當長時間的演變過程，不是驟進，也非突變。假如發明陶器的祖先，當年所取材料就是瓷土，也許瓷器早在陶器發明前就已問世；若果如此，那麼瓷器的歷史便要改寫了。

我國陶器不只起於陶唐時，時間可能更早；至於瓷器，因為宋以前的產品沒有傳世，其間只有少數文字記載，無實物可資印證，只能約略曉得那時候的瓷器相當進步。到了宋代，瓷器繼承唐末五代的遺緒更見發達，不但瓷窰遍及各地，而煆製技術，也達到了巔峰，是我國瓷業的全盛時期。

探索宋代瓷器發達的原因，約有下列數端：一為供奉宮廷所需，上有所好，下有甚焉，由於皇室的帶動，自然促使民間的瓷業蓬勃發展。二是五代變亂之後，到了宋代才趨於一統，宋代國勢雖難擬盛漢、強唐，開國之初，由於君明臣賢，上下熙洽，已有一番革故鼎新氣象，拓疆闢宇的德威不夠，偏處自保的力量尚足。人民生活安定之後，閒心閒情豐沛，自然對當時頗為趨好的瓷業有進一步發展和研究。三是暢銷各地並大量輸出海外賺取利潤，尤其是南宋時期，幾為當時重要出口貨之一。

故宮博物院瓷器，源自清朝皇宮，民國十三年接受清點時，宋、元、明瓷就有七千二百餘件，三十七年由南京遷臺時則積有一萬七千九百三十四件，此外由中央博物院保管之瀋陽故宮與熱河行宮的瓷器，遷來臺灣者亦有五千八百四十六件，合計有二萬三千餘件，是我國一筆最大、最豐的祖先瓷器遺產。

瓷器由生活實用變而為藝術品，由單一的純白或青花進而為彩繪，由花卉進而為山水人物，瓷器真正成了藝術精品。面對著先人這些成就，我不禁悚然愧嘆，我在人生途程走了幾十寒暑，我為自己留下了什麼？為後代留下了什麼？

＊

無論談東方文化或東方藝術，仍然以地大物博、歷史悠久的我國為主流。印度雖然曾是四大文明古國之一，今日的印度已非當年文化昌盛的古印度，歷史、文化、藝術都有斷層，不能代表東方的主文明；只有我中華民族，自炎黃而至於現在，文化的主流滔滔不絕，藝術則枝茂本強，氣象欣榮，左右毗鄰，大都受到影響。作為中華兒孫，我們感到驕傲，尤其不能妄自菲薄，應該自立自強，以求弘揚祖德，光大祖業。

西洋繪畫寫實，我國繪畫則重筆意。寫實求真，寫意求神。粗略數筆，不求形似而能神韻具足為上；寫實旨在實景重現，動求真實，不能大肆剪裁以致失真；寫意則不局限一點，意之所在，可集世界山水精英於一幅。因之，重巒疊嶂、古松翠柏、巨壑飛瀑、激湍流泉、茅廬層閣，皆可以意構造，只要布置妥當，立即成為美的有機配合，駐足觀賞之餘，令人常常產生一種超塵絕俗的想望。

故宮名畫，除了山水、翎毛、花卉、宮闕、道佛人物外，尚有圖像。自五代而下的帝后名作，大都包攬眾收在此。

讀北宋范寬《溪山行旅圖》，李唐《萬壑松風圖》、趙伯駒《阿閣圖》、《荷亭消夏圖》、李成的《寒林釣艇》、董源《龍宿郊民圖》、李迪《風雨歸牧圖》、元黃公望《富春山居圖》……以及《清明上河圖》，你能不為那些高山崇巒、溪壑叢林、層閣重殿、市井生活而感到怡然稱快嗎？

我國擁有五千餘年歷史文化，文化在哪兒？文化蘊在卷帙學海中，藏在圖畫書法中。像歷代帝后圖像，故宮博物院就擁有一百五十二幅之多，自這些圖畫中，我們可以窺知梁武帝、唐高祖、唐太宗、宋太祖、宋太宗……明、清帝王等恢宏氣象，當時衣裳的差別。他們創業垂統，削平群雄，協和萬邦，享盡尊榮，在稍縱即逝的機會中，他們成功了。不管他們對歷史的影響是正面還是負面，但他們創造了歷史，是史帙中的要角。今日，時代不同，我們任何人都不得妄想稱帝稱王，但我們要對歷史負責，對文化負責，對後代兒孫負責，我們即使不能掀天揭地創造歷史，我們也應該走在前人的路程上兢兢業業承繼正統，寫下歷史，上不愧於天，下不慚於兒孫，尤不怍於祖先。

看到故宮的繪畫卷軸，想到作者從容瀟灑為個人生命留下履痕，為文化留下瑰寶，讓我們兒孫沉浸在文化淵海裡，浸潤膏沐，使精神德業皎然日新，深深感到以生為中國人為榮，若有來生，我願世世代代為中國人。

*

檢視全世界文化，能以文字當藝術品欣賞的，只有我們中國文字，韓、日文字亦可書卷、書軸，懸之壁間，以為惕勵；但韓、日文字源自我國，那是我國文字的支流。我國文字自甲骨、金文、大小篆、漢隸、八分、章草、今草、狂草、楷書、行書等……這一漫長途程的演變，任何形體都可入卷、入軸，那是一種美、一種精神、一種德業、一種功夫。文字由前一種肧胎蛻化後一種字體，踵繼創化、另闢蹊徑，復又開創另一種字體，即使同為隸書，或同為行草，亦因各家用筆不同，而有遒勁妍秀之不同而各有風骨，各有面貌，各有神韻。

故宮博物院庋藏書法甚多，像顏魯公的《祭侄文稿》，那是稀世珍品；其他遠溯自晉之王羲之、王獻之、唐之褚遂良、宋之米芾、蘇軾、黃庭堅、宋徽宗、明成祖臨《蘭亭詩序》、明神宗錄《朱子治家格言》、文徵明、沈周等等至數千件，都典藏在故宮博物院裡。這些寶藏，全是祖宗留給我們的文化產業。

今日，我們已是經濟大國，經濟大國與文化大國合流，中華光輝，煌麗無比，如旭日東升，照徹寰宇，作為中華兒女豈能不驕傲稱快。

由故宮的典藏，使我想到清朝乾隆皇帝這位十全老人——他一生愛好書畫古物，由於他的愛好，臣下進獻，地方搜羅以及沒收，而充實了清宮內府的藏量；因為集中保管，也免於散佚或毀壞。尤其是他敕編《四庫全書》，雖然書中不利於清室的記載太多刪削，已失原貌，畢竟刪削的小，保留原貌的多，這一文化創舉，讓中華文化做了最好的薈萃。

清朝入關，統治中國近三百年歷史，揚州十日，、嘉定三屠、興文字獄而消滅異己，固然罪無可逭，但清室為我們增添了東北九省及新疆、蒙古等版圖，認真地說，清室何負於中華？

中華文化是一大洪爐，五族共和，趨向同一，兼容並包，中華民族愈益壯大，這都是文化薰育煦化之功。

邁出故宮博物院，我的感觸良深。數小時匆匆一覽，憾恨未能盡睹所有典藏，僅此管窺蠡測就夠我驚嘆不置、感激不已。也許我無能對文化有所貢獻，幸喜許多資質比我優厚、努力比我勤奮的人，正在一錘一鑿為文化長廊留下業績。我冥頑遲鈍，我依然是我，我卻深以作為一個中華兒孫為榮。

（《臺灣晚報・副刊》民國七十七年一月九日）

四十、請客與做客

請客、做客都要有點學問，這項學問不是指上通天文、下曉地理那種真學問，而是人情練達。請客原是人情，人情有濃薄，交情有深淺，既然在被請之列，主客之間的這份情，就算不厚，也不至於太薄。

主人請客，一定有他請客的理由，不是有所於求，就是為了酬謝。求而有遂，這份交情不算薄，理當要謝，擺上一桌，新知、舊雨歡聚一堂，花上萬兒八千，值得；求而未遂，而且事前敢去求人，這份關係也不尋常，為了後路，拉個關係，訂期餐敘，理無不可。

請客看對象也要選對象。自己的身份、地位不夠，當然請不到高官巨賈，即使隆隆重重下了請帖，被請的人衡量主人的條件和自己不能等量齊觀，帖子立刻成了字紙簍裡的貴賓，說不定還得挨頓罵。

「也不照照鏡子，看看自己配不配？」

至於看對象和選對象這樁事嘛，主人先要評估主客是何等人物，陪客的身份地位也要相等，話要說得上邊，身份、地位至少有個六七成重量，差也不能差得太懸殊，最好找主客的好友知交，自己與陪客的交情也不太壞，這等配合，酒酣耳熱之餘，情感融洽，自然賓主盡歡。如果無法摸清楚主客知交好友的底細，沒法子湊成一桌皆大歡喜的席位，瞭解主客的興趣嗜好，邀請這類同好人士相陪，即使以前不曾相識，也少一份交情，因為雅好相同，知識、見聞類似，且有一項共同話題，話匣子打開，話興愈談愈濃，原來陌生立刻變成熟稔，氣氛愈來愈融洽，這餐飯的效果鐵定地彰明較著。

今日，社會富裕，誰花個萬兒八千請朋友不是難事。設宴請客，多數都有目的。沒有目的的請客，除非主人錢多作祟，喜歡把請客當快樂，否則，誰願意去勞師動眾呢？再說，被請的人，經常嘴巴抹石灰——白吃，不但內心是份負擔，花時間，陪笑臉，也是一項苦差使。

做客人，自己也得有點講究，接到請帖，先且看看主人是誰，如果是童年朋友草鞋親，交情匪淺，前去做客，不用強顏歡笑油了嘴巴寫了心；赴這種飯局，不用拘束，大碗、小盅自家隨意，這裡面含有強烈的人情味，歡樂自然跟友情成正比。若是主人與自己身份不等，交情也不太深，下帖邀請，只是純當食客，這種飯局，不去也罷；要是貿貿然去了，一看場面，十位客人八張生面孔，別人高談闊論，自己在旁受冷落，插不上一句嘴，而且九個客人九隻杯，杯杯先敬有錢人，自己還要約束自己保持風度、泰然自若、喜怒不形於色，不該笑時不得不跟人強打哈哈，表示自己入流，不該乾杯時也得直著脖子硬灌，硬裝滿懷豪情。一頓飯下來，臉也僵了，嘴也歪了，看盡世態炎涼的人生相。這種飯局，扭曲了自家個性，別人歡樂尊榮，自己痛苦，實在是場活受罪。

叨擾了別人一餐飯，要不要回請，自己心裡也該有個估算：主人下帖子只是把你當隻棋子使用，內心本就千萬個窩囊，不吐他一臉口水已算是寬宏大量，再花錢回請，豈非賠了夫人又折兵？如果你被邀請，主人對你既無干求，也非道謝，原就含有百分之百的誠意，這份人情，濃郁如酒，吃了一餐酒飯，多了一分精神負擔，念茲在茲，即使打腫臉充胖子，也得擺一桌還禮。

如今，大家時興去飯館宴客，飯館座位高雅、氣氛好，菜的品類多，屆時，男女主人盛裝候駕，既省掉早幾日張羅的辛苦；筵席散了，付罷帳，恭送如儀，各自打道回府，也不必洗滌碗筷沾得滿手油汙。若是家中設宴，自己烹調幾味拿手好菜宴客，做客人的如果懂得人情世故，千萬不能兩張肩膀抬張嘴，白吃白喝，不妨帶份禮品，不必名貴，至少要能表示自己一份心意。

主人排座位，也是酒筵中一份學問，拿得準，皆大歡喜，拿不準，舉座無歡，花了錢還得罪人。若是請的知交好友，大家都是熟面孔，團團坐，吃果果，位子無尊卑，身份無高低，大家都是上賓。免得排出位子高下，得罪了朋友，製造出紛爭。我曾親眼看過兩位地位相等的朋友，自己心裡都存著一個對方差我一截的觀念，先來的那位朋友把自家名牌往上位一挪說：

「某某算什麼？他的位子應該排在我後面才對。」

後來的那位朋友興沖沖走進席次，一瞧座位比人差一等，不由勃然大怒說：

「他是什麼東西？憑什麼位子排在我前面？」

兩位朋友當場針鋒相對爭吵起來，一場本來歡歡喜喜的宴會，經過他們兩位這樣一攪局，不但主客臉上掛不住，主人也感到尷尬難堪，原想加深情感，結果兩位朋友都得罪了。其他不爭座位的賓客也不由興味索然，一個個悶著頭喝酒吃菜，一餐飯吃得每個人的心裡風雨雷電一齊來。

餐會結束，一盞茶後，客人理當體諒女主人張羅辛勞，起身道謝告辭，讓男女主人收拾殘局，養息精神。

家庭宴客，最怕兩種客人：一種是磨洋工的酒友，抿一口酒，夾一箸菜，天南地北，談興始終不息；他不管男女主人是否疲勞，主人家兒女有否等著上桌填肚皮，反正他是酒話連篇，不到三幾個小時不下桌，直吃到語無倫次，醉得不省人事不止。另方面，幾位酒友一桌，酒興遄飛，猜拳行令，勸酒布菜，大聲喧嘩，口沫横飛，天下之樂，莫過於此，等喝得神智不清時，眼前的好友全變了面目，一句話不對胃口，便不由拳腳齊來，掀桌子，摔碗盤，打得一個落花流水，雞飛狗跳牆，也不管主人心痛不心痛。這種客人雖然粗魯，尚知適可而止，頂多打幾拳了事，最怕那種生性兇殘的酒友，喝到眼紅心迷時，認不清親疏好壞，白刀子進紅刀子出，主人、客人一塊殺，賠了酒菜錢也賠掉了生命，好事一樁變成兇案一場。請這種客人赴宴，等於請兇神進門，事前理當三思而後行。

其次是筵席散了，客人端坐不動，吃完水果再喝茶，談興不衰，笑語不絕，主人既不好端茶送客，只有打起精神捨命陪君子，殘羹剩飯不曾收拾，油碗髒筷不曾洗滌，哈欠連天，睏意襲來，客人視而不見，聽而不聞，依然毫無離去意向，主人為了面子，還要故作輕鬆說：

「難得聚一次，多聊聊。」實則內心早在怪怨：「坐著一隻坑，站著一隻洞，沒見過這種客人。」這一磨，三幾個小時磨掉了。待客人走盡，男女主人撐著鬆了的骨頭架子，連忙收拾殘局，待一切停當，人也累得半死，想到請客這般痛苦，心裡盤算：「只此一次，下不為例。」免得自找罪受。所以，做客千萬別逞性鬧酒，三杯兩盞禮貌過後，肚子填個八成飽，飯後稍作寒暄，立即道謝告辭，好讓主人收拾餘饌，早點休息。切莫賴著不走，做個又怕又厭的客人。

（《臺灣晚日報・副刊》民國七十九年六月二十日）

四十一、邂逅

霍森在中壢等火車回臺北，他隱約覺得車站另一角有位年輕女人在向他窺望。霍森故意用漂浮的視線投過去，他看見她懷裡依著一個五歲左右的小女孩，左邊坐著一位年輕男人。那女人向霍森看一眼，再跟那男人悄聲細語，不知是在品評霍森，或是討論什麼問題。

沒多久，那對年輕男女牽著小女孩緩緩向他走來。

霍森自忖是一個既老且醜的男人，一生沒有吸引異性的力量，既沒地位又沒錢財，缺少蠱惑異性樂於搭訕的條件；而且一生沒有桃色糾紛，當然不致引起男女情感的事情發生。

霍森心境坦然，所以，仍然正襟危坐在候車椅上。

沒多久，年輕男女站在霍森面前，尤其是那位稱得上美豔的女人，像欣賞動物園猴子般向他仔細打量，待確定這隻猴子是真正的臺灣獼猴不是馬來西亞猴後，不由驚喜的地說：

「你是霍叔。」語氣確定，顯然他們曾經相識。

霍森驚訝地站起來，一時想不起來在哪兒見過。

「你是——？」

「我是徐慧。」

「徐慧？」年老記憶衰，他仍然想不起來。

「霍叔，你住臺中水湳時，我在你家住過一夜，那時我只有十五歲，霍叔從金門休假回臺灣……霍叔忘了？」

霍森突然記起來了——

六十五年，霍森住臺中水湳陸光七村，他自金門乘交通船回臺休假。船駛進高雄港泊到碼頭已經七點多，再坐火車到臺中，下車已近凌晨一點左右。

霍森揹著一隻裝滿瓷器和金門高粱酒的沉重背包，走下車站，已經人客稀少，氣氛冷清……走出車站，他看見一個十幾歲的女孩正在站外焦急徘徊，兩個年輕男孩緊跟在她身後糾纏不休。

當時的社會風氣雖不像今日這樣糟亂，但是好色之徒，卻是到處伺機而動。他一瞧那年輕人窄褲管花襯衫，一臉邪惡的表情，他想，八成是在覬覦小女孩這塊肉，假如自己不給她援手，這涉世未深、不懂人心險惡的女孩，勢必步步陷入他們的圈套，最後失去清白而悔恨終生。

霍森體型小，又不善打架，要是身體孔武有力，一場架打完，問題也就解決了；霍森不行，既沒本錢打架，身為軍人，又不能違犯軍紀跟人打架。再三思量，他悟出一個道理，不能力敵，只有智取。於是，他自背包取出兩瓶大高粱遞給兩個年輕人說：

「小兄弟，這兩瓶高粱是我剛從金門帶回來的，送給你們消夜，那邊麵攤還沒打烊，切一盤滷菜，你們可以好好醉一下。」

年輕人狠瞪他一眼，一副不甘好事拆散的表情。可能自己忖量過曾經磨破嘴皮，不曾叫小女孩上當，要想把她釣上也不是椿容易事；如今，有了高粱當代替品，只有趁著機會下臺階，苦澀地笑笑離開。

霍森待他們走遠，便以好奇的口吻問女孩說：

「小姐，你怎麼這樣晚還不回家？」

女孩心懷敵意地瞧瞧他沒作聲，走了豺狼，來了餓虎，自己的處境一樣，依然在四圍陷阱中。

「是不是沒錢買票？」霍森想，一個女孩半夜在外流浪，不是逃家，就是缺錢。

她點頭。

「家住哪裡？」

「埔里。」

埔里山城，離臺中相當遠，沒有班車，有錢也回不去。

「家住這麼遠，出來玩先要把時間控制好，早點回家，免得父母擔心。」

「我不是出來玩。」小女孩多少已經信任他，辯白她有家不歸的原委。「我從臺北回家，原來預計可以搭最後一班車回埔里，不料錢包被人扒走，想回去也不行。」

「剛才兩個年輕人跟你說什麼？」

「他們要替我找旅館。」

「你這個傻孩子，看他們那身怪模怪樣形狀，八成是黃鼠狼給雞拜年，沒安好心，他們另有目的，你知道嗎？」

她眨眨眼，一副茫然無知的表情，黃鼠狼究竟安的是什麼心，她不知道。

「你們女孩子出來做事，要事事提高警覺。這社會好人很多，壞人也不少。單身一個人，要是壞人把你拐跑賣掉，你怎麼辦？」

女孩似乎悟出事情的嚴重性，一臉張皇失措的表情。

「這樣辦好了，我家住水湳，你跟我回去，今晚住我家，明天再回去，免得壞人欺負你。」

她惶惑地望向霍森沒點頭。誰好誰壞，誰能一眼看得出？有人狼披羊皮，有人面惡心善，誰知道善惡的差別在哪裡？

霍森知道她不敢信任一個陌生人，於是，掏出身上一張全家福照片給她瞧。

「我結婚了，孩子都比你大。你看，這是我太太，這是老大，這是老二。你不要怕，我不是壞人。我不會欺負你。」霍森再把胸前的兵籍號碼指給她看。「這是我的兵籍號碼，如果你怕我欺負你，你只要記住這個號碼，到任何警察派出所或憲兵隊報案，都會查得出來。」

她用原子筆抄好霍森的兵籍號碼，這才靦腆地說：

「謝謝叔叔，真不好意思。」

「不要緊，你等於我女兒一樣。我家房子大，後面加蓋了樓房，不怕沒地方睡。」

霍森招呼一輛計程車直駛到家，叫開門，霍太太和兩個女兒不由驚愕地問：

「她是誰？」

霍森把經過情形告訴太太，霍太太把丈夫拉往一旁問：「不會有問題吧？」

「有什麼問題？你還多慮！一個小女孩，你看，像隻被驚嚇的小鹿，她能有什麼問題？」

霍太太這才去廚房弄夜點。小女孩可能晚上不曾用餐，居然吃了兩大碗麵，然後跟著霍家兩個女兒上樓睡覺。

第二天中午，霍太太招待女孩吃了一頓豐盛的午餐，再送給徐慧回埔里的車錢，並叫大女兒陪她去臺中搭車。

徐慧離開霍家時，依依不捨地問：「霍叔，我以後還可不可以來你們家？」

徐慧純稚得可愛，霍太太摟住她滿口應道：「當然可以，只要你喜歡，我們隨時歡迎你來。」

此後，徐慧每次去臺中，只要時間允許，她都會抽出時間去陸光七村看霍家夫婦。霍森在家的時間少，出外的時間多，與徐慧碰頭的機會也不太多，以後，徐慧來的次數漸漸稀少。徐慧在霍森腦子的印象，永遠是個稚純無知的十五歲女孩。霍森在徐慧腦海的特殊標幟，則是乾瘦和半月形禿頭。今天，徐慧能夠認出霍森，就是依據這塊招牌做定準。

「徐慧，你長這麼高了，這位是——？」霍森面向那位男士問。

「他是我先生。」徐慧拍拍身旁的小女孩吩咐說：「叫爺爺。」

小女孩仰起滿月般的臉問：「媽，這個爺爺我以前沒見過。」

「小笨蛋，以前沒見過就不是爺爺啦？」徐慧拍著小女孩的腦門呵責她。

「爺爺。」小女孩自自然然叫了一聲，像是黃鶯迎春，聲音輕柔細緻，充滿了真純和情感。

霍森輕快而讚許地「嗨」了一聲，有些感慨地說：

「好快，虧你還認得我。」

「怎麼不認得？霍叔，你知道嗎？你有個叫人忘不了的特徵。」

霍森習慣性拍拍腦門。徐慧忍不住「噗哧」一聲笑道：

「霍叔，就是這個。」

霍森被她引笑了。

北上火車還有二十分鐘進站，徐慧把自己與霍叔見面看作親人重逢般的喜悅，她貼心貼肺地跟霍叔聊天，她感激霍叔曾在彼此毫不相識的情形下幫過她，愈長愈發覺得做人應該要學習霍叔的愛心和熱情；當她還是待字閨中的小姐時，就領養同學未婚先孕的女兒，當事人在羞辱和憤恨之下自殺身亡。徐慧戀愛時就把詳情告訴對方，終於獲得先生的諒解，母女倆一塊嫁給楊家。當她把這段經過悄悄告訴霍叔時，霍森感動地說：

「徐慧，你有一顆善良的心，真是個好女孩。」

「霍叔，我想學你，卻怕學得不夠。」徐慧臉上浮現母親的驕傲問：「霍叔，你看我女兒漂不漂亮？」

「當然漂亮，有善良的媽媽和爸爸，女兒必然像父母一樣由內到外都漂亮。」霍森真誠地讚美。

火車一路嘶喊著開進站，他們互相交換通訊地址後，霍森匆忙出站。霍森和徐慧都覺得對方巍峨的身影都在自家心底留下深刻印象。

「任何事情都會在時間的長流下過去，但它所產生的影響力量往往可以決定人的一生。」徐慧凝視霍森的背影在腦裡琢磨這句話。

（《臺灣日報・副刊》民國八十年三月十日）

四十二、卅九年在烈嶼

三十九年端節，我們部隊進駐小金門西方村。

端節是我國三大節日之一，若是太平盛世，吃粽子、喝雄黃酒、看龍舟競渡，掀起多少熱鬧風潮！那天，我們只吃到一小碟鹽水煮花生，每人兩片鹹帶魚。端節這樣過法，比去年在廣東湯坑只吃得一盤紅燒牛肉的中秋節更淒慘。

想家，想異鄉飄零，想佳餚美酒，愈想愈是滿心眼都是辛酸。

往年讀地理，只讀過臺灣、澎湖、舟山、海南、秦皇等島嶼的名字，沒聽過金門這個島名。金門位在什麼地方？

曾經兩度駐守金門的革命老兵唐桂雲說：

「金門對面就是廈門。」

廈門我知道，尤其是鼓浪嶼，地理書上把它說成像是神仙境界，林木葳蕤，別墅林立，道路迤邐，隨勢高下，碧眼黃髮的洋美人招搖過市，富中國風情，更有西洋情調。

站在小金門高處向對岸眺望，只見一片迷霧，即使是天朗氣清，由於視力畢竟有個極限，亦只能看到對岸叢林密篁的簇簇翠綠和高山聳峙、拂雲摩天的自然景象而已。看不到望衡接宇、紅牆綠瓦的人文世界。

時在初夏，白天暑熱炙膚，燠熱難耐；一旦天候有變，海風乍起，只見風勢貼地飛過，颳起一陣陣滾滾黃沙，瀰漫天際，迷眼塞耳，生活實在無奈。這處窮山惡水地方，怎是安身立命所在？我不由驚訝金門居民數世定居在這個荒島，娶妻生子、繁衍後代；有的族氏居然已成人丁興旺的望族，功名學業有成的亦大有人在。

小金門與大金門呼吸相通，大小金門則與臺灣血脈相連。我們駐守西方村，就像放逐在邊陲塞外。去一趟大金門，則有一種特赦回京的幸福感覺。向榮兄的老友郭振鐸在防衛部當差，職司胡璉將軍的侍從；向榮常去大金門「朝山進香」，每次回來，他能津津樂道好幾日，我們也像聆聽「天方夜譚」一樣，累聽不疲。

那時候，大小金門都沒樹木，觸目都是坦胸露腹的黃土礫石。夏天尚見茵茵綠草，入秋之後，衰草斜陽，短碣高碑，益見秋意蕭條。心中更覺異域飄零的淒涼況味。

大小金門為什麼沒有樹木？天地無私，只要載覆所在，必能生命盎然，不生高經濟價值的楠、檜、梓、樟，也能長生命力強韌的榕樹。榕樹適於熱帶環境，穿岩盤石，只要根株入土，必能生意盎然。

叩之當地居民，都說是抗日末期和國共對峙期間，全被守軍砍伐做工事材料了。

樹木是土地的衣服，人不著衣則出乖露醜；土地無衣，多麼荒謬醜惡。應該要植樹。

大小金門惟一的特產就是花生，沒有水源，自然沒有稻作；沒有水塘，當然不產魚蝦；沒有高山叢林，哪能狩獵禽獸？而且島沿港澳，全埋了高爆性水雷和汽油彈，就是想吃海魚，也只有望海興嘆，徒喚奈何。

民間不產蔬菜，即使家家有菜園，也只夠家給戶足，不作興大量生產運銷。我們的副食費原就有限，而且在特務長和連長東挪西移之下，魚肉不上桌，蔬菜亦當珍饈。記得由湖南到贛、粵，一路上不是靠地方政府無償供應，就是平價採購——所謂「平價採購」，露骨一點說就是強買強賣——才能免強維持一日兩餐無油少鹽的粗飯。到了金門，就是想平價採購，也將無貨供應。幸好國防部體察駐軍苦境，副食改由實物補給，每月額定毛豬或是豬、牛肉罐頭運補，魚類補給則是肉粗味澀的鯊魚。炊事不懂烹調，我們也不辨五味，只要能夠哄騙肚皮不餓，就覺幸福無疆，不再妄想其他。

活下去，就要設想活下去的辦法。漁獵、農牧，都是為活下去想出的辦法。師長汪光堯將軍眼看著荒地聽任榛莽蹂躪，一道命令下達各單位全師種菜。汪師長曾任督察專員，胡璉將軍專門邀請來部任職。我們七五師一向軍風紀不太嚴明，由江西到廣東，一路上抓兵拉伕，偷雞摸狗，胡將軍在江西白舍訓話時，曾痛斥為「十二兵團的不肖子孫」。汪師長履任後，立刻厲行愛民運動——缸滿水，開口笑，買物付錢，洗澡避女人……這一運動，立刻收到相當好的成效，部隊到廣東潮汕一帶和舟山本島，士氣高昂，軍紀嚴明，可與劉玉章將軍領導的五十二軍相匹敵。記得他有兩句訓詞說：「化干戈為玉帛，轉暴戾為祥和。」至今我還印象猶新。團長廖發祥上校奉師長命令後，不折不扣地一體奉行。廖團長是位儒將，打仗不慌不忙，平時瀟灑閒逸，威嚴中不失和順。帶官兵像帶自家子弟，我們背地裡親暱地喊他「廖光頭」而不名。團長夫人溫柔賢淑，是位大家閨秀，可惜多年未育；四十年，團長夫人終於得一女兒，取名娜悌，暗含「拉弟」之意。團長喜獲千金，全團弟兄為之歡欣鼓舞。四十年過去，娜悌也當早為人母了。

團長接奉師長指示後，立刻上天下地展開生產工作。部隊自進駐小金門後，餐餐吃鹽水煮花生和乾蘿蔔絲，吃得人腸胃翻江倒海，人也變成乾蘿蔔絲一樣枯瘦枯瘦。由於營養不良，痢疾、夜盲的病例特別多，磺胺類藥物一個團一月補給一千到兩千粒——任何炎症，磺胺類藥成了仙丹；配尼西林根本沒有補給。由於營養和疾病的雙重侵害，結果是個個精神萎靡，腸胃荒蕪。

開地生產的訊息傳開後，每個人的內心像是蘊著一團綠油油的希望。而且，當時沒有訓練場地，成日閒著，閒得遍身筋骨痠痛，一旦奉命墾地生產，立刻全體動員，把卵石礫地墾成一畦畦土壤細膩的新生地。

大小金門原與廈門貿易往還，自從廈門被共軍佔領，金門又在我軍掌握之下，貿易路徑斷絕，只有捨近就遠，物資全靠臺灣運來。由於待遇低，物價高昂，我們沒有牙刷、牙膏和肥皂，穿也簡陋，吃用全簡陋；個人用品闕如，單位用具更是一物數用，極度發揮物盡其用的效果。

這時候，忽然傳來「克難運動」的聲音，本來我們早已在推行「克難運動」，只是務其實而未得其名，如今，突然有個名詞做呼應，行將起來，立刻感到理直而氣壯，名正而言順。

夏日黃昏，洗澡沒有臉盆和水桶，既然要克難，大家就把豬肉罐頭空罐繫上草繩當水桶。金門水井，有的深達數丈，有的淺僅數尺，洗臉、洗澡，稍作「敷衍」，自然可保門面清爽。

沒有青菜，就用黃豆發芽，去野地撿拾收後的花生芽當青菜；另外把黃豆磨成豆渣，擱上油鹽，豆汁、豆渣一塊吃，也覺別有一番風味。我們連上的炊事班長魯慶雲，四川老鄉，自抗日便投身軍旅，抗戰勝利後，依舊不曾復員回家。他負責盡職，烹調技術相當高明，他無中生有地把黃豆發酵成豆豉；豆汁、豆渣煮好後，再在上面加半勺黃澄澄豆豉，刺激食欲，更覺滋味無窮。

冬天睡覺沒有墊被，舟山尚有稻草，織成稾薦，我們稱之為「金絲被」。金門不種水稻，只有把修長的雜草割下曬乾，然後編成草墊，一翻身吱喳作響，也能禦寒擋風，帶來一夜酣眠。

當時，我不曉得臺灣駐軍的「克難運動」是什麼樣的情況，我們在小金門西方村，就把「克難運動」推行得烈火熊熊，成效顯著。

大小金門是臺灣的邊陲，小金門則是大金門的邊陲。那時節，每個師都有康樂隊的編制。我們師的康樂隊一兩個月也難得來團演出一次，為了解決官兵的康樂問題，提振部隊士氣，我們連上由劉錫庚當導演，連長曾龍標、副連長周化本、軍醫王揚祖、向榮、翟作棟、擔架排長夏世雄、陳立志、程坤，另外廖炳年、徐光盛、陳紹池等全都參加演出，演出之夜，煤氣燈光煌煌，湘、鄂、贛、粵腔調全部出籠，字不正而腔不圓，全劇意識倒能連貫一氣，看得師長、團長哈哈大笑，鼓掌叫好不迭。以後的「兵演兵」，可能是我們連上首開先河。事隔四十三年，不幸曾連長、揚祖、世雄、光盛諸兄相繼作古。化本鄉兄臨終之前，特別囑咐兒女通知我去送葬。出殯之日，我由臺北趕去嘉義，幾經波折才找到地址，然後虔虔誠誠把我這位老鄉兄的骨灰送到善導寺安厝。生死是種自然現象，有人先走，有人後去，誰也逃不過這項自然法則。每每想到甘苦與共、生死相仗的老友，走的走、老的老了，內心那份悲楚自然難以禁遏。

時序進入初秋，辣椒已經長得「亭亭玉立」，南瓜、冬瓜也已攀藤牽蔓，一片蔥翠生意。入夜以後，只見螢光閃爍，雖在戰地，也有一番農家寧靜景象。

我們餐餐吃乾蘿蔔絲吃厭了，於是，試著摘下辣椒葉、南瓜、冬瓜葉梗和花瓣炒來當青菜吃，雖少青菜那份柔嫩，在聊勝於無的情況下，也能大快朵頤，引為生活中的一快。

當時年紀輕，雖然想家、想父母，因有幾位好友，掏肝掏膽建立了友誼，彼此鼓舞安慰，倒也能「以軍作家」，恬然相安。像劉錫庚、翟作棟、張志屏、廖智承等幾位好友，就是那時候建立起刎頸之交的情感。張志屏善講反三國、翟作棟會哼幾句河南梆子，像是「走三步退兩步，等於未走；三匹驢四匹馬，七匹牲口」常常掛在他嘴上，至今我還記憶猶新。錫庚從小就在外面歷盡劫磨，一本苦經也能引人入勝。廖智承，廣東興寧人，自幼經商，風流故事和奇遇特別多，娓娓道來，常常叫人忘記夜深露重。每天夜晚，我們幾個人掇兩張長短板凳，搧著克難扇子，個個盡其腹笥所有鬥嘴巴皮子，直到歡樂沒頂，瞌睡波波襲來，才各自哈欠連天就寢。第二天晚上，又在老地方老話題拉瓜。客地寂寞，也能有所排遣。

李紹慶能拉能唱，與作棟、錫庚同為河南大同鄉，每次來連上串門，總要調整琴絃，拉一曲，哼幾句。那時，我根本不懂梆子戲的韻味，待年齡稍長，識得梆子戲的意味雋永之後，不幸李紹慶已在南日戰役中作古。智承亦於五十年因鼻喉癌去世，幸得馮景星兄奔走善後，讓他在九泉之下安息；以後，骨灰由中和圓通寺移厝到新竹忠烈祠，我率領妻小三度前往祭拜。死後一揖，哪及生前兩手相握？冥紙飛揚，終不勝生前杯酒言歡。老友凋零，內心常不免隱隱作痛。幸好我們這幾個偷得餘生的老古董，數十年交情不變，而且愈老愈芬芳，平平淡淡，硬硬朗朗，堅持不貳地活到今日。

客地寂寞又乏異性溫暖，年輕人的心靈總是蠢蠢然欲動。房東有兩個年輕媳婦，丈夫都去南洋拚鬥事業，衾枕淒冷，閨闥寂寞，難免會秋波流轉，欲縱故收；惹得連上的年輕軍官心猿意馬，不知如何安頓自己。團部參謀，也常借故來連上探窺春天消息。金門人倫秩序嚴整，婦女貞節觀念濃烈；而且，兩個年輕漂亮媳婦的公公婆婆看得格外緊，白天不離視線，晚上跟著婆婆同榻。雖然春心蕩漾，有意紅杏出牆，徒然忙壞狂蜂浪蝶，只能在牆外鼓翅搧翼，無緣越垣採得半絲花蕊餘香。

「克難運動」終於有了成果。等北風自海面掠來時，冬瓜、南瓜已經豐收；白菜也長得蔥翠油綠，蔬菜足堪自給自足；只剩下臺灣源源運補的葷腥無法開源。

汪光堯將軍的才華、學養不下於胡伯玉將軍，他領軍作戰，也能獨闢蹊徑，把兵帶得虎虎有生氣。他在小金門可以說是獨當一面，為了便於運補，活用兵工力量，他首先開闢一條縱貫道，直達船舶停靠位置。開路工具，全靠官兵克難解決，路面寬二十公尺，路基用卵石紮實，再以黏土填實石隙。道路竣工之日，特別命名為「伯玉路」。胡璉將軍視察小金門時，覺得此猷有助金門建設，除嘉許汪將軍的績效外，並展開了以後兵工建設道路的工程。

金門土地貧瘠，凡抱有鴻圖壯志的人，多往南洋求發展，昇平歲月，倒還月月匯款接濟家人；一旦遭遇戰亂，郵電不通，「僑援」立刻斷絕，生活亦告拮据。幸好駐軍平日雖少葷腥佳餚，三餐主食倒能任人飽餐，每餐剩下的飯，便主動濟助居民，大家有飯吃，人人吃得飽，軍民之間建立了融洽無間的情感。

三十九年到四十年間，金門沒有豬仔出售，直到四十一、二年後才興起養豬風潮。等四十三年部隊調防臺灣時，每位官兵還能分享少許養豬福利。

我不曉得當時的「克難運動」究竟有多少效益，可以確定的是這一運動給官兵心中注下一支沒有「難」字的針劑，任何事都能以「克難」兩字解決。

四十一年部隊調防東堡，我們開始炸太武山修陣地，築馬路，建司令臺，端著臉盆把井水當食油般去澆樹。等我六十四年第二次調職金門時，金門已成海上仙山，戰地花園，蔥翠的樹木，遍山漫野蒼鬱蔥秀，縱貫道上的木麻黃，徑可盈尺，撓天拂雲，挺拔不群，一副頂天立地的傲岸氣概。大小金門都流下過我的汗瀋，也留下了我整整七年時光的青春歲月。如果說這是一段深刻記憶，這段記憶苦澀中含有太多的甜蜜。

第一次回故鄉，我的高幹侄子對我說：「叔叔，我們最怕運動，一場運動結束，不曉得有多少人頭落地！僥倖不死也要脫層皮。」

專制與民主政制的差別就在這裡。

我們這裡的每一項運動，都是自動自發，自己作主，不勉強，沒有壓力，成效彰不彰，大家都不做估量。不過，每一次運動，總會在人心裡注下一個符號，叫人永生難忘。「克難運動」早已結束，克難精神在我內心，卻是永遠鮮活不死。

（《青年日報・副刊》民國八十二年十一月十四日）

四十三、出走，而不離家

舊章回小說裡常有「三十六計，走為上計」這一著，走是「逃之夭夭」的意思。當兩方對陣，優劣之勢擺在眼前，估量自己形勢不如人，不溜何待？於是，腳底下搽桐油——溜之乎也，免得老命遭殃。

走為上計中，應該還包括「離家出走」這一小計。

離家出走當然不是自今日始，古早古早以前，多少人棄家不顧，在外流浪；只是古早屬於農業社會，獨立謀生的能力有限，一旦出走，往往無以為生，與其出走活活被餓死，還不如忍氣吞聲在家「待」著，所以，出走的事例並不太多。今日，幹什麼營生都能活下去，一旦「老子心裡不爽」，立刻一走了之。

離家出走，經常是在下列兩種情況下發生。

一是恩斷情絕，對家庭、家人完全失望，乃以出走解除自己的痛苦。好也罷，歹也罷，反正做孤注一擲，出走之後，再也不與家庭發生瓜葛，走得徹底，走得堅決。至於後果如何，誰也不想考慮。

另一種是根本不想離家，只是以出走為手段，為將來回家做伏筆，等雙方情緒緩和，理智回復，覺得：「何苦走極端把人逼上梁山呢？」於是，各自退讓一步，把出走者趕快招之回家。出走者目的既達，出走過程自然立可結束；於是勝利凱旋，從此不為離家出走的因由煩惱。

離家出走像是一種傳染病，一旦感染，便難根治；尤其是年輕人，動不動以出走為要脅。父母痛子心切，往往成了敗軍之將，丟甲棄盔，鎩羽投降。試看多少拋棄妻子的男人，在外金屋藏嬌！多少嬌嬈多姿的女人，出走之後，有志有操地，常在艱困的濁浪詭波中力爭上游，拚出一番事業，為自家揚眉吐氣！心性墮落者，在無以為生之下，抗拒不了誘惑和暴力，最後往往以先天本錢謀生，將將就就，活得窩囊而不甘心。流風所及，連小小年紀的中學生，不是以課業壓力太重做幌子，便以父母管教太嚴做藉口，抱著「姊姊做鞋——妹妹照樣」的人生態度，當無計應對時，便以離家出走做對策。

出走之一

我有四個兒女，二女兒首開「離家出走」紀錄，繼之是我和內子。

話說六十六年秋天，我們舉家自臺中遷居臺北。由於房子新買，貸款壓力沉重，使整個家庭籠罩在一種陰沉沉氣氛中。當時，大女兒就讀明道中學高三，每個月八百二十元的伙食費、三百元零用金，加上三千元房屋貸款，全部自一份微薄的薪水中扣出來，還有借貸利息需要月月清，本金逼著還，使我天天愁上心頭，鎖上眉頭。老大遠在臺中「深造」，老二順理成章頂上了姊姊地位，學校功課壓力加上家庭債務愁緒，逼使剛剛進入高中的老二心中無法紓解，展不開眉頭，霽不開顏笑。一天，在母親責罵之下，老二負氣出走了。

男孩子出走，憂慮比較少。女兒出走，臺北是處複雜都市，龍蛇雜處，良莠不齊，危險性高。於是，我們動員全家大小到處找，到處問，依然沒有老二的影子，急得大家滿頭包。其實是錯在我們捨近就遠，只以為老二果真走得遠遠的，原來她就蹲在社區牆角下餵蚊子。當我們找到她時，女兒一把眼淚、一把鼻涕在哭。我看她那副可憐相，趕緊把她帶回家，讓她吃了一頓飽暖晚餐，催她洗澡睡覺。疲倦加上飢餓，她爬上床就酣然入夢了。

第二天我問她：「離家出走好不好玩？」

「爸，根本不好玩。我蹲在牆角下一直在罵你。」

「罵我什麼？」

「罵爸爸真笨，還沒把我找到。」

家是溫暖的窩，怎麼不好，它都充滿了溫暖和芬芳。

出走之二

老三一向桀驁不馴，當他對父母有所要求時，他表現得格外乖順可愛；一旦目的已達，父母的話全當耳邊風。

當他進幼稚園的那天起，我就為他規劃了前途。殊料我的一片苦心，他全然不接受，勉勉強強走出高中大門，他自我規劃的前程中出軌。

兵役結束回家，他突然有了轉變，他說：

「爸，我想開幾年計程車，為自己存一點創業本錢。」

我估量這項計劃不錯。七年前，一個計程車駕駛，如果正常開支，正常工作，每月至少有六七萬元收入，就以一半計算，用一半，存一半，三年下來，少說也有一百萬元的創業基金。

「好。」我全力支持。「車子我買，一切費用我全包。」

錢這東西誰不愛，尤其像我們這種窮苦人家，不走私，不販毒，不求橫財，一生都在為錢愁苦。能用智慧、勞力多掙幾個錢，改變一下家庭命運，光明正大，有何不可？

第二日，我是東拼西湊把車款籌足，立刻把一輛福特牌新車牽回家。車子到手，頭一個月，兒子趕早睡晚工作；一個月後，他便被愛情沖昏了頭腦。原來他有一個學妹，在學校非常活躍，人也長得俊俏秀氣，是許多男生追求的對象；缺點是與我兒子為同一類型人物，自國中開始離家，居無定所，到高中畢業，依然我行我素。所謂「物以類聚」，我兒子卻是捷足先登獲得此姝青睞。我們夫婦跟兒子說好說歹，告訴他：這種活躍型的女孩當玩伴，可以增加生活彩色；做妻子，望她生兒育女、相夫教子，多少有幾分危險。無奈兒子執迷不悟，為愛情勇往直前，無怨無悔。每月賺的錢，不但不夠他自己開銷，還要伸手向我討錢補助。八個月後，我把車子變更為自用，讓他去學錄影。學錄影自助手開始，收入少，女朋友也跟他擺擺了。

年輕而英俊的男人，大約都逗女孩子歡心，半年之後，兒子又有了新歡；交往不久，他把小姐帶回家。我看她長相、體型都不錯，在心理上便已默許他們交往下去。無如小姐天性厚實，嘴巴不甜，與老伴格格不入。

老伴是個喜愛嘴巴甜巧的女人，嘴甜加上貼心，她會心甘情願把老命賠給你；你要把她典當抵押，她還高高興興替你數鈔票。可惜這位小姐的父母沒替她開公關課，即使我私底下教她如何攻下老伴的心防，她總是難以行之自然。加上年輕人喜愛時新玩意，MTV、跳舞、看電影、吃館子、玩……兒子每天不到深夜十二時不會回家。老伴常常感慨地說：

「兒子一出門就丟了，回到家才算撿了回來。」

我們勸他重愛情更應重事業，不要顧此失彼，讓生命失去均衡。可惜兒子聽不進去，而且，不說還好，只要我們一開口，他就認為我們反對他們來往。於是，彼此的立場日趨尖銳，他的言行也愈來愈極端。在無法影響他之下，最後，我給他下「驅逐令」說：

「你想在家裡待，就留下來；認為家裡沒溫暖、父母刻薄你，你就搬出去，免得我心煩。像你這種兒子，有沒有都無所謂。」

最後，兒子離家出走。

走到哪兒呢？原來他在一個同事租住的小房間裡打地鋪，一日三餐則在路邊攤解決。

他以為他很有辦法，事實上凡是沒有父母樹蔭遮蓋的孩子，必然要接受風吹雨淋的痛苦。一個多月後，他疲憊不堪回家，家的溫暖，讓他可以恣情飽餐酣睡，免於同事的冷嘲熱諷。最窩心的一樁事，是他離家出走的五千元房租仍然由我掏錢付清。我們也退一步讓他自己決定他的事業和愛情，只是我在牆壁上寫了一幅八個字的條屏，那就是：「不聞不問，亦癡亦聾。」

兒女長大自然有他自己的主張，父母怎能左右他？最近，我們準備替他與那熱戀中的情人辦理婚事，他要婚後居住家裡，我一口拒絕說：

「不行，你們自己租房子住。」

我要讓兒子在建立家庭的過程中，體悟父母為給他們一個溫暖的家不知煞費了多少苦心。

出走之三

我是一家之主，我也上演了「離家出走」這種鬧劇。

老伴愛乾淨、愛漂亮，是一位新時代中的舊式婦女，思想雖不頑固，一旦打結，千萬種辦法都解不開。最大的缺點是固執己見，只要她認為對的，任何人都別想改變她；她認為非的，千頭黃牛也拉不轉她的念頭。基於這原因，夫婦倆自然是齟齬時生，意見相左。

那一次記不清楚為了什麼事惹得雙方唇槍舌戰，各不相讓，戰爭的氣氛愈來愈劇烈，迫使雙方幾將失去理性。為了消弭可能爆發的禍患，我只有提著簡單行囊「離家出走」。

當時，我在陸軍總部服務，僥倖在龍岡分了一戶二十六坪大的職務官舍，三房兩廳，家具齊全，偶然進住一次，等於到別墅休假，清閒自在，恬適快樂。所以，我惟一出走的去處，就是那戶職務官舍。

在出走期間，我白天去總部上班，晚上回龍岡住宿。買一把青菜、四兩瘦肉，下一碗麵條打發晚餐；不看電視，不聽新聞，燈下讀書，或者振筆寫稿，真是無牽無掛，優游自在。

人畢竟是種感情動物，既然有妻有室，哪可能放棄家庭兒女？等心情平靜之後，我依舊施施然回到木柵老家。心想——夫妻吵架，誰勝誰負都沒有名次評定，也沒獎牌、獎金好領，何苦呢？

走進門，老伴笑盈盈說：

「恭迎聖駕回鑾。」

好話過後，不中聽的話隨即跟著上。儼然餐廳上菜，不容人有片刻閒適時間。

「幾十歲的人還離家出走！你以為你是誰？辜振甫？王永慶？張榮發？事業一大片，別的女人搶著要？像你這種垃圾貨色，丟去馬路都沒人撿，自己還滿稀罕。我就料定你想走也走不了多遠，最後還是要回到老窩來，有本事就不要回來。」

被她數落一頓後，心裡很不是滋味。兩個兒女卻偷偷告訴我說：

「爸，媽是刀子嘴巴豆腐心。爸不在家，每到吃飯時刻，媽就叨唸說：『這個死老頭，不知吃飯了沒有？』天氣稍微變涼，媽又會唸經說：『衣服也不帶，看他穿什麼！』爸，你以後真要離家出走就要時間長一點，好讓我們在餐桌上吃飯自在些，不必聽你的飯桌訓話。」

我瞪一眼女兒罵道：「神經。」

出走之四

我們夫婦結婚三十五年，經常嘴巴皮子鬥爭，但從來沒有拳腳相向，上演全本鐵公雞。

每個人都有個性，有他獨立自由的理念，如想和諧相處，避免各走極端，只有靠溝通。若是溝通不良，使雙方意見沒有交會點，南轅北轍之後，自然會產生摩擦。

夫婦同床共枕，理應生命一體，意見一致；由於各有理念，仍然不免各執己見，互不相容。重則爭吵鬥毆，訴諸離婚；輕則發生冷戰，三五天不相聞問。

我跟老伴在三十五年共處歲月中，無法避免不以言語當武器，互相廝殺。上個月為了一點雞毛蒜皮小事，在各逞口舌之後，氣得她離家出走了。

晚上下班回家，叫門沒人應，搖電話沒人接。好不容易等到小女兒回家，打開門進屋，只見廚房待炒的菜分門別類排列碗櫥中。

小女兒說：「爸，你去看電視，我來準備晚餐。」

「你媽去哪兒？」

「誰知道，八成是離家出走。不過，老爸不用操心，媽出走，只是散散心而已；媽要是真的想出走，晚餐的事她根本就不會準備。」

我看了一會兒電視，內心依然放不下，於是搖電話問大女兒：

「你媽去哪裡？」

「媽沒跟我說。爸，怎麼啦？」

「昨天晚上爸跟她爭吵了幾句。」

「大概是媽氣不過，離家出走了。」

「她會去哪兒？會不會回高雄外婆家？」

「不會，來回車費一兩千，媽捨不得。」

「你認為你媽會去哪裡？」

大女兒思索俄頃，忽然笑嘻嘻說：

「爸，媽八成是去指南宮。」母親出走，女兒居然笑得出來，可見出走只是一齣鬧劇。「今天不要急著找她，讓她在指南宮跟遠來的香客好好禮佛燒香，明日我去找媽回家。」

經過女兒這麼一說，我的內心不再焦急。晚上，一個人睡張大眠床，沒有人數落，沒有人嫌我睡相不好，我睡了最香甜的一夜。

第二天是星期天，星期天我有睡懶覺的習慣。不到八點鐘，電鈴按得急急響，我把門打開，老伴笑咪咪走進來，得意洋洋說：

「昨夜晚上我在指南宮睡了一夜好覺。齋婆們好熱心，好善良。」

我是既好氣又好笑，忍不住問道：「你不是離家出走嗎？」

「這一次我饒了你，下次惹我生氣，我就真的離家出走。」

十點鐘左右，大女兒帶著小猴孫回來。她發現媽赫然在座，忍不住揶揄地笑說：「媽要離家出走，也該多走幾天，不到十三四個小時就急匆匆回家，未免太不像離家出走。」

「你這個死丫頭，不勸媽還鼓勵媽離家出走，究竟安的是什麼心眼？你回來幹什麼？」

「我去指南宮找媽。指南宮的阿嬤說，媽一會兒擔心家裡瓦斯沒關好，一會兒又愁門鎖上好沒有，害得阿嬤陪她聊天一夜沒睡好覺。」

我看一眼大女兒，忍不住搖頭苦笑。

像這種放不下兒女、家庭的女人，永遠成不了離家出走的氣候；我不再擔心她以後再會離家出走，因為家始終是處生根發芽、有光有愛的地方。

（《臺灣日報・副刊》民國八十二年十二月十六日）

四十四、飢餓

飢餓的滋味很難受。

那天早晨，我起床較晚，一瞧手錶，交通車快要駛來，立刻匆忙浣洗著衣，一陣跑步跑到候車地點，交通車正好狼奔豕突駛來。昨夜天寒，睡眠不曾安穩，登上車，立即酣然入夢。車在路上顛簸，就像海浪推盪船隻，使人有種暈陶陶催人入夢的甜美感。全車同事個個睡得七葷八素，我當然不能拒絕周公邀約，也就欣然前往，稍作定靜，立刻夢鼾同來。

車子駛到單位門口，已經遲到四十分鐘，大家魚貫下車，表情有些少坐四十分鐘辦公桌的喜悅，更有又是一天新開始的希望，也有一分無可奈何的懊惱。

天雨，到處塞車，每遇紅綠燈，車子雖然暫時停下來，卻是個個存有隨時準備衝鋒陷陣的衝動，一旦遇到前車車輛故障，車子行不得也，大小車輛的喇叭聲此起彼落，一片心浮氣躁現象。機車騎士則像水中游魚，款擺著身段自車與車的空隙中爭取三兩分鐘時距，等到終於前路故障排除，大車小車摩肩擦掌接踵往前擠，廢氣像雲蒸霞蔚裊裊上升，可惜卻沒有山嵐裊裊、霧沉沉的浪漫情調。

人雖在交通車裡甜睡，意識卻在辦公室裡兜圈子，終於交通車氣喘吁吁停下來，抵達辦公室，已然遲到四十分鐘。不能怪我們，天雨加上交通故障的原因。

這幾天，地下室福利站盤點，買不到哄騙腸胃的東西，去外面小店吃早點的時間已被塞車消耗了，若是大搖大擺去外面吃早點，主管的冷臉不好看，沒法子，只有枵腹坐在辦公桌前等因奉此受煎熬。

胃腸很現實，它可由儉入奢，也可由奢入儉，不像嘴巴挑東撿西，選瘦擇肥，一貫提高自己的欲望享受；腸胃個性隨和，精饌名點，它不拒絕，藜藿菜根它也一體笑納，只要讓它有點東西搪塞，它就乖乖巧巧做「順民」。

頭一天，我因為參加朋友家的喜宴，好友相聚，當然不免「五子魁首、三星高照」的鬥兩杯酒，酒與菜在腸胃中一攪和，食欲隨即銳減，塞飯菜的容積也被酒占了去；回到家，痛痛快快洗了一個熱水澡，立即上床就寢，腸胃經過徹夜的加工消化，到達辦公室後，已然是空無一物。裡面沒有食物安撫，不但抗議之事不絕，而且腸胃聯合起來向我反飢餓、反迫害。我一氣，不由拍桌大罵道：

「你對學問腹笥有限，對食物卻是貪得無饜，你不感到慚愧？像朱炎、王邦雄教授，身形清瘦，卻是滿腹經綸，你的肚子裡究竟有什麼？你對我究竟有何貢獻？」

腸胃不甘平白受冤，也不由大聲抗議說：

「有沒有學問是腦子的事，它不吸收、不消化、不記憶、不存檔，跟我什麼相干？我們腸胃平日對你要求多少？只要有一點原料供我們不停工，那就皆大歡喜，何曾做過無理要求？像你，一向省吃儉用，三餐青菜豆腐，我們不曾發過半句怨言。哪像陳經理、李副董、張立委、何議員家的腸胃，天天山珍海味、魚翅燕窩往裡倒，油水肥、食物精緻，工作起來也不那麼費力。像我們，一生辛辛苦苦替你絞青菜、軋蘿蔔地瓜，難得有次葷腥，成年累月忙成一張蠟黃臉，只聽見山珍海味的名詞，哪嚐過山珍海味的滋味？你不自己感到愧疚，反而一逕責怪我們，你自己不覺得有些專橫無理嗎？」

我慚愧得無言以對。心想，此時此際，兩造都在情緒失控，若是派軍警鎮壓，勢必人急懸樑、狗急跳牆，造成局勢大亂。只有退讓一步，委曲求全安撫說：

「我雖然辜負了你們，但我一生也在為餵飽你們忍氣吞聲看臉色，起早睡晚掙幾個錢讓你們溫飽有餘。我知道我是一事無成，害你們捱受苦日子，我是真的盡力了，你們應該清楚。請你們暫時忍耐一下，中午一定讓你們飽吃一餐。」

腸胃畢竟與我有份苦樂與共的交情，它聽我這番討饒話，只好有氣無力央求我：「沒有飯菜，且給我一口水喝吧！」

我立即喝下半杯開水，它們不再大聲喧嘩。我不由內心暗喜：這真是一群善良的老百姓，平日安份守己，沒有多求，只要有份清茶淡飯供養，就覺一生滿足。我怎能如此無情地責備它們？不能改善它們的生活，提高它們的生活品質，把它們的粗糙工業升級為精緻工業，由青菜豆腐，轉變成魚翅燕窩、名點洋酒，那是我的無能。無奈命運弄人，兢兢業業一生，依舊跳不出現實環境如來佛的手掌心。自己不愧疚，反而大聲指責別人，輸理的是自己，哪能怪腸胃呢？

腸胃雖然不反抗，事實上只是暫時性的妥協。也許是真的無力吶喊，也就故作服貼；我正沾沾自喜，誰知道內裡卻覺空無一物，那把飢火也更燒得熊熊難戢。

我曾經看過黃口小雛嗷嗷待哺的情景，更看到小狗、小豬吮吸母奶的急迫情形，我那胃裡也像有小雛在剝啄，小狗、小豬在吮吸般難受。

為了分散自己的注意力，把餓意當破鞋、秋扇般扔在一邊，我順手拿過一本《資治通鑑》翻閱，讀到隋煬帝開鑿運河、秦始皇修築萬里長城那些片片段段史料，意識裡忽然把飢餓連貫在一起——

秦、隋兩朝只傳到第二代就滅亡了，其所以速亡的原因，秦由於修築長城、建造阿房宮，隋由於開鑿運河、遠征高麗。此數大工役，人數動至數百千萬。當工程進行時，人民雖然工作勞苦而無可如何，食宿有著，尚不至於凍餓；等待工程結束，工役一一遣散，此一數百千萬強悍有力的夫役則無所歸——回鄉里家室蕩然無存，妻散子離，謀生業自何著手？三餐且不能繼，哪來的本金營生？在情不得已的情勢之下，只有聚而為盜。人數既眾，亂源一起，便誅不勝誅。桀黠之輩，乃乘時崛起，領導為亂；才智過人的則轉盜匪為軍旅，予以駕馭，為自己打出一片大好江山。所以，漢高祖、唐太宗成為一代開國雄主。

飢餓居然造成亡國喪邦，災害之大，莫此為甚。我愚蠢得無視腸胃抗議，漠然處之，飢餓既然可以喪人邦國，焉能不會喪人身家？此豈非歐陽修所說的「禍患常積於忽微，智勇多困於所溺」的註解嗎？

記得三十六七年，中共趁著抗日戰爭剛結束，民窮財盡之際，鼓煽接受美援吃白麵、饅頭喝牛奶的大學學生，大喊「反飢餓、反迫害」遊行示威，再配合心理、經濟、群眾、間諜、外交等戰爭，終於把國民政府趕出大陸廣大的國土，失去統治權。這又是藉飢餓而獲致失權、得權的結果。

兩次回大陸探親，只見廣州車站內外睡滿了候車同胞，他們全是自外地奔來廣州打工的，因為一時工作、食宿無著，只有暫借車站棲身。他們一個個露出哀哀無告的臉，有些同胞甚至為討得幾毛錢果腹而放棄尊嚴；有人則不惜使用拐騙手段弄錢。中共把這群為改善生活而離鄉背井的同胞號之為「盲流」，最近，因為擔心名詞毒素傷害到政權統治，一律改稱為「民工」。

盲流、民工都是飢民的代名詞，盲流因飢餓而起，飢餓因求食而形成盲流，它是一股不知何時會突然爆發的火山溶漿，一旦沸騰，必然衝破地殼，高達千萬度的熱流，夷燒山林，摧毀家屋人畜，把整個河山都毀滅殆盡。

歷史上，多少因飢餓而崩潰的政權！明朝自朱元璋打下江山，二百多年來，一直是水旱洊至，饑饉頻仍，政繁賦重，外訌內變，加之貪官酷吏不以民生疾苦為意，正人遭戮，倖佞弄權。最後，民心散亂，群起為盜，李自成、張獻忠乘著這股民氣組織饑民，成為軍事力量，終於逼使崇禎帝自殺，結束明朝二百多年顢頇無能、民不聊生的政權統治。這又是飢餓造成的後果。

國家社會經不起飢餓的折騰，個人如果飢餓，強者為盜、為寇，打家劫舍，下焉者則拐騙、盜竊，偷雞摸狗，無所不用其極；夫妻則牛衣對泣，甑釜累空；志節義烈，不甘淪為盜匪乞討，只有抱著「志士不飲盜泉水，廉者不受嗟來食」，像伯夷、叔齊一樣採薇而食，最後餓死首陽山下。可憐的是非洲災黎，哀哀無告，掙扎在死亡邊緣，貪權好殺的軍閥，殘民以逞，割裂政局，老百姓反抗無力只有等待死亡，我們的「飢餓午餐」和其他各國的仁慈救濟，遠水也難救近火。天若仁慈，怎能如此貧富不均？以上帝的子民為芻狗呢？

思想停滯在這裡，忽然發覺腸胃又在轆轆作響，我懍於亡國喪身的教訓，立刻矍然站起，告知腸胃說：

「走，吃飯去。」

腸胃一聽有飯吃，立刻大聲歡呼，轆轆之聲響如山鳴谷應。

中餐，我點了一客醬爆肉、一味清蒸鱈魚、一碗肚片酸菜湯、一盤炒青菜，更向店家斟了一杯金門高粱，一面品酒，一面吃菜，吃得斯文，嚼得有味。經過整個上午吵嚷吶喊的腸胃，此時安靜了，只管慢慢收納，也不問酸甜苦辣。等我酒醉飯飽之後，我聽見它們感激地說：

「謝謝你，你終於讓我們有了一次好飯菜享受，希望你下次不要餓我們。你既然知道飢餓的後果，若是執迷不悟，故意忽視我們的存在，有朝一日，得到惡果的是你自己。」

我一聽腸胃這番既體貼又帶威脅的一番話，不由冷汗直流。心想：吃飯事大，古話說：「國以民為本，民以食為天。」歷代帝王尚且不敢忽視人民的肚子，我豈能無視自己這隻肚皮？

（《青年日報・副刊》民國八十三年四月三十日）

四十五、我家有位怪婆娘

我們湖南人管「相對單位」叫做妻子或堂客，鄉土一點就叫「婆娘」，名詞雖然不雅，實用效果與皇后、貴妃、昭儀、婕妤無別。現在則把對方的妻子稱為「夫人」或「某太太」，名稱儘管雅俗不同，其實都是婆娘。

多年前回湖南老家探親，我把我那個相對單位介紹給中共幾位省級官員說：

「這個是我婆娘。」

中共幾位省級官員不由哄堂大笑說：

「侯先生，你還是這樣鄉土？」

我笑笑。暗想：「跟你們打交道哪能掏肝掏肺？以詐巧對詐巧，自己才不會吃虧。」不過，婆娘依然是婆娘，哪能麻雀飛上枝頭就變鳳凰啦？

當年一枝喇叭花

牡丹富貴而華麗，蓮花清逸而高潔，菊傲霜雪，梅耐酷寒……喇叭花學名叫做牽牛花，貼地而生，一旦有所攀緣，立刻抓住機會奮然而上，喧賓奪主，亂開花朵、亂結蕾，這種花當然比不上牡丹、水蓮、秋菊與寒梅，但它總是一朵花。

我那個婆娘當年就是一支喇叭花，不豔麗、不嬌媚、不討別人歡喜，反正她是自開自謝，只是傾盡生命開花便了。

地球上不管百種花朵千樣草，總會各有所好，周濂溪愛荷花，陶淵明愛菊，鄭板橋與蘇東坡愛竹……我品格不高，氣質不雅，學問不好，湊湊合活著，我就愛這個喇叭花。

我常說：「青春就是魅力，年輕就是美。」這應該算是生命的鐵律。我們走到街頭，看看那些年輕女性，不管是奇裝異服，或是穿著端重，只要年輕，個個都是豔光照人，魅力四射。一旦年華老去，皮膚乾燥，失去一份青春的彈性；頭髮粗糙而無光澤，步履踉蹌，不像小鹿般騰躍跳縱，怎樣講究穿著和化妝，依然掩飾不了青春不再的痕跡。

我那支喇叭花雖然不是名花，她也曾年輕過，也曾叫多少年輕男人拜倒石榴裙下，而且在許多英武有為的年輕男人中偏偏挑中我這個窩囊廢，引我為她的紅粉知己，我感恩圖報，當然愛這朵喇叭花。雖非名花，終究是朵花也。

不准我嫁我就死

我這個婆娘是如假包換的本省姑娘，祖籍福建漳州，經過八九代的演化，橘逾淮則枳，她身上當然嗅不出一點漳州味，全是十十足足的臺灣風。

當年我追她時，我是一班之中的最後一名。那時，她身高一六二，面目姣好，皮膚白淨，一對眼睛漾著兩湖青春醍醐，說話、行動帶著十足的野勁。我則是一個土氣十足的外省人，豬八戒是我哥哥，我是豬八戒的弟弟。說話囁嚅，行動猥瑣，窮裡帶酸，酸中冒窮。怎麼也想不到我自班尾擠到班頭，她卻選上了我。

她父母第一次見我，印象不怎麼好。她父親勉強同意，她母親堅決不點頭。她質問母親什麼理由，她母親說：

「他是外省人，一旦反攻大陸，我擔心他會把你賣掉；其次，他肩上只有三條槓，薪水不多，養不活你；再次，他身體衰弱，我看不是長壽之徵。」

愛的前提下沒有條件。她追問她母親說：

「媽是不答應？」

她媽回說：「對，我反對這場婚事。」

「媽，好壞都是我的命，我選中他，我就不會再挑第二個人。媽如果真的不答應，我只有一條路——死。」

她媽拗不過她，終於替她辦理訂婚，把一個漂漂亮亮、白白胖胖的女兒送給我當婆娘。習俗說是生女兒為賠錢貨，岳父母不但賠掉一個女兒，還賠了一份嫁奩。早知如此，生男孩多好！不過，在我心目中，這個賠錢貨的婆娘，比李麗華、鍾情、尤敏還美；如今年華老去，若是有人拿林青霞跟我交換，我也不幹。因為我愛這朵喇叭花，她是世界上最完美的女人。

左鄰右舍多古風

結婚後，我們住在臺中南屯春社里。春社里是處純樸的農村，男女老少都涵養一份中華民族古風。

喇叭花年僅十九歲，十九歲就做了新娘，未免有些閨房焦急的意味。新娘年輕，新郎卻是倒楣透頂，焦煤煮飯，飯分三層——底層焦、中層熟、上層生，菜嘛，不是燉酸菜就是炒酸菜。其實也難為了這朵喇叭花，一份上尉薪水，自己吃用，還要招待人客、應付婚束，真可說是捉襟見肘，羅掘俱窮；等老大出生以後，每個月至少有一個星期吃醬油泡飯過日子。

好在喇叭花很能幹，她把女兒打扮得漂漂亮亮，把每月三百多塊錢的薪水劃分幾個等份支出，桌上雖沒餐餐有葷腥，倒也是藜藿勝珍饈，菜根滿桌香。

左右鄰居充滿濃郁的人情味，不時送把蔬菜，或是送幾條絲瓜。老友姚聖表，浙江定海人，操課之餘，便在成功嶺旁的圳岸上種蔥、種青菜，每到菜蔬成熟，總不忘送我幾把嚐新。喇叭花很珍惜這些人情味的禮品，並且跟著鄰居學養雞鵝，每逢過年，喇叭花的生產成果派上了用場，一隻肥鵝十多斤，吃得兒女眉開眼笑，滿屋子的歡欣。

老大糊糊塗塗闖進我這個窮苦之家後，前車有鑑，老二、老三、老四就該「臨陣退縮」，另覓父母。這三個糊塗油蒙了心竅眼的小迷糊，一個個闖進我家來。怪不得我們夫婦無力善待他們姊弟，只怪他們投胎前不曾睜開眼睛慎重選個好父母。兒女既然來了，不能退貨，不能棄之不顧，只有用微薄的薪水，將將就就把他們扶養大。喇叭花二十歲當母親，到三十一歲時，她已是四個孩子的「豬母」級人物，每次上街，牽兩個、抱一個、揹一個，那份忍辱負重的精神，叫我這個長年在外的軍人丈夫看著於心不忍。一家教養的責任她一肩挑，孩子一旦生病，門診、住院，通常數夜無眠。俗話說：「為母則強。」事實上母親最偉大，一個十九歲結婚的無知少女，十一年為妻、為母的家庭生活，把她鍛鍊成一位最堅強的女人。物質生活雖苦，家庭裡卻充滿了歡樂與溫馨。她給了我力量和愛，也給了我四個可愛而又深明大義的兒女。

歲月無情催人老

三十五年的婚姻生活，養兒育女，耗去她多半的生命力；如今兒女個個長大成人，有他們獨立的思考能力和生活方式，她不需要為兒女牽腸掛肚，熬盡生命最後一滴油。

我這個怪婆娘卻是一個怪胎，她一直不認為兒女已經長大，凡是他們的衣食住行、工作和交友，她是樣樣插手、樣樣管。管得多、管得緊，孩子反感地勸她說：

「媽，我們都已長大成人，你就少為我們操點心好不好？你事事管、事事煩心，叫我們也心煩。」

怪婆娘哪聽得進耳這些話？她反駁說：

「我不管怎麼行？社會風氣壞、人心壞，媽不盯緊一點，你們稍一不慎，就會為非作歹，毀了一生。」

「媽，我們不會。我們會分辨是非好壞。」

「誰說的？我又不能天天緊跟著你們。」

「媽，你煩不煩？」

孩子用反話抗爭她，她卻用正面的態度接受說：「不煩，不煩。」天下的媽媽都是一樣的，一生為兒女犧牲奉獻，操心、操煩到吐盡最後一口氣為止。

兒女像是羽毛豐滿的飛鳥，巢外的天空廣闊而清新，他們要翱翔、要展示自己的生命力。巢裡沒有兒女，怪婆娘沒有嘮叨對象，於是，我便成了她的臣僕。她教育我，訓練我，管理我，關愛我……我成了她情緒發洩的對象，也成了她的代罪羔羊。反正我是罪魁禍首，動輒得咎。也許她體念我一生為家庭做了最大的奉獻，人屆暮年，也該在穿著上講究體面一點，因之，每次上街，她總是衣服、長褲往家搬，也不管我的年齡合不合適那種衣著。她要體面，我受罪。穿衣著履只在舒適整潔，像我這把年紀偽裝成一表人物給誰看呢？我看她是把關懷兒女的心移愛到她可憐的丈夫身上。

婦女一到更年期，生理狀況和記憶往往大有改變：首先是行動紓緩——過去，她辦一兩桌客人的菜飯，只三幾個鐘頭就料理得妥妥貼貼，主客盡歡。如今，她為家人做個晚餐，必須費去四個小時才能功德圓滿。其次是記憶衰退——炒菜不是未放鹽就是太鹹。上超市買菜，只曉得樣樣往家搬，也不看冰箱裡有沒有存貨。於是一隻特大號冰箱的冰凍庫裡葷腥愈積愈多，每半個月總要勞動大女兒回家偷偷替她清理存貨，然後勞動清潔隊的先生們送往垃圾場。一個過去善於精打細算的女人，如今變成一位粗疏迷糊的遲暮殘花。因為記憶衰退，凡是她經管的東西總是丟三忘四，一顆存款私章，她到處塞、到處藏，每次要去郵局領錢，經常是翻箱倒櫃找不到私章。至於金銀首飾，破布包紮、廢紙捆，她認為最安全，兒女常常當廢物扔……一個花樣年華、頭腦清醒的女人，如今她在兒女的吮吸下老了，她為家獻出了她的一切。

她也曾年輕過，也曾燦爛過，雖然她只像喇叭花那樣平凡傖俗，不像其他花朵一樣駭紅豔綠，但我卻深深愛著這朵喇叭花，她是一位賢妻，一位甘為兒女熬盡最後一滴油的良母（向我賢淑病苦的妻子致上最真誠的敬意）。

（《臺灣日報・副刊》民國八十三年八月十四、十五日）

Do文學05　PG1081

春融融

作　　者／任　真
責任編輯／林泰宏
圖文排版／姚宜婷
封面設計／秦禎翊

出版策劃／獨立作家
發 行 人／宋政坤
法律顧問／毛國樑　律師
製作發行／秀威資訊科技股份有限公司
地址：114 台北市內湖區瑞光路76巷65號1樓
電話：+886-2-2796-3638　傳真：+886-2-2796-1377
服務信箱：service@showwe.com.tw
展售門市／國家書店【松江門市】
地址：104 台北市中山區松江路209號1樓
電話：+886-2-2518-0207　傳真：+886-2-2518-0778
網路訂購／秀威網路書店：https://store.showwe.tw
國家網路書店：https://www.govbooks.com.tw

出版日期／2013年12月　BOD一版　**定價**／380元

|獨立|作家|
Independent Author

寫自己的故事，唱自己的歌

春融融 / 任真著 . -- 一版. -- 臺北市 : 獨立作家,
2013.12
面 ; 公分. --(Do文學 ; PG1081)
BOD版
ISBN 978-986-90062-3-1 (平裝)

855 102022509

國家圖書館出版品預行編目

讀者回函卡

感謝您購買本書，為提升服務品質，請填妥以下資料，將讀者回函卡直接寄回或傳真本公司，收到您的寶貴意見後，我們會收藏記錄及檢討，謝謝！如您需要了解本公司最新出版書目、購書優惠或企劃活動，歡迎您上網查詢或下載相關資料：http:// www.showwe.com.tw

您購買的書名：＿＿＿＿＿＿＿＿＿＿＿＿＿＿＿＿＿＿＿＿

出生日期：＿＿＿＿年＿＿＿＿月＿＿＿＿日

學歷：□高中（含）以下　□大專　□研究所（含）以上

職業：□製造業　□金融業　□資訊業　□軍警　□傳播業　□自由業

　　　□服務業　□公務員　□教職　□學生　□家管　□其它＿＿＿

購書地點：□網路書店　□實體書店　□書展　□郵購　□贈閱　□其他

您從何得知本書的消息？

□網路書店　□實體書店　□網路搜尋　□電子報　□書訊　□雜誌

□傳播媒體　□親友推薦　□網站推薦　□部落格　□其他＿＿＿＿＿

您對本書的評價：（請填代號　1.非常滿意　2.滿意　3.尚可　4.再改進）

封面設計＿＿　版面編排＿＿　內容＿＿　文／譯筆＿＿　價格＿＿

讀完書後您覺得：

□很有收穫　□有收穫　□收穫不多　□沒收穫

對我們的建議：＿＿＿＿＿＿＿＿＿＿＿＿＿＿＿＿＿＿＿＿

＿＿＿＿＿＿＿＿＿＿＿＿＿＿＿＿＿＿＿＿＿＿＿＿＿＿

＿＿＿＿＿＿＿＿＿＿＿＿＿＿＿＿＿＿＿＿＿＿＿＿＿＿

＿＿＿＿＿＿＿＿＿＿＿＿＿＿＿＿＿＿＿＿＿＿＿＿＿＿

請貼
郵票

11466
台北市內湖區瑞光路 76 巷 65 號 1 樓
獨立作家讀者服務部 收

（請沿線對折寄回，謝謝！）

姓　　名：＿＿＿＿＿＿＿＿　年齡：＿＿＿＿　性別：□女　□男

郵遞區號：□□□□□

地　　址：＿＿＿＿＿＿＿＿＿＿＿＿＿＿＿＿

聯絡電話：(日)＿＿＿＿＿＿＿＿　(夜)＿＿＿＿＿＿＿＿

E-mail：＿＿＿＿＿＿＿＿＿＿＿＿＿＿＿＿